One Whisper Away
by Emma Wildes

Raspberry Books

One Whisper Away
by Emma Wildes

ささやきは甘く野蛮に

エマ・ワイルズ
大須賀典子・訳

ラズベリーブックス

ささやきは甘く野蛮に

主な登場人物

セシリー・フランシス……………エディントン公爵令嬢。
ジョナサン・ボーン………………オーガスティン伯爵。
エリナー・フランシス……………セシリーの姉。
ロデリック・フランシス…………セシリーの兄。侯爵。
アデラ・ボーン……………………ジョナサンの娘。
リリアン・ボーン…………………ジョナサンの妹。
エリザベス・ボーン………………ジョナサンの妹。
キャロライン・ボーン……………ジョナサンの妹。
ジェームズ・ボーン………………ジョナサンの従弟。
イライジャ・ウィンターズ………ドゥルーリー子爵。ロデリックの友人。
ユージニア・フランシス…………先代エディントン公爵夫人。セシリーの祖母。

1

あんなことが起きるまでは、まずまずの宵《よい》だったのに。

レディ・セシリー・フランシスは、腕をとり合ってフロアのはずれまで来た青年に品よく会釈《えしゃく》して別れを告げ、通りかかった給仕の盆からシャンパンのグラスをとって、どこか座る場所を探しにいった。足が痛むのは、一曲も休まずダンスの申し込みに応じていたからだ。申し込みというより包囲に近いかもしれない。男性にもてはやされて悪い気はしないけれど、初めて経験する社交シーズンにはけっして夢中になれずにいた。

セシリーから見れば、舞踏室はごった返しすぎていたし、何百人ものおしゃべりはにぎやかすぎたし、空気は息苦しすぎた。けれど、父を筆頭に、善意のかたまりのようなおばたち、いとこたち、その他さまざまな血族が口をすっぱくして言うとおり、未婚の娘が田舎に引っこんでいては、いつまでたっても夫を見つけられない。

ちょうど姉が若い女性の一団と談笑しているのが見えたので、近づいていこうとしたが、人ごみをぬって進むのは生やさしいわざではなかった。あと数フィートの距離まで来たとき、災難は起きた。酒に酔ったらしく大きな身ぶりをまじえて話していた男性の腕が、セシリーの肘《ひじ》にぶつかり、シャンパンが胸一面にかかってしまったのだ。セシリーは小さな悲鳴をあげたが、相手は気づきもしなかった。淡いブルーの絹にシャンパンは、あまりいい組みあわせではない。初めて袖を通したドレスだったのに……。酒は胸の谷間にまで流れこんでいた。

「失礼」

視線を上げると、いままで見たこともないほど黒い瞳の男性が、上着のポケットから亜麻布のハンカチをとり出すところだった。誰かはすぐにわかった。オーガスティン伯爵位を継いだばかりのジョナサン・ボーンは、いっぷう変わった出自と男らしい風貌《ふうぼう》も手伝って、社交界じゅうの噂の的だったから。

「ありがとうございます」礼を述べつつ、セシリーは少しまごついていた。いまロンドンでもっとも悪名高い、そして人気の高い――ボーン家の資産は大きな魅力なのだろう――伯爵に、真っ向から見つめられるなんて。

伯爵は純白のハンカチを手わたさなかった。そのかわりに身をかがめ、ロンドン屈指の上流階級が集まった舞踏室の真ん中で、ためらいもせず、飛びちった酒をみずから拭《ぬぐ》いとった。セシリーは呆然《ぼうぜん》として口もきけぬまま、薄い布が自分の喉や胸もとを、そっと愛撫《あいぶ》するようにかすめるのを感じていた。布ではなく、長い指がじかに肌にふれているような感覚に、頬《ほお》がみるみる上気する。

「どういたしまして」ハンカチを離しながら、相手が口もとをゆるめた。

セシリーの中では、これほど大人数の前で非常識きわまるあつかいを受けたことへの驚愕《きょうがく》と、凛々《りり》しい姿に惹《ひ》かれる気持ちとがせめぎ合っていた。うしろでさりげなく結んだつややかな黒髪となやましい漆黒《しっこく》の瞳、浅黒い肌は、はっとするほど刺激的なとり合わせだ。肌の色のめずらしさだけでなく、秀でた骨格も目を惹いた。つり上がった眉、まっすぐな鼻梁《びりょう》、やや角ばった顎《あご》……ほんの少し厚い下唇が、顔だちにふしぎな色気を加えている。

外見にも、言葉の抑揚にも、異国らしさがあふれていた。

ゆがんだ笑みからして、自分がどんな影響をおよぼすかは知っているのだろう。傲慢《ごうまん》というほどではない、けれど男としての自信に満ちた表情。

こういう匂《にお》いたつような男っぽさは、英国の上流社会ではめったにお目にかかれない。仕立てのいい上着もぴったりしたズボンも、隠れ蓑《みの》にはならないようだった。きっちりと結んだクラヴァットにダイアモンドのピンをきらめかせていようと、特別にあつらえたとおぼしきブーツが、顔を映すほどぴかぴかに磨かれていようと。

彼にはどこか……荒々しさが感じられた。異国の香り。いくら上流階級のお仕着せに身を固めていても、いっそ野蛮にさえ思えた。

駄目押しのように、伯爵が身をかがめ、耳もとに息がかかるほど近々と口を寄せてささやいた。「肌が上気すると、またなやましい。だが、ほんとうなら舌でなめとりたかったな。ハンカチを出したのは、せいいっぱいの譲歩さ」そのあとで、作法どおりに頭を下げた。

「では、失礼」

くるりと背中を向けて立ち去り、まじまじと見つめる人々の横を、まるで目に入らないかのように通りすぎる。

いっぽうセシリーは、姉のエリナーをはじめ四方から浴びせられる好奇の視線を痛いほど意識していた。ほんの数フィート先に立つエリナーの顔が、非難がましく引きつっているのがわかる。

〃ここは、何ごともなかったようにふるまったほうがよさそうだわ〃セシリーは、いまや静まりかえった女性の輪に加わった。「ひどい混みようね」明るく声をかけながら、その頬はまだほてっていた。

あいにく姉は、見すごすつもりなどなさそうだった。「あなたがオーガスティン伯爵と知り合いだったとはね」きつい声で言う。二歳年上の姉は、二度めの社交シーズンを迎えたところだ。一年めは結婚の申し込みをいくつかしりぞけて終わり、ことしも前途多難のようだった。セシリーよりずっと豊満で、髪の色もだいぶちがう。今夜は可憐《かれん》な黄色のドレスをまとい、金褐色の髪をねじって美々しく結い上げていた。

「知り合いじゃないわ」こぼれて半分ほどになったグラスの中身を、セシリーはひと息に飲んだ。

「先方はずいぶん親しげにふるまっていたじゃないの」

あなたが悪いのよ、とでも言いたげな口調だ。残りのシャンパンもなくなってしまったので、セシリーは間をもたせられなくなった。

「あの人、植民地から来たんでしょう」友人のひとりが口を挟んだ。それでとっぴな行動の説明がすっかりつくとでもいうように。「どこもかしこも、あの人の話題でもちきりだもの。とても……変わっているって」

「しょせん、未開の地の荒くれ者よ」別の友人がつぶやき、ものうげに扇《おうぎ》を動かしながら、目をすっと細めて、人ごみの中を横切る長身を追った。「あんなに色が黒いなんて、下品だわ。母親がいやしい生まれなんでしょう？　野蛮人とフランス人の血が半分ずつ入っているって聞いたわ。なんて組み合わせかしら。混ぜこぜの〝野蛮な伯爵〟ってわけね」

口ではきびしいことを言いつつも、娘のまなざしは長身の伯爵からいっときたりとも離れなかった。

彼女だけではない。セシリーが見るかぎり、舞踏室じゅうの女性が、伯爵を見ずにいられないようだった。

「ひと目見ただけで、英国人でないのがわかる顔よね。とはいっても、とても男前なのはまちがいないわ」ミス・フェリシア・ハッセルマンが言った。「それに、とびきりのお金持ちだし。血統のあやしさに目をつぶれば、条件は悪くないと思うけれど、聞いたところでは結婚に興味がないらしいじゃないの。そもそも初婚でもないようだし。確か娘がひとりいて、その子をアメリカから連れてきたのよね？　わが子だと認めはしたけれど、相手の女性とは結婚しなかったって」

それは……確かに強烈だった。

「いくらお金持ちで爵位があっても、そこまでは折り合いをつけられないわ」サセックスの半分ほどを領有する准男爵の娘、メアリー・フォックスムーアがいなした。「よそで作った子どもを押しつけられるなんてたくさん。考えただけで……胸が悪くなるわ。結婚相手に最適とは、とても思えないわ」

ああ、またその話題……。いら立ちがこみ上げ、セシリーは先ほどの気はずかしさも一瞬忘れてしまった。この娘たちの目的はたったひとつ、身分と財産に恵まれた男性を手に入れることだ。たとえ夢を見すぎだと言われようと、セシリーは血統や富とはちがう観点から夫を選びたいと思っていた。

それに、噂になるのがこわくて口にこそ出せないものの、オーガスティン伯爵にはひそかに敬意をおぼえていた。子どもができた相手と結婚しなかったのはともかく、みずからの血を分けた娘を、庶出だからという理由で拒んだりしなかったのだから。うぶなセシリーでさえ、大ぜいの自称〝紳士〟が、愛人とのあいだに子どもを作っては母子まとめて遠方の地に追いやっていること、ときにはその程度の責任も果たさないことは知っていた。

「あの人に何を言われたの？」エリナーが好奇心もあらわに訊《たず》ねる。

また頬に血が上ってきた。彼の破《は》廉恥《れんち》な言葉が脳裏によみがえる。それどころか心のどこかで、あの魅惑的な口がもしほんとうに素肌にふれたらどんな感じかと、想像せずにいられなかった。

あわてて首をふる。

「教えないつもり？」フェリシアが憤然と言った。

「別にいいでしょう」セシリーはせいいっぱい平然と答えた。「たいしたことじゃないもの」

娘たち全員が目を見かわした。「ほんとに、オーガスティン伯爵と知り合いじゃないの？」

ミス・フォックスムーアが疑わしげに言う。「耳もとで何かささやかれていたでしょう」

「紹介されたこともないもの」あの短い接近でどれほど動揺したかを認めまいと、セシリーは簡潔に答えた。

「だったら」エリナーがそっけなく言う。「これでお近づきになったというわけね」

ありがたい、ようやく退屈がまぎれた。こぼれたシャンパンひとつでこれほど気分が浮きたつなんて、誰に想像できるだろう？

正確には酒ではなく、それがこぼれた美しい胸のおかげで、パーティがにわかに楽しくなったのだが。

あんなふうに大胆にふるまうべきではなかったのかもしれない――少なくとも、口うるさい上流社会のお歴々の前では――が、ジョナサンとしては、数カ月前にこの地に降りたって以来、できるかぎり行儀よくふるまってきたつもりだ。軽薄で無駄にしか思えないしきたりにも、少しずつ慣れてきたところだった。

「紳士のたしなみについて、説教でもするつもりか？」ごった返す舞踏室からテラスに出てひと息つくと、ジョナサンはグラスのふちごしに訊ねた。ロンドンの空はいつでも煤煙《ばいえん》でいくぶん曇っているが、今夜はかろうじて星が覗いている。ひんやりしたそよ風には、雨の予兆がうかがえた。

父の甥《おい》にあたるジェームズが苦笑を漏らし、片肘を欄干《らんかん》についた。「わざわざ言う意味があるのかな？　あんなことをすべきではない、と」

　あの娘が見せた狼狽《ろうばい》ぶりからすれば、従弟《いとこ》の言うとおりなのだろう。ジョナサンは言葉をにごした。「美人だったからな」

　ジェームズが小さなため息をついた。「きみに興味と好意を向けるご婦人がたは、ほかにいくらでもいるだろう。エディントン公爵の無垢《むく》な令嬢とは人種のことなるご婦人がたが」

　無垢だということは、指摘されなくてもわかっていた。耳もとに口を寄せたとき、はっと息を吸いこんだ――とてもなやましかった――のを見ても、それはあきらかだった。

　男からあんなことをされたのは初めてだったのだろう。すっかりおどろかせてしまった。だが、彼女のほうも、ありきたりな生娘《きむすめ》のように憤慨したりはしなかった。

　そそられる。

　娘は花の香りをまとっていた。白い肌からたちのぼる蠱惑《こわく》的な香りが忘れられない。それに、あの澄んだトパーズ色の瞳。まばゆい金髪と象牙色の肌からすれば、てっきり青い瞳かと思ったのに。華奢《きゃしゃ》な骨格とほっそりした輪郭《りんかく》が、女らしい曲線をきわ立たせていた。

　これまで色白の金髪娘に惹かれたことはなかったが、あの公爵令嬢は確かに魅力的だ。

「名前はなんというんだ？」

「ほかの女性にしておけ、ジョナサン」

　ふたりは気心の知れた仲だった。初めて顔を合わせたのは、ジェームズが英国海軍の一員としてアメリカをおとずれた折だ。両国の緊張関係――つい先ごろようやく解消された――

とはうらはらに、ふたりはひんぱんに会いつづけた。ジョナサンはジェームズが好きだった。たとえ血がつながっていなくても、友と呼んだだろう。周囲に言わせると、ふたりの顔だちはよく似ているらしいが、性格は正反対で、逆にそこがよかったのかもしれない。

ジョナサンはおどけて眉をつり上げた。「おまえは、ぼくのお目付役なのか？」

「ありがたいことに、ちがうよ」ジェームズがゆがんだ笑みを浮かべた。「そんな役は、誰にも務まらないさ。ただ、もしぼくの助言を聞くつもりがあるなら、ここは荒野じゃないということを忘れないほうがいい。貴族社会のしきたりは息苦しくてたまらないだろうが、うとんじても消えるわけではないからね」

「ボストンは、どう見ても荒野じゃないぞ」

「だが、実際のところ、ボストンでどれくらい生活した？」ジェームズがすました顔でブランデーを口にふくんだ。

〝あれだけ生活すればじゅうぶんさ〟ジョナサンは胸の内で答えた。都会暮しは好きになれない。とはいえ、いくつかの銀行を動かす投機事業の共同経営者として、ボストンには足を運ぶ必要があった。ジェームズが匂わせたとおり、折あらば田舎に引っこんでいたのは事実だ。思うぞんぶん馬を駆り、早朝の湖で泳ぎ、木々の梢《こずえ》を照らす朝日を眺め……。

英国に来たばかりなのに、早くあそこへ戻りたくてたまらなかった。

「あの娘について教えてくれ」

「手はじめに教えておくが、彼女に手を出したら無傷ではいられないよ。もし教会の祭壇に立って、参列者の前で、相手を一生守りぬき、ベッドをともにすると誓う覚悟があるなら、好きなだけ追いまわせばいい。でなければ、どこかよそで楽しみを見つけたほうがいい。彼女の父親は大物すぎる。なにしろエディントン公爵といえば、イングランドでも一、二を争う大金持ちだからね」

闇のどこかで、聞きなれない声の鳥がさえずっていた。イングランドに来て三週間、ジョナサンはよそ者の気分をひしひしと味わっていた。故郷でなら、鳴き声ひとつで鳥の種類がわかったのに。「別に、あの娘と火遊びをしたいわけじゃない。興味があるだけさ」

従弟が、おもしろがるような、疑うような顔でこちらをじっと見たあと、肩をすくめた。

「この春、社交界に出てきたばかりだよ。姉も美人だが、気むずかしいという評判を立てられて、妹ほどの人気はない。容姿端麗で、しかもかなりの持参金を見こめるのだから、レディ・セシリーはどんな結婚相手でも選び放題だろうね」

はたして自分はそういう相手に分類されるのだろうか、とジョナサンは自嘲ぎみに考えた。ほしくもない財産と地位にいくら恵まれていようと、自分は混血だし、ものめずらしさから一部の女性にもてはやされようとも、堅実がいちばんとされる社会においてはぐれ者なのはわかっていた。

セシリー。あの娘にぴったりの名前だ。なんとも英国的で、はかなげで、緑あふれる庭園に咲く薔薇《ばら》の花を思わせる。けれど〝結婚相手〟という言葉を聞くと耳が痛かった。ジェームズの言うとおりだ。われながら、なぜ彼女について訊ねたのかわからない。百歩ゆずって彼女の誇り高い家族に認められたとしても、自分は妻を娶《めと》れる立場ではない。

　そろそろ、禁断の美しき公爵令嬢から話題を移す頃合だ。ジョナサンは冷たく言った。

「例の採鉱事業について、きょうわかったことを聞かせてくれ」

　従弟の口から、運営の記録が不完全であること、そして管理人がまたもや帳簿の不備をごまかそうとしたあらましが語られる。

「ブラウンを解雇しよう」ジョナサンはきっぱり言った。「あの男の無能さはよくわかった。あすは後任者を探しにかかるぞ。信頼のおける人間を配属すれば、現場で起きていることが、もっと正確にわかるはずだから」

「賛成だ。ぼくもずっと前、きみのお父上に、鉱山を含む資産すべての管理人を替えたほうがいいと勧めたくらいだからね」

「イングランドへ来るのに一年近くかかってしまったのがひびいたな」父の訃報《ふほう》を受けとったジョナサンは、アメリカ国内の事業を可能なかぎり片づけてからイングランドへ旅立った。船旅の長さもあり、この地に来たときには、予定していた財産相続の時期を大幅に過ぎていた。

　もちろん、ほかにもあれこれと法的手続きが必要だった。たとえば血縁関係の証明。なんとも腹立たしいことに、ジョナサンの相続権に対して異を唱える人間が出てきたが、さいわい父はこの事態を予測ずみで、元気なうちに書類をすべて事務弁護士に託してあった。

　アメリカの血が混じった子孫に対する偏見は、戦争よりも、荒海よりもはるかに手ごわい。

わが娘の将来に待ちうける障害の多さに、暗澹《あんたん》たる気持ちになった時期もあった。少なくともジョナサンは実子だと認知しているが。

アデラは、彼の生き甲斐だった。

「だが、なんとか来られたじゃないか」ジェームズが冷静に言った。「少なくともぼくは、きみが来てくれてうれしいよ。ぼくひとりでは、とうてい太刀打ちできなかったからね」

伯爵の次位継承者であるジェームズは、ジョナサンが到着するまで相続の手配をとりしきってくれた。自分以外の人間が相続することを承知のうえで。高潔きわまる態度を見せた従弟に、ジョナサンは今後も多種多様な資産の一部を運営しつづけてほしいと頼んだのだった。「こちらこそ、いくら礼を言ってもたりないよ」ジョナサンは一礼した。「父方の妹たちは、相当な難物だから」

「そこには異論ないな。まあ、ありがたいのは」ジェームズが小声で言ってグラスを口に運んだ。「彼女たちがこれからは、きみの問題だということさ」

2

あれは単なる偶然で、自分のせいではないのに、気がつけばロンドンじゅうで噂の的になってしまった。

いいえ、偶然じゃないわ……セシリーは胸の内で訂正しながら、祖母の客間に敷かれた分厚い敷物にあたる日ざしを眺めた。この騒ぎは、オーガスティン伯爵が引きおこしたものだ。

ルイ十四世様式の椅子に浅く腰かけ、できるかぎり礼儀正しく言う。「そろそろ、話題を変えてもよろしいかしら？」

祖母は棒を呑《の》んだようにまっすぐ座り、きびしい声で言った。「近ごろ巷《ちまた》の紳士クラブで、あなたが何を言われたのかをめぐって賭《か》けがくり広げられているのは知っている？」

答は〝はい〟だ。そう、もちろんセシリーも知っていた――エリナーに独特の簡明なお説教をされたから――が、祖母にとって、家族の一員が金をもてあます道楽者どものあいだで賭けの対象にされるというのが耐えがたい恥辱《ちじょく》なのはまちがいなかった。

セシリー自身が望んだことでないというのは、この際関係ないのだろう。祖母は好きなだけ憤慨すればいいが、実際のところ、セシリーにやましいところはひとつもなかった。

自分はただ、これ以上騒ぎを大きくしないために、あのときささやかれた言葉を他言していないだけだ。いっぽう、彼の漆黒の風貌を忘れられないのも事実だった。大きな声では言えないけれど……そう、確かにオーガスティン伯爵にはセシリーの興味を惹く何かがあった。

社交シーズンが始まってからというものいやというほど見てきた、礼儀正しいおべっか使いの求婚者たちには、まるで見あたらなかった何かが。

「ここまで騒がれるようなことは、何も起きなかったのに」セシリーは抗議した。「どこかの酔っぱらった紳士がぶつかってきて、持っていたシャンパンがこぼれてしまったの。ちょうど近くにいたオーガスティン伯爵が助けてくださって。それだけなのよ」

「でも、おまえの……体にべたべたとふれたのでしょう？　しかも、夫婦でも人前では見せないようななれなれしさで、耳もとに口を寄せてささやいたそうじゃないの」

〝それは、貴族階級の夫婦が隣りあって立ちさえしないからじゃないかしら〟セシリーはあやうく声に出して言いかけたが、思いとどまった。これ以上、英国王室とのつながりや公爵の娘としての務めについてお説教されてはかなわない。

どちらにせよ、いまの話題もわずらわしいことに変わりはない。できることなら、一生お説教など聞きたくなかった。

「伯爵のふるまいについて、わたしが責められるいわれはありませんわ」つとめて平静な声で答えたところに、女中がお茶のワゴンを押して入ってきたので、セシリーはほっとした。

「それに、あのかたはほんとうに、わたしを助けにきてくださったのだし」

「わたしの耳に入った話とは、だいぶちがうようだけれど」

頭痛を言いわけに先代エディントン公爵夫人とのお茶をすっぽかしたエリナーに、あとで文句を言わなくては……。おかげでこちらは、ひとり火竜《ドラゴン》と対峙《たいじ》する羽目になってしまった。だいじな祖母だが、手ごわい相手にはちがいない。

「問題なんて、ひとつもありませんもの」

「だとしたら、なぜ何を言われたかを隠しているの？」

さあ、いよいよ核心に近づいてきた。「確かに、そこだけは少し問題があったわ」セシリーはしぶしぶ認めた。「でも、あちこちで噂されたくないから、黙っているの」

おどろいたことに、祖母はしばし黙りこんだのちにうなずいた。「もし火種になりそうなことなら、言わないほうがいいわね」

紅茶を何杯か、エクレアとスコーンを何個か、そしてシェフ自慢のラズベリー・ジャムを口に運ぶうちに話題も尽きたので、セシリーはようやく解放してもらえることに胸をなで下ろし、腰を上げて祖母に歩みよると、作法どおり頬にくちづけた。

白髪まじりの髪をきっちりと結い上げ、気品あふれる顔に、姿勢同様の厳格さをただよわせる祖母が、だしぬけにこんなことを言った。「信じられないでしょうけれど、あなたは若いころのわたしに生きうつしなのよ」

セシリーは身を起こし、にっこりした。「うれしいわ。お祖母《ばあ》さまはすてきですもの」

「ふん」嘲笑まじりの声だったが、祖母の瞳にはいつになく愉快そうな光がやどっていた。「お世辞を言っても無駄よ。わたしが言いたいのは、美しい姿はあなたの武器にもなるし、重荷にもなるということ。いまはオーガスティンから距離をおいたほうがいいでしょうね」

セシリーはややとまどった。祖母が立ち入った話をすることはめったにないからだ。客間を出て自室へ戻る途中、家族棟の廊下で出くわしたのは兄のロデリックだった。妹を見るなり足を止めて言う。「ちょうど、おまえを捜していたんだ」

一族の特徴である淡色の髪と繊細な骨格をそなえたロデリックは二十四歳。歳が近いので、幼いころはいつもいっしょに過ごしたものだ。だが、公爵家の継承者としてイートン校に、次いでケンブリッジ大学に進み、いずれ公爵家を担うための準備を始めてからは、おのずと生活も別々になった。セシリーがロンドンに出てきてようやく、前よりは頻繁に会えるようになったところだ。

「残念ね、お祖母さまとのお茶会がいま終わったところよ」

「ありがたい」兄がつぶやく。

「なんだか失礼な言葉が聞こえたようだけど」

「本心じゃないさ。ただ、それでも天にまします神に感謝せずにはいられないよ。正直に言うが、お祖母さまの前に出ると身がすくむ。ちょっと話をできるかな?」

セシリーは笑ったが、ほどなく真顔になって、兄の顔をじっとうかがった。「オーガスティン伯爵の話でなければ、いいわよ。もう、その話題にはうんざり。ほんとうに、みんなもっとおもしろい事柄に目を向けたほうがいいと思うわ」

「そんな名前を口に出すつもりはない」兄が顔をしかめた。「できればこの手で……」

セシリーは強くさえぎった。「どうか、これ以上やっかいな噂を広げられるような行動は慎《つつし》んでちょうだい」

父やエリナーと同じ澄んだブルーの瞳で、少したじろいだようにこちらを見つめたあと、兄がうなずいた。「手出しはせずにおくよ」

「そうしていただきたいわ」自分の評判のためだけでなく、ジョナサン・ボーンと兄が決闘《けっとう》におよぶなど、考えたくもなかった。伯爵よりも若くて血気さかんだとはいえ、ロデリックには危険を察知する勘《かん》のするどさが欠けている。それに、セシリーの名誉を守る必要などどこにもなかった。あの無礼な言葉を除けば、なんの侮辱を受けたわけでもないのだから。いずれ好奇のささやきも薄れて消えるだろう。社交界は飽きっぽいことで有名だから。「じゃあ」セシリーはふうっと息を吐いてから訊ねた。「誰のことを話したいの？」

「ドゥルーリー子爵さ」

声に出してうめくつもりはなかったが、こらえられなかった。「あのね、わたしは……」

「いいから最後まで聞いてくれ」ロデリックがもどかしげに制する。

どう考えても、廊下の真ん中でするたぐいの話ではない。次に兄が何を言うかは、だいたい想像がついた。「わかったわ。お部屋で話しましょう」

セシリーの寝室から少し離れた居間なら、少しは人目を避けられるだろう。廊下で口論などしたら、いつ腕いっぱいにリネン類をかかえた女中が通りかかるかわからない。もちろん、口論にまでは至らないかもしれないが、兄妹の意見がいちじるしく食いちがうのは目に見えていた。

無言であとをついてきたロデリックが、扉を閉めてふり向くなり話を再開した。「あいつはおまえに求婚するそうだ。きょうの午後そう言われた。父上の許しが出しだい、結婚を申し込むとね。おまえもわかっていただろう？」

「いやな予感がしていたのよ」セシリーは絹張りの椅子にすとんと座りこみ、ため息をついた。ドゥルーリー子爵イライジャ・ウィンターズはひときわ積極的で、けさがたも花束がふたつ届いたし、訪問はほぼ毎日になっていた。その気があると思わないほうが不自然というものだ。

「いやな予感だって？　あまり乗り気でなさそうだな」

「お兄さまのお友だちなのは、わかっているわ」

「でも、か？」ロデリックは腰を下ろさず、暖炉の前でふり向いた。濃紺の上着を優雅に着こなし、髪の乱れまでが洒落《しゃれ》て見える。「妙に言葉をにごすじゃないか」

セシリーは手を握りあわせた。「でも、わたし自身が気のりしないという以外にも、おことわりする理由がふたつあるわ。まずひとつめは、エリナーのこと」

兄は文字どおり目をまるくした。「なんだって？　エリナーになんの関係があるんだ？」

〝男の人って、誰もがこんなに鈍感なの？〟セシリーはいら立った。

言葉を選んで説明する。「お姉さまは、わたしとちがって子爵に気があるのよ」

「てっきり、おまえも好意をもっていると思っていたよ」

「もっていますとも」セシリーは歯を食いしばりたいのをこらえた。「でも、エリナーほどじゃないわ。お兄さま、気づかなかったの？」

「ぜんぜん」

「よく思い出して。子爵がいらっしゃるとき、エリナーはいつでも一張羅のドレスを着るじゃないの。それに、いつでも気転をきかせようとしてはしくじっているわ。自分を抑えつけるからぎこちなくなるのよ。ドゥルーリー子爵は、きっとお兄さまと同じくらいぼんやりなんでしょう。そこも問題なんだわ。わたしの見るところ、エリナーは本人の前で変なことを口走るのをこわがりすぎて、筋の通った話ひとつできないありさまよ。相手がどう思うかを気に病まなければ、いつもの自分でいられるはずなのに。ほら、エリナーが子爵を見るときの目つきでもわかるでしょう」

「子爵を見る？」ロデリックはいよいよ途方に暮れた顔になった。

あれこれ説明しても無意味に思われたので、セシリーはただこう言った。「まちがいないわ。エリナーは子爵に夢中なのよ。お兄さまも知っているでしょう。昨シーズン、ふたりがいい雰囲気になりかけたけれど、うまくいかなかったことを」

「確かに、ふたりでよく話をしていたな……ただ、エリナーはふつうの娘とちがって、政治や経済の話を好む。きっと、それがまずかったんだろう」ロデリックが認めた。「ウィンターズの話を聞いているかぎりでは、通りいっぺん以上の仲だとは思えなかった」

「エリナーが、ほかの男性からの申し込みをすべてしりぞけてきたと言ったら、お兄さまはおどろくかしら？」

断言と推測のあいだに線引きをするのはむずかしいし、ロデリックはお世辞にも洞察力のある男性――そんな生き物、この世にいるのかしら？――とは言いがたいが、少なくとも信頼のおける相手なので、セシリーは思いきって言った。「このシーズンの初めに、エリナーは子爵のことを手紙に書いてよこしたのよ」

ロデリックの顔色が変わった。「ほんとうか？」

エリナーはこれまで妹に手紙などよこさなかったし、まして胸の内をほのめかすなど初めてだった。あの手紙がすべてを物語っている。「ええ、ほんとうよ。お姉さまにしてはめずらしいほど熱っぽい調子で」

これでようやくロデリックも納得したらしい。「そうだったのか」大きな身体を支えるにはあまりに華奢な椅子にどさりと座り、ひたいに手をやる。「これはまた、話がややこしくなってきたな」

ドゥルーリー子爵はなかなかの好青年だった。端整で、裕福で、礼儀正しい。きっとすばらしい夫になるだろうと、セシリーは確信していた。ただし姉の、だ。彼に熱い想いを寄せる姉の。「そうでしょう？　問題は、お兄さまがどう対応するかよ」

「ぼくが？」うつむいていた兄が、にわかに警戒の色を強めた。「ぼくとなんの関係があるというんだ？」

青天の霹靂《へきれき》だとでも言いたげな顔に、セシリーは思わず笑いだしそうになった。「大ありよ。ドゥルーリー子爵とはいいお友だちじゃないの。エリナーのことを、あちらに話していただけないかしら？　お姉さまは美人だし、教養があるし、ほかにも男の人が望む美徳をたくさんもっているわ。なぜ子爵の関心が薄れてしまったのか、お兄さまに調べてほしいの」

「想像はつくさ」ロデリックが金髪をかき上げた。「あいつはときどき頑固になりすぎるんだ。男連中から面と向かって言われたことはないが、そのせいで昨シーズン、あまり人気がなかったのはわかってる」

確かに、姉は歯に衣《きぬ》着せずものを言うたちだし、あまりに賢すぎるし、若い娘らしく浮かれはしゃぐことなど思いもよらない。世の男性が、ほかの浮ついた娘たちと比べて姉をこわがっていることを、セシリーはうすうす感じとっていた。とかく愛想をふりまくのがへたなエリナーは、社交行事に出るとなるべく話をしないようつとめているが、それがまた逆効果となっている。無理をしているのが、はた目にもわかるのだろう。

「そうね。それにさっきも言ったとおり、子爵とのあいだに何かあったようなの」

「エリナーがそんな気持ちだとは、夢にも思わなかったな」ロデリックは無念そうだった。

「ウィンターズはといえば、おまえにべた惚《ぼ》れだ。エリナーはそこに気づいてるのか？」

べた惚れという言葉はちょっとちがう。確かに好ましい結婚相手とは考えているだろうが、それと恋慕《れんぼ》の情とはまったく別だ。そう、姉はまちがいなく気づいているだろう。「口に出して言われたことはないけれど、それこそがいちばんの証拠だわ。わたし、エリナーが誰にも興味を示さなくなったのは子爵が原因じゃないかと、いまでは思いはじめているの」

「確信はあるか？」

セシリーはうなずいた。「子爵にエリナーの気持ちを伝えてみたらどうかしら。ただ、そっとよ」

「そっと？」ロデリックが目をまるくした。

男という生き物にそんなことを要求するほうが無理かもしれない。セシリーは言いなおした。「さりげなくするのよ。お姉さまの名前を出して、返ってくる反応をうかがってみて。もし気持ちが伝わったら、子爵の考えかたも変わるかもしれないわ。あのかたがわたしを心底気に入っているとは、どうも思えないの。そこまで深い知り合いじゃないもの。わたしは社交界に出たばかりだし、あちらはそろそろ身を固めようと思っている、それだけよ。お気持ちはうれしいけれど、もし結婚したら、いずれお互いにうんざりするでしょう。あのかたには、エリナーのような相手のほうがふさわしいと思うの」

ロデリックが疑わしげな視線を投げ、重ねて訊ねる。「確かな話なんだな？」

先日のパーティで、エリナーが無頓着《むとんちゃく》をよそおいつつ、端整な子爵から目を離せずにいたようすが脳裏によみがえった。仲のよい姉のことは誰よりもわかっているつもりだ。セシリーは力強くうなずいた。「ええ」

兄の口が動き、声に出さず悪態をついた。「もしおまえが申し込みをことわるつもりなら、それを糸口に、うまくエリナーの名前を出せるかもしれない」ロデリックが立ち上がり、部屋を去りかけてふと足を止める。「この話題は出さないつもりでいたが、オーガスティンはいったいおまえに何を言ったんだ？」

〝それを知りたがる人しか、この地上には存在しないのかしら？〟

もし真実を話せば、ロデリックは兄として義憤にかられるだろう。それが筋なのかもしれないが、醜聞《しゅうぶん》の火にはあらたな油がそそがれる。無分別なまねをした伯爵も、まさかここまでの騒動になるとは思ってもみなかったにちがいない。

「たいしたことじゃないわ」セシリーはきっぱり言った。

ジョナサンは手綱《たづな》を引きしめて馬を降り、つややかな栗毛の首すじをやさしく叩いてやった。「やあ、ウィル」

「乗馬を楽しまれましたか、旦那さま」年若い馬番が進み出て手綱を受けとる。うやうやしい表情を浮かべながらも、その瞳はかすかに躍っていた。「いいお天気ですね」

少なくとも、この若者は自分のざっくばらんな態度を喜んでいるらしい。そうでない使用人が多いことはわかっていた。「公園で馬を乗りまわすというのは、いままであまりやったことがないが、ああ、確かに太陽を浴びるのは気持ちがいいな」ジョナサンは乗馬用手袋をはずしてにやりとした。「それに、屋敷に押しよせてくるご婦人の群れをかわすこともできる。急いで逃げ出す必要ができたときのために、セネカにいつも鞍《くら》を乗せておいてもらったほうがいいかもしれないな」

若者もにやりとした。「準備しておきますよ、旦那さま」

伯爵であろうとなかろうと、ジョナサンは召使いたちと仲よくやりたかった。ぼさぼさの金髪と無邪気な茶目っ気をそなえた、十六になるやならずのこの若者は、馬のあつかいがうまいという最高の資質の持ち主だ。ジョナサンはあきらめ半分で言った。「もう、妹たちは来ているんだろうな」

「二時間前からおいでですよ」

今後何があろうと、接待役や保護者という役割を避けて通れないのはわかっていたので、ジョナサンは短くうなずいた。「急いで行かないとな」

ウィルが笑いにむせた。「もう逃げられませんね、旦那さま」

屋敷の正面階段へ向かいながら、ジョナサンはやれやれと頭をふった。遠路はるばるイングランドまで呼ばれて、亡き伯爵のひとり息子であると証明するだけでもわずらわしかったのに、こういちいち血族の敵意を浴びせられるというのは……できれば避けてまわりたかったが、そうはさせてもらえそうになかった。もっともやっかいなのは、英国の法律によって、妹たち全員が結婚するまでは自分が保護者役を務めるほかないことだった。

なんという皮肉だろう。こちらを見下してやまない娘たちを三人も押しつけられるとは。

だが、ジョナサンは責任を果たすべく三人をロンドンに招いた。リリアンから届いた返事は辛辣《しんらつ》で礼儀に欠けるものだったが、三人はいやいやながら招待に応じてやってきた。

ジェームズの言うとおり、これは自分の問題だ。

とても大きな問題だ。

それ自体はかまわない。自分が嘲笑を浴びせられるぶんには、いくらでも耐えてみせるが、もしアデラに冷たくあたられたら、がまんできそうになかった。父親の罪を娘がかぶる必要はないし、親の素性がはっきりしない子どものつらさは、誰よりもジョナサンがよく知っている。イングランド行きが決まったとき、いっそアメリカの親類にあずけようかとも考えたが、父子《おやこ》とも離ればなれで暮らすにはしのびなく、悩んだすえに、これが正しい決断だと信じて連れてきたのだった。あるいはまちがっていたのか、答はまもなくあきらかになる。

半分血のつながった妹三人は、正式の客間で待っていた。苦行のように黙りこくって座り、めいめい両手を組んでいる。めいめいの顔に浮かぶ表情を、ジョナサンは戸口から見まもった。長女のリリアンは、こちらをちらりと一瞥《いちべつ》したのみで、尊大そのものだ。エリザベスは庭園に目を奪われていて、兄が来たことにも気づかぬようす。末っ子のキャロラインだけが、おずおずとほほえんでみせた。

性格はそれぞれちがうのだろうが、容貌は三人ともよく似ていた。亡父ゆずりの色白と華奢な骨格。浅黒い肌と漆黒の髪をもつジョナサンと、血がつながっているようにはどうしても見えなかった。

ほかにも、自分と三人とが相容《あいい》れぬ要因はあった。海を隔てたふたつの大陸のことではない。妹たちは骨の髄《ずい》まで英国の貴婦人だ。いっぽう自分は、たまたま血を引いているというだけで、貴族らしさなどかけらもない。

けれど、血のつながりは解消できない。領地も遺言も、収入でさえどうでもよかったが、父の死を知ったときは、腹違いの妹たちのことを心から気づかい、三人の将来のためにイングランドへ渡ろうと決めた。事務弁護士を信頼して手続きをまかせてもよかったのだが、母の種族には、男たるもの、血族に不自由な思いをさせてはいけないという教えが伝わっている。家族はすべてに優先するのだ。

イングランドへ来たのは、そのためだった。

当然のごとく、最初に口を開いたのは長女だった。「来ましたわ」自分たちの姿はジョナサンの目に映らないとでも思っているのか、堅い声で言う。リリアンは二十二歳。面と向かってみると、なぜこれまで結婚しなかったのかわからなかった。つややかな栗色の髪、しみひとつない白い肌、真っ青な瞳。派手さはないものの、じゅうぶん美しいし、父の事務弁護士から聞いた話では、用意できる結婚持参金も相当な額にのぼるらしい。

ジェームズによると、リリアンは生まれつき自立心が高すぎるそうだが、そのとおりなのかもしれない。手紙でも、ロンドンに来たくないという気持ちを隠そうとしなかったが、ジョナサンがどうしてもと呼んだのだ。なにしろ自分ひとりでは、若いレディをロンドンに迎えるにあたって、ドレスやその他の準備を整えられそうにない。付添人役《シャペロン》にうってつけの叔母はひとりいるが、あいにく関節痛でエセックスに引きこもっており、長旅をできそうになかった。

結局、すべての責任はジョナサンにかかってきた。少なくともリリアンはすでに社交界に出た経験があるので、大きな力になってくれるだろう。たとえ本人が乗り気でなくても、ふたりの妹のためには、そうする必要があるのだから。

「時間どおりに着いたのか」ジョナサンは室内に足を踏み入れ、ブランデーのある場所へ向かった。赤の他人同然で、あまり友好的とはいえない女性三人と向きあうのだから、多少の気つけ薬があっても悪くないだろう。「旅は快適だったかな？」ていねいに訊ねる。

「かろうじて」

ジョナサンはグラスを手にとり、デカンターから琥珀《こはく》色の液体をそそいで、大きくひと口飲んだ。そのあいだに、どう返事するべきか考えをまとめる。結局のところ、まだ妹たちのことはよく知らないし、文化的にもふたつの大陸には大きなへだたりがあるのだ。「それは何よりだ」

三組みの青い瞳にたたえられているのは、なんの気なしに発した言葉への敵意だろうか。

ジョナサンは苦笑した。「言いなおそう。きみたち三人が、こうしてロンドンへ来てくれたことを、心からうれしいと思う。きみたちの協力ぬきでは、オーガスティン伯爵の名にふさわしい立ち居ふるまいを身につけられそうにないからな」

「聞いたところでは」リリアンがぴしゃりと言った。「もう失敗なさったそうね」

3

嘘をつきとおすのは、とてもむずかしい。兄と向かいあってみると、いまにも漆黒の目に真意を見ぬかれそうだった。

わたしはぺてん師だわ。

リリアンは背すじをのばして座り、わっと泣きだしたいのをこらえていた。新オーガスティン伯爵が、いぶかしげにこちらを見ている。自分でも、なぜ喧嘩をふっかけたりしたのかわからなかった。

兄を憎んではいない。ろくに知りもしない相手なのだから。ただ、彼の存在が思いおこさせる、亡父がアメリカの異教徒と結婚したという過去がいまわしかった。母が父にとって生涯たったひとりの女性ではなく、次善の策にすぎなかったということが、心に引っかかって消えない。最初の妻を亡くしたあとイングランドへ戻った父が、家族の希望でめあわされたのがリリアンの母だった。

父と母のあいだにまるきり愛がなかったという事実を受け入れられず、いつになっても乗りこえられそうになかった。皮肉なことに、当の母は前妻の影をうとみながらも、それはそれと割り切って伯爵夫人としての身分を楽しみ、父のお金を遠慮なく使っていた。

いまは、ふたりともいなくなってしまった。同じ熱病にかかって、あいついでこの世を去り、自分たち姉妹の今後は、会ったこともない腹違いの兄の手にゆだねられた。記憶するかぎりでは、これまでにジョナサンがイングランドをおとずれたことは一回しかない。いつも父のほうから、アメリカへ会いにいっていた。

そのことでも、兄を恨んだものだ。長い留守のあいだも、母は平気な顔をしていたが、幼いリリアンは大好きな父がいないとさびしくてたまらなかった。

しかも、今回ジョナサンは醜聞をかえりみず、自分の私生児を連れてきている。品位あるふるまいというものを、まるでわかっていないのだろう。

どのみち、いったん喧嘩を売ってしまった以上は強気をつらぬくほかない。「すっかりゴシップの的になっておいでですのね」

他人をとがめる資格など、わたしにはないのに……。リリアン自身のあやまちは、何週間、いや何カ月間もゴシップの種になりつづけたのだから。

ジョナサンはふてぶてしくも、愉快そうな顔をしてみせた。「そうなのか？」

「そうですとも」

ほら、言ってしまった。過去のあやまちはともかく、人前でエディントン公爵令嬢の胸にふれた一件を、わざわざ口に出さなくてもよかったのに。そんなことをして、なんになるというの？　ただ、非難をこめて見つめるだけでじゅうぶんだったのに。

結局のところ、この家のあるじは自分ではない。兄だ。

くやしいけれど、それが事実だった。

自分たち兄妹に似たところはひとつもない。兄は何もかもが黒かった。髪も、瞳も、肌までもが浅黒い。父親の秀でた骨格と、母親の野性的な色合いが合わさって、独特の凛々しさをかもし出していた。長身にたくましい肩、きちんととかしつけているが、当世の流行からすれば長すぎる髪。社交界でも、すでに〝野蛮な伯爵〟と名づけられている。

ジョナサンがブランデーをもうひと口飲んで、ひょいと肩をすくめた。「そんなゴシップに耳を貸す人間がいるとは、信じがたいな」

見るからに慣習などかえりみないという態度の兄のこと、上流社会の枠組みをかろんじる言葉も意外ではなかった。

〝でも〟リリアンの脳内でお節介の声がひびいた。〝外国で育ったのだもの。お金持ちで、地位があって、しかも男なんだから、詮索や好奇の目を気にしないかぎり、いくらでも好きにふるまうことができる。事実、いまもそうしているじゃないの〟

「信じがたくても、いるんです」

「なるほど」かすかに――ほんとうにかすかに――兄の目の奥で何かがきらめいた。「きみに謝罪したほうがいいだろうか？」

そのとき、キャロラインが口を開いた。「いいえ。殿方には、好きなようにふるまう権利がありますもの」

みごとな仲裁ぶりだ。実際、エリザベスとキャロラインは、おどろくほどおだやかで行儀がいい。かっとなりやすいのは自分だけだ。リリアンはしばし、あなたはエディントン公爵の娘に謝罪すべきだと言うべきか迷ったが、これ以上対立の種をふやすまいと思いとどまった。令嬢の件は、ジョナサン自身が片づければいい。

何はともあれ、いまは妹たちを守らなくては。家長と敵対しては元も子もない。リリアン自身はできれば田舎にとどまりたかったが、くやしいことに、兄の言うことには理があった。自分は結婚の機会をのがしてしまったとはいえ、エリザベスとキャロラインには、まっとうな男性を見つけて結婚してもらいたい。姉としての義務だけでなく、ふたりを心から愛し、しあわせを願うからこそだった。沈黙をはさんで、リリアンは手短に述べた。「あなたの一挙一動がどれほど注目の的か、ご自分ではおわかりにならないのかと思って」

大きな手にブランデーグラスを包みこみ、炉棚に寄りかかって立つジョナサンが、ゆったりとほほえんだ。「これでも勉強しつつあるんだよ。エセックスに暮らす妹たちにまで話が伝わるのだとしたら、あれは目を覆うような不始末だったと見える。レディ・セシリーの一件を言っているんだろう？」

少なくとも、まったく気づいていないわけではなさそうだった。

「ええ。ハンカチは、引っこめておいたほうがよかったかもしれませんわね」リリアンは苦笑まじりに言った。意外にも上品な兄の物言いに、少しだけ心がやわらいでいた。

「自分としては、騎士道精神を発揮したつもりだったんだが」

「問題は、その表現のしかたでしょうね」答えたリリアンは、エリザベスとキャロラインが耳をすませているのに気づいた。まだ若いふたり——十九歳と十八歳——の前で、具体的な話をするのはまずい。「それはともかく、本題に戻りましょうか。今シーズンをどうお過ごしになるつもりかお聞かせねがえませんか、伯爵？」

「ぼくらは兄妹《きょうだい》だ、リリアン。そんなふうに堅苦しい話しかたはやめにしないか？」

これまた腹が立つほどもっともな意見だったが、実のところ、リリアンにはジョナサンが妹たちをどうするつもりなのか見当がつかなかった。きちんとした社交界デビューの準備をしてくれるのか、それともお金を出し惜しみするつもりか？　判断できるほどには、相手のことをよく知らない。リリアンはこわばった声で答えた。「これまで面識がなかったんですもの。礼儀正しく接するのがふつうでしょう」

それに、安全だ。リリアンは安全な場所にいたかった。人に思い入れすぎると、ろくなことはない。両親を失ったときの胸をえぐるような痛みを忘れたの？　アーサーとのことを忘れたの？　妹たちについては、どうしようもない――すでに愛してしまっているから。けれどジョナサンに関しては、父親が同じだからといって愛さなくてはならない法はない。

「こわい声だ。母の種族に属する、勇猛な女たちを思い出すよ」

やさしくからかうような口調に、リリアンは赤面した。けれど確かに、自分にはもろ手を挙げて兄を迎え入れるつもりがない。ジョナサンもそれに気づいているからこそ、からかいたくなるのだろう。

「種族？」きつく問いかえす。「言っておきますけれど、あなたは貴族の血を引く英国紳士なんですよ。一族の歴史をたどれば、ノルマンディー家のウィリアム一世ともつながりがあるんです」

「また、言いかたをまちがえたかな。ぼくがよく知る側の血族だ。念のために言っておくと、母の種族は、ウィリアム一世が生まれる何千年も前からアメリカの地に根づいていた。母は首長の娘で、その意味で言うならぼくは、父の側よりずっと高貴な血を引いているんだよ」

　抑制のきいた短い演説に、リリアンははっとした。ジョナサンはことさらに敵対することなく、淡々と事実を述べるふうに話している。膝に乗せた両手をきつく握りしめながら、リリアンは思った。兄はいつも、ふつうとちがう生まれについて自己弁護を強いられているのかもしれない。あんなに堂々としているのに。

　客間が、ふいにひどく重くるしく感じられた。そこにたたずむ兄はあくまでも丁重だが、純英国風のよそおいのなかで、浅黒い肌と、漆黒の力強い瞳が異彩を放っている。この世界で生まれたわけではないのに、いまやこの場を制している。

　ずるいわ。

「えらそうなことを言おうとしたわけじゃないんです」必死で声の調子を整える。「ただ、世間ではひどい無作法と見なされるふるまいをしたときの影響を、お教えしようと思って」

　ジョナサンは平気だった。顔を見ればわかる。しなやかな身体をゆったりとくつろがせ、瞳に不敵な笑みをたたえていることからもあきらかだった。「いったい、どうなるんだい？」

　なんてこと、こちらを怒らせようとしているんだわ。自由闊達《かったつ》な気風で、世間の批判を気にしないところは、亡き父とそっくり——認めるのはくやしかったけれど——だった。父は慣習などおかまいなしで好きな相手と結婚したし、何を隠そう、リリアンもかつて、ゴシップをかえりみずに思いきった道を選んだ。同じ性向をもつ兄を責めたてるのは、偽善にほかならない。

自分が選んだ道は、破滅に通じていた。

そして、その代価は……あまりにも高いその代価は……。

リリアンはしかつめらしく言った。「伯爵、よかったらふたりきりで話しませんこと？」

「ぼくの書斎で？」だしぬけの提案を、ジョナサンはおもしろがっていいのか怒っていいのか決めかねていた。リリアンが、これから言うことを妹たちの耳に入れまいとしているのは明白だが、ジョナサン自身もあまり聞きたい気分ではなかった。

「お父さまの書斎で」リリアンがだしぬけに立ち上がり、水色のモスリンをさらさらいわせながら前を横切った。決然とした目の色には、大の男をもひるませる力があった。

ジェームズはレディ・リリアンについて、あまり多くを語ろうとしなかった。自立心が強いとは言われたが、ずいぶんと控え目に表現してくれたものだ。威厳をただよわせるには若すぎる彼女に、妹たちの社交界デビューを手伝ってほしいと頼んだのは荷が重かったかもしれないが、これぱかりはジョナサンにとっても未知の分野だった。すでにへまをやらかしている自分が、今後もつまずかないという保証はどこにもない。自分自身が気にかけないせいで、家族にとって社会的地位というものがどれほどたいせつなのか、まるで想像がつかなかった。これまで生きてきた世界では、地位など些細なものだったが、ここでは……いいかげん、誰かに規則を教わる必要がある。アデラのことも考慮しなくては。いまはまだ幼くて、世間からあびせられる差別の目に気づかないが、いつかその日がくるかもしれない。

つややかな巻毛といい青い瞳といい瓜《うり》ふたつのキャロラインとエリザベスが無言で見まもるなか、ふたりは部屋を出た。

リリアンが書斎の場所を知っているのはおどろくにあたらない。さっさと大理石の廊下を歩いてゆく妹におとなしくつき従いながら、ジェームズは苦笑を漏らした。小さいころから、このロンドン屋敷と田舎の領地で暮らしていたのだろう。

自分はちがう。〝父の書斎〟か。本来は、自分よりも彼女に属する場所なのかもしれない。望んで手にした爵位でもないのに、まるで強奪者になったような気分だ。リリアンはジョナサンを伯爵として認めていない。正直なところ、それを責める気にはなれなかった。

この食いちがいは、まだまだ氷山の一角にすぎない。

書斎に入ると、リリアンはすぐさま暖炉わきの椅子に腰かけた。季節柄、火は入っていない。開いた窓から流れこむ昼下がりのそよ風が、頬にかかるほつれ毛をなぶっていた。ほどなくリリアンが口を開いた。「率直な話をしたいんです」

「もちろん」ジョナサンは腕組みをして、机の角に腰かけた。「どうか好きにしてほしい。こちらは、なぜ一対一の話し合いが必要なのか見当もつかないから」

「エリザベスとキャロラインの前では、この話題を出したくなかったので」

「なるほど」

リリアンが肩をそびやかした。「ジェームズからは、どう聞いているのかしら？」

「何について？」ジョナサンは当惑まじりのまなざしを向けた。

妹が息を吸いこむ。ほっそりした喉の筋肉がぴくぴくと動いた。声もあきらかにふるえている。「わざと鈍感そうにふるまっていらっしゃるの？　それとも、わたしの気持ちを楽にするために、気づかないふりをなさっているの？」

あまりに難解な質問だった。

「リリアン」ジョナサンは手さぐりで話しかけた。不安にかられた若い娘をなだめるなど、ほぼ初めての経験だ。もちろん、五歳の少女の相手なら慣れっこだが、それとこれとでは話がちがう。「よかったら、もう少しわかりやすく説明してくれないか。何か、ジェームズに話されて困ることがあるのかい？」

「屈辱だわ」リリアンが目をそむける。

屈辱。それだ。彼女の姿勢を見ても、ジョナサンにさえ最新流行ではないとわかる水色のドレスに包まれた細い身体のこわばりようを見ても、顔の引きつりようを見ても、それはわかる。

イングランドの地を踏んで初めて、ジョナサンの胸に、肉親への責任というものが実感された。

〝この問題は、リリアンだけではなく、ぼくの問題でもある〟

叔母――母が亡くなってからずっとジョナサンを育ててくれた女性――なら〝追風が吹いた〟と言うだろう。人が、思いもよらぬ方向へと――やさしく――導かれる状況をあらわす言葉だ。

たとえば、いまのように。

「聞かせてくれ」ジョナサンはかたわらの小卓に歩みより、ふたたびブランデーをついだ。そして一瞬考えてから、シェリーのデカンターを手にとり、妹のために一杯ついでやった。

リリアンはことわるかに見えたが、やがてふるえる手をのばしてグラスを受けとった。

「ありがとうございます」すぐに口に運ぼうとはせず、伏し目がちにグラスの中身を見つめている。

「わざわざ人払いするからには、よほどのことなんだろう」

「妹たちにはとても聞かせられない話だから」

「何が？」

こちらを見たリリアンの顔は真っ青だった。「あなたはどうか慎重になさって。わたしはそうできなかったから。醜聞はひとつだけでたくさん。もし同じようなことがもう一度あったら、妹たちはとても社交界でやっていけないでしょう。まだお聞きになっていなくても、いずれ耳に入るわ。有名な話だから、妹たちも少しは知っているけれど、わたしの悪評が自分たちにどう影響するか、あの子たちには理解できないんじゃないかと思って」

痛ましいことに、リリアンは大まじめだった。まだ二十二歳の彼女はまだ気づいていないかもしれないが、若いときには大悲劇に思えても、実際にはたいしたことがない場合が多い。人生は続いてゆくのだ。

「そこまで言われると、気になってしかたないな」ジョナサンはわざとのんびり言った。「きみのようにまっとうなレディが、どうすれば家族に恥をかかせることができるんだ？」

わずかな躊躇《ちゅうちょ》のちに答が返ってきた。「セブリング子爵と一夜をともにしたんです。みんな知っていることだわ」リリアンの青い瞳は沈んでいたが、その視線はゆるがなかった。顎がつんと上がる。「向こうは、わたしとの結婚を拒んだけれど」

ふしぎなことにジョナサンの中には、面識ひとつない貴公子――もっとも、女性に対するあつかいのひどさはごろつき同然だが――への殺意がむくむくと湧き上がってきた。たいせつな妹の人生を台無しにするとは。憐憫《れんびん》の情ではない。感情的な女性を相手にした経験からそれはわかる。リリアン自身、助けを求めるような顔はしていない。けれど、義務感だけではおさまらない何かが心に生じていた。この家にはあまりかかわりあいになりたくないと思っていたのに。

事実、自分はかかわりあいになっている。この家の一部となっている。リリアンのまなざしを見れば、どんな冷血漢でも心動かされずにはいられないだろう。まして、自分は血のつながった兄だ。

そうとも、自分は兄だ。これまでおのれの人生というものは漠然としていたが、亡き父の書斎でちょこんと椅子に腰かけるリリアンを見たとき、ふいに自分の立場がくっきりと見えてきた。リリアンを守れるのは、自分しかいない。

「伯爵の娘との結婚を拒んだ？　信じられないな。いきさつを話してくれ」ジョナサンは腰を下ろした。自分の長身が威圧感を与えそうだったからだ。この話だけはきちんと訊《き》き出さなければ。

「事故のようなものよ」低い声が返ってきた。

「つまり、男のほうがしくんで、きみはその罠《わな》に落ちたということか。続けてくれ」

「子爵を知りもしないくせに」リリアンが頭をもたげ、けんか腰にこちらを見た。「それに、ある意味ではあなただってあの人と同類でしょう？　ただ、わたしたちの場合、子どもはできなかったけれど」

まだ相手の男をかばう気なのか。興味深い。娘の誕生に関する嘲弄《ちょうろう》は聞きながした。自分が男の責任を放り出してアデラの母親と結婚しなかったと噂されているのはよく知っている。

「子爵はきみを傷ものにしたあげく、男の責任をまっとうしなかった。それ以外に、知っておくべきことがあるだろうか？」ていねいな言葉づかいを心がけたが、おのずと声がするどくなった。なぜジェームズはいままで話さなかったのだろう？　もっとも、自分自身の激烈な反応を思いおこせば理由はだいたいわかった。ジェームズもまた、憤っていたのだ。

「子爵に引きあわせてほしい。ふたりで話をしたいから」

「その必要はないわ」

「ぼくにはある」

「彼のほうが悪いと、なぜ言いきれるの？」

ジョナサンははたと言葉に詰まった。そのとおり、言いきることなどできない。判断できるほど、妹をよく知らないのだから。

リリアンが冷静に続ける。「わたしのことはどうでもいいから、妹たちの社交界入りの話をさせてください。自分の軽率さを恥じているからこそ、あなたには節度あるふるまいをお願いしたいの」

伯爵位継承への反発を隠そうともしない妹にとって、こうやって率直に話を切り出すのは至難のわざだったろう。ジョナサンは自虐《じぎゃく》めいた笑いとともに言った。「要は、たとえ親切心からでも、シャンパンまみれの令嬢には近づくなと言いたいのかな？」

リリアンがうなずいた。「人が見ていますもの。なにしろあなたは……」

ジョナサンは身をのり出して続きを待った。

「……特別だから」リリアンが言いおえたあと、さすがに気まずいのか頬をかすかに染めた。先ほど赤裸々な告白をしたときでさえ、顔色を変えなかったのに。

「野蛮と言いたいんだな」

頬の紅潮が増した。「そんなこと、一度も言っていないわ」

ジョナサンはひょいと肩をすくめた。生まれ故郷アメリカでさえ、自分のややこしい血筋はめずらしがられたものだ。ここイングランドではなおさら浮き上がって見えるだろう。由緒正しい伯爵家の血は半分だけ、残りは宿敵フランスと原住民の血が混ざりあっているのだから、悪意をまじえた好奇の視線を浴びるのはしかたない。「ぼくにとっては、どうでもいいことだ」

「でも、エリザベスとキャロラインにとってはたいせつなことよ」

ジョナサンはブランデーを口に運びながら、平然とした顔をとりつくろった。いますぐアメリカへ帰りたい。そのためには、まず妹たちを嫁がせる必要があった。

そう、三人すべてを。いずれも器量よしだし、家柄にも結婚持参金にも不足はないのだから、相手を見つけるのはたやすいはずだった。だが、姉妹のなかでいちばん美しいリリアンの前に、こんな障害が立ちはだかっていたとは。

セブリング子爵が呪わしかった。自分をいざこざに巻きこんだ可憐な公爵令嬢も呪わしかったし、何よりも、世間知らずの娘を傷ものにした男が何食わぬ顔で生きていける、この貴族社会が呪わしかった。

この件に、一刻も早くかたをつけなければ。

リリアンの表情はこわばっていたが、口調はおだやかだった。「あなたには子どもがいるでしょう。その子のことは？」

ジョナサンはうなずいた。「ああ、娘がいる。叔母さんたちに会えるのを心から楽しみにしているよ」

「お嬢さんを、心ない中傷から守りたいとお思いでしょう？」

「あの子はまだ小さいからわからないだろうし、どのみち今後生きていくうえでは、多少の中傷には耐えてもらわないといけないからね」考えると頭が痛かったが、事実にはちがいない。「生まれた環境を別にしても、ぼくにそっくりなんだ」

「そう」リリアンの頰がまた赤くなった。「いろいろ乗りこえる必要がありそうね。ほんとうは、アメリカに残していらしたほうがよかったんじゃないかしら」

「とんでもない」きっぱりと答えたのは、いつわらざる本心だったからだ。「ぼくはあの子のたったひとりの親だし、必要とされている」

〝きみたち姉妹にとっても保護者だ。好もうと好むまいと、ぼくの力は必要だろう？〟

「もしよかったら」ジョナサンはおだやかに提案した。「セブリング子爵とのあいだに何があったのか、具体的に話してくれないか」

リリアンが立ち上がり、近くのテーブルに音高くグラスを置いた。「いやよ」迷いのない答が返ってきた。

本気なのだろう。

興味深い。

「パパ！」

扉がいきなり開いたのは、別に意外ではなかった。この屋敷に来て以来、アデラにはすべての部屋を自由に出入りさせていたからだ。駆けこんできた愛娘は、黒髪をくしゃくしゃに乱し、きちんと結んであったリボンはどこかへ消えていた。親の贔屓目《ひいき》を別にしても、めったにいないほどかわいらしい子どもだ。大きな黒目と、ときにこちらを圧倒する活力。

「ノックを忘れたな、アディ」ジョナサンはやんわりとたしなめた。

アデラがはっと立ち止まる。「あっ、いけない……ごめんなさい。ほんとに」

ジョナサンは笑顔になった。親としてあまり感心できないふるまいなのかもしれないが、娘を叱ることはめったにない。ときおり失敗するのはあふれる生気のせいであって、ほんとうの無作法ではない、とつい甘くなってしまうのだ。「何を伝えたくて、そんなにあわてて駆けこんできたかを聞く前に、紹介しておこう。リリアン叔母さまだよ」

アデラがいずまいを正した。レースをあしらったピンクのドレスにあちこち染みがついているのは、また庭に出ていたためだろう。「はじめまして」

リリアンが、ジョナサンと対面して以来初の微笑を浮かべた。「はじめまして。お会いできてうれしいわ、アデラ」

「パパは、アディって呼ぶの」娘はとたんに礼儀作法を忘れたようで、くるりと回転するなり、五歳児ならではの熱っぽさで言った。「あのね、うまやに子犬がいっぱいいるのよ」

「それは奇跡だな」ジョナサンはそっけなく言った。「どうせ、もうほしいのを一匹選んであるんだろう」

アデラがうなずいたあと、真っ黒な瞳に懇願《こんがん》をたたえた。「おねがい。ねえ……おねがい」

ただでさえ無秩序な人生に、もうひとつくらいやっかいごとがふえたところでなんだというんだ？　それに、娘を慣れしたしんだ故郷から外国へ連れてきたのは自分だ。「別にかまわないが、おまえの寝室で寝かせてはいけないよ。料理人に、厨房に置かせてもらえるか頼みなさい。もし許してもらえたら、そのうえで……」

入ってきたときと同じく、小さなつむじ風のように娘が飛び出していったので、ジョナサンは口をつぐんだ。

すると、おどろくべきことが起こった。リリアンが声をあげて笑ったのだ。

4

「このあいだの非礼を謝罪したいと、ずっと思っていたんだ」

いまいましい。ほんとうに、いまいましい。

彼だ。

ふり向く前に、セシリーはとっておきの作り笑いを張りつけ、どうすれば早々に逃げ出せるかと考えをめぐらせた。あの声。どこで聞いてもすぐわかる。母音はふつうよりややまるく発音され、子音はどこかゆったりと芳醇《ほうじゅん》にひびく。身にまとったコロンも、いままでに嗅《か》いだことのない、ひどく男性的な香りだった。

〝野蛮な伯爵〟だ。

ふり向いたセシリーは、ヴェルヴェットのような漆黒の瞳を見上げた。大広間は人でごった返し、演壇に乗った楽団が調弦している。広々とした室内が、ふいにひどく小さく感じられ、彼がひどく近くに感じられた。実際には、無礼にならない程度に距離をあけて、隣の椅子の前に立っていたのに。

動揺を隠すなど、できそうになかった。もともとそういうことは苦手だし、たとえ嘘をついて当座をまぬかれても、いずれしっぺ返しがくるのが人生だから。

そこで、セシリーは冷たく言った。「謝罪の必要などありませんわ、伯爵」

「いや、あると言われたんだ」笑みというほどではないが、唇の隅がわずかにもち上がった。言葉とはうらはらに、さほど反省していない表情で伯爵が隣の空席にふわりと腰かけ、長い脚をのばす。

セシリーの右側で、エリナーが狼狽に息を呑むのが聞こえた。誘われもしないのに同席するなど、まともな紳士のやることではない。けれど、伯爵が気にかけていないのはあきらかだった。

そう、彼の顔に浮かんでいるのは謝罪ではなく……自信だ。完璧に仕立てた黒の上着と真っ白なクラヴァットの対比が、赤銅色の肌をきわ立たせている。全身がこの色なのかしら、とセシリーはつい考えてしまった。全身、隅から隅まで……。

なぜ、こんなはしたない思いが浮かんだのかわからない。これまで、知り合いの男性の誰に対しても、服を脱いだところなど想像したことがなかったのに。われながら、そんな想像をしたということが信じがたかった。

たじろぐほどまっすぐなまなざしを、彼が向けてくる。「ぼくが言ったことを他言しなかったんだね。りっぱだと思うが、それがめぐりめぐって噂になってしまった。何を言ったのかが賭けの対象にまでなっているそうじゃないか。きみたち貴族は、そこまで薄っぺらな暇人ばかりなのか？」

面倒を引きおこした本人とは思えないくらい、痛烈な皮肉だった。とはいえ、本心ではセシリーも伯爵に同意していた。街では人々が飢えているというのに、ここでは裕福な若者たちが、社交行事でささやかれたひと言をめぐって金を投げ出している。あまりにも浅薄《せんぱく》な浪費ぶりには、ゴシップそのものよりもいら立ちを誘われた。

「オーガスティン伯爵、お言葉ですけれど、あなただって、いま非難された貴族社会に属していらっしゃるでしょう」

白い歯がちらりと覗いた。「ぼくが？　あいにくだが、ちがうな。どう見ても半分しか属していないし、自分と高貴な貴族階級とのちがいが、肌の色だけでないと見きわめられるだけの客観性はそなえている」

ついさっき、彼の肌色に思いを馳《は》せた——もっとも、意味合いはまるでちがうけれど——セシリーは思わず顔を赤らめた。首すじから頰へと、じわじわ血がのぼっていくのがわかる。ふだんは言葉に詰まったりしないのに、彼の大胆すぎる態度を前にすると、すばやく反論することができなくなっていた。

圧倒されるほどの男らしさもそうだ。筋肉質のたくましい肩もそうだ。一見のんびりと座っていても、彼は力強く……危険にさえ見える。

まるで天気の話でもしているかのような落ちついた口調で、彼が続ける。「英国貴族社会に対するぼくの個人的見解はさておき、今回の件をおさめるにはどうすればいいだろう？きみのほうがくわしいだろうから、教えてくれ」

意外にもまじめな口ぶりだった。てっきり、しきたりなど歯牙にもかけない人間かと思ったのに。

セシリーはようやく声をしぼり出した。「ひどく、ばかげたなりゆきになってしまって」

「いきなり近づいてきて隣に座ったりしてはいけないと、伯爵に言ってやりなさい」行儀悪くふたりの会話に耳をすませていたエリナーが、耳もとでするどくささやいた。「また、人目を集めているから」

セシリーは必死で聞こえないふりをしたが、姉の言うとおりだとわかっていた。困ったことに、オーガスティン伯爵はとても耳がいいようだった。「姉上の言いぶんはもっともなのかもしれないが、別に人前できみを床に押したおしたわけではないだろう。ただ、話をしているだけだ。神経をとがらせる必要が、どこにある?」

「あなたがわたしに関心をもっていると世間に思われますもの」セシリーは説明しながら、室内の温度がほんとうに高いのか、それとも彼が近くにいるせいなのかといぶかしんでいた。

「こうして話しているんだ。関心があるのはあたりまえじゃないか」

「わたしが言いたいのは……」

「わかってるさ、レディ・セシリー」漆黒の眉をおどけてつり上げながら、伯爵がさえぎる。

「きみに気があると思われる、そう言いたいんだろう」

〝気がおありなの?〟

あやうく声に出して訊ねかけたのは、彼がこちらに向けるまなざしのせいかもしれないが、むしろ自分自身が彼に向けるまなざしのせいなのかもしれない。

そのとき、音楽が始まった。本来なら伯爵はすぐに立ち去らなくてはいけない。演奏中に席を移るのは、とても無作法とされているから。そんなことでひるむ伯爵だとは思えなかったが、彼が社交界をないがしろにするのは、粗野というよりももともと気どったことがきらいなせいだと、セシリーにもわかりつつあった。

やわらかなヴァイオリンの音がひびく。旋律が室内に広がると、小声のおしゃべりはかき消された。

そのとき、彼がまた同じことをした。こめかみに熱い息がかかるほど近々と顔を寄せて、セシリーにしか聞こえない声でささやいたのだ。「今夜のきみはとても美しいし、薔薇色に染まった肌にはとても惹かれるが、よけいな布をとってしまったら、もっとすてきだろうな。あとでもう少し、話をできないか？」

どこが善意のふるまいなものか。

何もかも、あの可憐な公爵令嬢のせいだ。ジョナサンは立ち上がり、キャロラインとエリザベスのもとへ戻った。興味しんしんの視線を向けてきた妹たちはいずれも、今夜に間に合うようジョナサンが人気の仕立屋に大枚はたいて作らせたドレスで着かざっている。ふたりのもちあわせはどれも流行遅れだし、子どもっぽすぎるとリリアンが主張したためだ。

さっき起きたことを、すべてレディ・セシリーのせいにするのは不当かもしれない。隣に座っているあいだじゅう彼女の裸を思いえがいていたなどと告白すべきではなかった。そういう妄想は言わぬが花だが、実を言えば、むき出しの肩となやましく盛り上がる胸もとが目に入ったとたん、先日の非礼を詫びるという本来の目的を忘れてしまったのだ。

それどころか、よけい問題をややこしくしてしまった。

せめて、彼女があんなふうに色っぽく頬を染めなかったら、もう少し用心深くふるまえただろうに。

たぶん。

自分には、フランス兵とアメリカのイロコイ族、そしてイングランドの伯爵の血が流れている。その生まれを恥じたことは一度もなかった。困るのは、ふたつどころか三つの文化をあわせもったことで、どうせどの世界からもはみ出すのだからと、つい自由気ままにふるまってしまうことだ。

いや、それは問題の半分にすぎない。残り半分は、レディ・セシリーのまばゆい魅力だ。ここまで女性に惹きつけられることはめったになかった。もちろん、美女ならいくらでも知っている——その多くと、行きずりの関係を楽しんできた——が、ジェームズに指摘されたとおり、彼女は手を出せない存在だ。

ジョナサンは戦士であり、公爵令嬢はたまらない戦利品だ……ただし、いまは世界でも随一という洗練をきわめた大広間で、大ぜいの視線にさらされている。

くそっ。

せめてものなぐさめは、かなでられている音楽が絶品だということだ。ウィーンから呼びよせた楽団の演奏に、ジョナサンはうっとりと耳をかたむけた。イングランドに着いてから幾度となくつきあわされた、しろうとの悲惨な演奏会に比べれば天国に思える。

可憐なレディ・セシリーは何か演奏できるだろうか？　部屋の反対側に腰かける彼女が気にかかってならない。ものうげに揺れる扇の、なんと色っぽいことか。わずかにうつむいた横顔は繊細そのもので、いくら頭を音楽に集中させようとしても、彼女の存在が意識から離れてくれなかった。

さっきの問いには、答をもらえなかった。

娘や妹たちのためにも、さっさと疑惑を払拭《ふっしょく》しなくては。そして、早く生まれ育った国に帰ろう。

リリアンにも、キャロラインにも、エリザベスにも、今後の計画は話していない。爵位を継いだことに対しては、ある種の罪悪感をおぼえていた。自分に妹が三人いるのは知っていたが、実際にかかわりあいをもつことは一生ないと思っていたから。亡父はたびたびアメリカをおとずれていたので、じゅうぶん親子の情をかよわせることができたし、アデラという生き甲斐もあったし、数年前に叔母を亡くしたときは打ちのめされたものの、母の一族ともまだ交流は続いていた。

演奏が終わると、あちこちで丁重な別れのささやきが交わされ、人々がいっせいに出口へ向かいはじめた。ジョナサンは兄の義務として、妹たちをメイフェアの屋敷へ送りとどけた。リリアンは来ていない。どうやら、いつも外出を辞退しているらしい。アデラの寝室に寄って、ぐっすり眠っているのを確かめたあと、ジョナサンは従弟行きつけのクラブへ向かった。

自身も会員資格を父から受け継いだ場所だ。いつもなら、煙の立ちこめる室内の息苦しさや、わずらわしい人づきあいをきらうところだが、今夜は仕事で街を空けていたジェームズから、一週間ぶりに戻ってきたので会いたいと手紙が届いていた。

〝まったく、ロンドン社交界とは行動の予測がつきやすい場所だな〟入口で従業員に出迎えられながら、そんな思いが浮かぶ。男たちはクラブへ、女たちは午後のお茶会へ……。

ジェームズはひとりで座っていた。きちんとたたんだ新聞を、ウイスキーのグラスの横に置いて。ジョナサンが近づいていくと、にこっとして訊ねる。「音楽会はどうだった？」

「そううれしそうな顔をするな。今回のはだいぶましだった」ジョナサンは顔をしかめ、向かい側の席に足を投げ出して座ると、近くの給仕に合図した。「ただ、若い娘の付添い《ドゥエナ》を務めるのはどうにも苦手だ。若い娘といえば、リリアンには何があったんだ？」

ジェームズがくすりと笑い、頭をふった。「血筋のせいなのか、アメリカ育ちのせいなのか知らないが、きみという男はほんとうに、あきれるほど率直だな。気づいていたかい？」

「なんでも単刀直入がいちばんだ」ジョナサンはブランデーを注文し、椅子に深く沈みこんだ。「いいからリリアンについて教えてくれ。本人は、自分が傷ものになったということと、セブリングという男の名前しか明かそうとしないんだ。おまえには関係ないとはっきり言われたが、実際のところ大ありだと思わないか？　それに、どうせ世間に知れわたった話なら、この耳に入ったところで、たいして変わりはないだろう」

ジェームズがテーブルごしに、どこか慎重なまなざしを投げた。「ぼくがいままで話さなかったのは、リリアンのことが好きだからさ。ちょっととげとげしいところはあるが、いい子なんだ。きみも、もう少し交流を深めたうえで審判を下すべきだと思ったんだよ」

「審判など下すつもりはないさ、ジェームズ。知ってのとおり、こっちも聖人君子なんかじゃない」ジョナサンはいらいらとつぶやいた。「ただ、何が起きたのかきちんと知っておきたいんだ」

近くのテーブルでにぎやかな笑いがひびいて即答をさまたげた。ジェームズ自身、見るからに答えるのをためらっていた。やわらかな明かりに照らされた顔が重々しい。「実を言えばジョナサン、ぼくもはっきりしたことは知らないんだ。知っているのは、セブリングが四年前に駆落ちをもちかけたが、結婚にはいたらなかったということだけさ。スコットランドへ向かったはいいが、途中でロンドンへ引き返したらしい。ただ、その前に片田舎の安宿で夜をともにしてしまった。あの年、あんなにはなばなしく社交界に打って出ていなかったら、リリアンも……まあ、無傷とはいかなくとも、少しは手かげんしてもらえたかもしれないが。妬《ねた》みにかられた若いレディたちや執念《しゅうねん》深い母親たちが、寄ってたかって悪口を言いたててね。シーズンきっての名花が頂点から引きずりおとされたんだ、その痛手たるや悲惨なものさ。文字どおり、世間によってずたずたにされたんだ。リリアンはいまもそこから立ち直っていないんだと思う。世捨て人のようになってしまうのも無理はないよ」

ちょうど運ばれてきたブランデーを、ジョナサンは口にふくんだ。なめらかな炎が、喉をすべり下りてゆく。リリアンがそれほどの辛酸《しんさん》をなめたとは、考えただけでつらかった。

「相手を愛していたのか？　いまでも？」

従弟がウイスキーにむせて咳きこんだ。「愛だって？　まさか、きみが愛なんて言葉を口にするとは」

「娘がいるからな。なじみのない感情じゃないさ。それに、ぼくが父をだいじにしていたことも知っているだろう？」

「それとこれとは話がちがう。きみがロマンティックなたちだとは思いもよらなかったよ」

ロマンティック？　その言葉が自分にあてはまるという確信はなかったが、あてはまらない確信もなかった。可憐なセシリーへの関心は、もっと原始的な本能にもとづくものだ。たった二回すれちがっただけで深い感情をはぐくむことはむずかしいが、性的な魅力を感じることならできる。「いいから答えてくれ。頼む」

「わかるわけがないだろう？」ジェームズがぴしゃりとやり返した。「リリアンとはいとこ同士だが、親友じゃない。もともとあまり人に心を開く娘じゃないんだ。ぼくに対しても、誰に対しても」

ジョナサンは苦笑を漏らし、さらに深く椅子に沈んだ。「見こみちがいだな。その気になれば、とても率直になれる娘だよ。たとえば、ぼくのふるまいに対してははっきり批判してくる。今夜はまた失敗を重ねてしまったが。エディントン公爵の娘が音楽会に来ていてね。先日の非礼と、その後のゴシップに関して詫びようと思ったのに、うまくいかなかった。今夜ふたりで話したことで、また噂が広がるにちがいない」

「それはまちがいないな」ジェームズは興味をそそられたようすだった。「相手はなんと言ったんだい？」

「美貌のレディ・セシリーが？　先日の初対面以来、ばかばかしいほどの注目を集めていると言っていたな。まったく異論はないよ」

「同意するんだね？　なるほど。なんだか物欲しそうな口調じゃないか」

物欲しそう？　彼女にそそられているのは事実だ。お上品な英国美女に目を奪われるなど、思いもよらなかったのに。だが、こういう単純な欲望はいずれ冷める。「あの娘は、アメリカ人じゃない」ジョナサンは手短に答えた。

「ぼくもだよ」ジェームズがずばり正論を述べる。「リリアンとその妹たちも、きみの父上も。アデラだって、イロコイ族の血は少ししか引いていない。いま、きみがいる場所はアメリカじゃない。そのことを、受け入れたほうがいいと思う」

「イングランドに長居するつもりはないんだ」ジョナサンはぶっきらぼうに答えた。

「そうかい？」ジェームズがグラスのふちを指でなでながら、考えこむ顔つきになった。「きゅうくつな上流社会に、きみがどれだけ耐えられるかはさておき、そんなに早く義務から逃げ出すことはできないと思うよ」

「何からも逃げ出すつもりはないさ。ただ、すべてが決着するのを見とどけたいだけだ。ぼくも娘も、早くこれまでの生活に戻りたい。そのためには、リリアンの将来を決める必要があるんだ。セブリングについて聞かせてくれ。その後どうなった？」

従弟が肩をすくめた。「別の娘と結婚したよ。リリアンの半分も美しくないが、父親が政界の有力者ということで、野心家のセブリングは一も二もなく飛びついたんだ。双方にとって納得ずくの取引だということは、誰もが知っているよ。細君のほうは爵位が望みだった」

ぼんやりと回すブランデーのグラスから芳香が立ちのぼる。妹をまだろくに知らないのに、ジョナサンはいつしか義憤にかられていた。「リリアンの人生を台無しにしたばかりか、心まで引き裂いたというのか？」

「後者については、本人に訊かないとわからないが、そう、あの一件でリリアンの評判が地に落ちたのは確かだね」

「なんなら」ジョナサンは声にすごみをきかせた。「セブリングのほうに訊いてみようか」

「いまはロンドンじゅうで、きみの出自が話題になっている。純真無垢の公爵令嬢だけでなく、人でなしの子爵にも近づかないほうが安全だよ、ジョナサン」ジェームズがひたいをさすった。「いまさら一対一で会っても、しかたないだけだ。そっとしておこうというのが、きみの父上が四年前に下した決断だ。きみもそれに従ったほうがいいんじゃないかな」

どこか引っかかる話だった。記憶に残る父ならば、わが子が恥辱にまみれたのを見すごしたりするはずがないのに。

「かもしれないな」ジョナサンはあいまいに答えたが、納得しきってはいなかった。

ほかにも何か事情があるにちがいない。

5

「いつになったら、話してくれるつもり？」

どうせ姉が見のがしてくれるとは思っていなかったので、セシリーは部屋着の帯を結びながらため息をついた。ベッドに腰かけたエリナーが、膝に乗せた両手をきちんと組みあわせ、するどい目でこちらを見ている。

射るようにするどい目で。

いかにもエリナーらしかった。いつでもずばりと切りこんでくる。けれどセシリーのほうはいつになく、質問の行き先をつかめずにいた。「何を？」おそるおそる訊ねながら、部屋を横切り、暖炉に近い椅子に腰かける。就寝前にゆったり読書を楽しむ望みは断たれかけていた。セシリーは毎晩少なくとも一章は本を読むし、雨の夜ともなれば、図書室に数時間こもることもめずらしくない。学識のある娘が世間で不人気なのは知っていたが、どうしても止められなかった。それに星にも興味があって、父の所有する星図を眺めるのが大好きだった。女らしくないと言われるのを承知でエリナーが父にかけ合ってくれたおかげで、姉妹はふたりとも、兄の家庭教師からラテン語とギリシャ語を習うことができたのだ。

「オーガスティンのことよ」

安堵《あんど》がこみ上げた。夜遅く押しかけてきた姉が、ドゥルーリー子爵を話題にするつもりでないとわかっただけで、これほど心が軽くなるとは。

セシリーはひょいと肩をすくめた。「話すことなんてないわ」

「今夜、詫びにきたじゃないの」ナイトドレスのボタンをきっちりと喉もとまで留めた姉のまっすぐなまなざしが、言いのがれなど許さないと語っていた。「あれを見るまでは、あなたの言葉を信じていたのよ。伯爵は大陸育ちで礼儀作法を知らないから、失態があってもしかたないって。でも、あの人は愚鈍《ぐどん》には見えないし、必要ないところでしゃしゃり出てくる性格にも思えないわ。このあいだの舞踏会で口にしたことは、とても無礼《アウトレ》だったのでしょう？　でなければ、あんなふうに謝罪などしないはずよ」

例によって、姉の観察力はおそるべきものだった。

セシリーは小声で言いわけした。「少なくとも、自分が引きおこしたゴシップについては反省していたみたい」

「でも、今夜その反省は活かされなかったわ。それどころか、上塗りをしてしまった」

〝そのとおりだわ〟セシリーは内心ため息をついた。オーガスティン伯爵のせいで、事態はさらに悪化してしまった。隣に座った彼から伝わってくる力強さと、身体の熱さ……いままで知らなかった存在感は、どこか魅惑的だった。並んで腰かけただけの男性から、こんな感じを受けるのは初めてだ。四方からの視線が、彼の身のこなしをひときわ大胆にさせたようにさえ思えた。ふたりの短いやりとりを人々が見のがすはずもなく、あれから音楽会が終わるまで、セシリーは好奇のまなざしにさらされつづけた。頰の上気がおさまらなかったせいもあるかもしれない。

「ロンドン社交界のしきたりを、頭に入れている最中なんでしょう」セシリーはお気に入りの椅子から、読みかけの本に未練がましい目を投げた。きのう読みすすめたところにしおりが挟んである。こういうあたたかい夜、カーテンを揺らす心地よいそよ風を感じながら、ゆっくり読書をできたら、どんなに楽しいことか……。

「あの人、あなたに関心があるのよ」

いかにもエリナーらしい切りこみかただった。セシリーとて、けっしてまわりくどい物言いを好むわけではないが、ここまであっけらかんとはしていない。自分の意見をもちつつも、姉とちがうのは、時と場合に応じて思いを胸にしまっていることだ。

「関心があるとかないとか、そんなことを論じても時間の無駄よ。わたしはただ、この騒動をどうやっておさめるつもりなのかを訊いたの。あちらの質問には答えなかったわ。正直なところ、世間の人が勝手なことをささやかなくなれば、それでいいわ」

「オーガスティン伯爵のおこないを、世間が見のがすとはとうてい思えないけれど」

そのとおりだった。伯爵がロンドンに到着してからというもの、ゴシップ紙は毎日のように彼の記事を書きたててきた。そしてセシリー自身も、あの思わぬ出会いによって、騒ぎに巻きこまれてしまった。

「ささやくといえば、オーガスティン伯爵は今夜も、妹さんたちのもとへ行く前に、あなたに何かささやいていったわね。なんと言ったの？」エリナーは見なかったふりなどしない。

絶対に。

ひとまずセシリーは矛先《ほこさき》をかわそうとした。「個人的な話を、いちいちあきらかにする必要があるのかしら？」

姉が長いおさげを背中にふりやり、値踏みするようなまなざしを投げてきた。「また噂になるでしょうに。ただでさえあなたがいわくありげに赤くなっているところに、火に油をそそぐような伯爵のふるまいですもの。気づいたのがわたしだけだなんて、甘いことは考えないでちょうだいね。いまこうして話しているあいだにも、〈ホワイツ〉ではあらたな賭けが始まっているでしょうよ。で、なんと言ったの？」

〝薔薇色に染まった肌にはとても惹かれるが、よけいな布をとってしまったら、もっとすてきだろうな〟

セシリー自身、あんな破廉恥なことを考えていなければ、かっとなったにちがいないのに。なんてことかしら、あのときふたりとも、お互いの裸を思いうかべていたんだわ。赤くなるのもふしぎはない。それに、ひどく不公平に思えた。うぶなセシリーはぼんやりと想像することしかできないのに、彼のほうは、一糸まとわぬセシリーの姿をすみずみまでくっきりと思いえがいたのだろうから。

少なくともセシリーは、思ったことを口に出さなかった。

「わたしのドレスの色を気に入った、そう言われたの」半分くらいは真実を告げたほうがいいだろうとセシリーは覚悟を決めた。「でも、何も着ないほうがもっと気に入るだろうって」

姉がはっと目を見ひらいたあと、ようやく口を開いた。「なんですって、セシリー。あの凛々しいびっくり箱みたいなオーガスティン伯爵と、どうなるつもり？　そんなふるまいを、いつまでも許すわけにはいかないわよ」

セシリーは肩をすくめた。「どうなるも何も。たった二回、すれちがい程度に言葉を交わしただけじゃ、たいした展開は望めないわ。伯爵は悪いことなんてひとつもしていないし、わたしも同じよ。それに、あの人が好き勝手にふるまうのを止めることはできないし」

「かもしれないわね」エリナーが組みあわせた手を見下ろした。短い、けれど雄弁なしぐさ。そして、つんと顎を上げる。「とりあえず、今夜ドゥルーリー子爵が来ていなくてよかったわね。きっと、ひどく嫉妬《しっと》するでしょうから」

いちばん避けたかった話題だ。姉がもっとちがう性格だったら、子爵への想いを確かめられたかもしれないが、あいにくエリナーは、意見をはっきり口に出しながらも感情は内に秘めるたちなので、踏みこんでも無理だとセシリーにはわかっていた。とても神経をつかう話題だった。なにしろ子爵は、姉ではなくセシリーに公然と求婚しているのだから。こちらがいい顔を見せなくてもおかまいなしで。なぜドゥルーリー子爵に胸ときめかないのか、セシリー自身にもわからなかった。外見もいいし、礼儀正しいし、気転もきく男性だ。エリナーが夢中になるのも当然と思われた。

「人前でちょっとオーガスティン伯爵と言葉を交わしたところで、子爵は気づきもしないと思うわよ」

「とんでもない。あの人、あなたに夢中で恋しているもの。あなたはとびきりの美人だから、ふしぎはないけれど」

エリナーの気性を知らない者ならひがみと受けとりそうな言葉だが、そうではない。それに、エリナーもセシリーと同じかそれ以上の容姿だった。体つきなどは妹よりもずっと豊満で色っぽい。「うわべはどうあれ、ドゥルーリー子爵が心からわたしに惹かれているとは思えないわ。どうしてそう思うの？　何か言っていた？」

「わたしに？　いいえ、まさか」エリナーがぴんと身を起こした。「でも、少し前にロデリックから、子爵があなたに夢中だと聞いたのよ。たぶん、そのとおりだと思うわ」

「なぜ？」口に出したとたんにセシリーは後悔した。答はあきらかだった。エリナーが、彼を見ていたからだ。

「わかるのよ」

「わたしの外見に子爵が惹かれているということが？　光栄だけれど、それだけで結婚には踏みきれないわ」

さすがの姉もはずかしげに頬を染めた。「外見以外にも、あなたには魅力がたくさんあるでしょう。言葉たらずだったわね。容姿の美しさのほかにも、あなたは自分の意志をしっかりもっているし、落ちつきがあるし、上品だもの。殿方がむらがるのも当然よ。今シーズンきっての人気者じゃないの。わたしはうまくいかなかったけれど、それも当然だと思うわ。上品でも落ちついてもいないのだから」

「エリナー」セシリーは思わず立ち上がり、姉と並んでベッドに腰かけると両手をとった。「あなたはすてきよ、お姉さま。初めての社交シーズンでいい相手にめぐり会わなかったからって、失敗なんかじゃないわ。フラニガン卿に言いよられたときに妥協しなかったのは、正しい判断だと思ったわよ」

「わたしの結婚持参金がめあての男なんて」エリナーが鼻であしらった。「ひと目でわかったから、あなたがほしいものはお見とおしだと言ってやったのよ。わたしの財産と、わたしの胸。あの人、きっといまでもわたしの目の色を知らないでしょうね。いつだって、首から下しか見ていなかったから」

セシリーはこらえきれずに笑いだした。「まさか、胸をじろじろ見ていたことまで本人に言わなかったでしょうね？」

エリナーが肩をすくめ、にっと笑った。「残念ながら、言ったのよ」

「もう、エリナーったら」セシリーはさらに笑いくずれた。「その場に居合わせたかったわ」

「フラニガン卿の顔、見ものだったわよ。おかげで、こんな妻を迎えたらたいへんだと思い知ったらしいわ。口に出しては確か、〝洒落にならないほどずけずけものを言う〟とかなんとか言っていたけど」

「わたしなら、すがすがしいほど率直、と言うわ」セシリーは心から言った。

「あなたは、わたしに慣れているもの」からませた姉の指に力がこもった。しばしの沈黙を挟んで発せられた言葉は、感傷にふけるのをきらうエリナーらしく、きびきびとしていた。

「それはともかく、もしオーガスティン伯爵がこれ以上あなたにせまってくるようなら、わたしも目を光らせますからね」

〝だったら〟セシリーは胸の内で答えた。〝わたしはお姉さまとドゥルーリー子爵がうまくいくように力を尽くすわ〟


あたりは真っ暗闇で、少し肌寒いくらいだった。むき出しの胸板に降りそそぐ霧雨が心地よい。

これだ……これこそ自分の求めていたものだ。もちろん、そっくり同じとはいかない。空気は重くるしいし、通りは汚らしい泥だらけだし、馬の蹄《ひづめ》はかつかつとやかましい音を夜のしじまにひびかせているが、これに焦がれていたのはまちがいない。

風に髪をなびかせて、思いのまま馬を駆る夜。もし追いはぎが襲ってこようものなら、喜んで相手をしたい気分だった。

確かに自分は、ある意味で野蛮なのかもしれない。いつでも動いていたい性分なので、ここロンドンでは息が詰まりかけていた。進んで危険に飛びこみはしないが、尻ごみしたりもしない。ほんとうなら、堂々たる楡《にれ》の木が生いしげる緑豊かな伯爵領のほうが好ましいが、あそこでさえ、庭園を横ぎる川は幅が広く、きらめく流れは遅くおだやかだ。生まれ故郷の荒々しい急流とは似ても似つかない。イングランドではすべてが落ちついていて、洗練されていて、飼いならされている。

自分だけが異質だ……そう自嘲しながら、ジョナサンは馬の進みをゆるめ、豪華な屋敷の裏手にしつらえた厩《うまや》へ通じる小道を走らせた。雨の夜ふけに上半身裸で、鞍さえつけない馬を疾走《しっそう》させる財産家の伯爵が、この国にいったい何人いるだろう？　だが、真夜中の乗馬のためにクラヴァットをつけるなど、考えただけで虫酸《むしず》が走ったし、雨は別に気にならなかった。胸のもやもやを晴らすには、遠乗りがいちばん効きそうに思われたのだ。

いっそ、今夜あからさまに誘ってきた黒髪の伯爵夫人と、いい仲になってしまえばよかったのかもしれない。レディ・アーヴィングというその美女は、人目もはばからず、香水をしみ込ませた羊皮紙を手に押しつけてきた。会場を出て、馬車が回されてくるのを待つあいだに開いてみると、そこには流麗《りゅうれい》な筆跡で、逢引《あいび》きの場所と時刻とが記されていた。別におどろくにはあたらない。一週間前に開かれた晩餐《ばんさん》で隣の席になったときも、七皿のコースが供されるあいだじゅう、さすがのジョナサンもたじろぐほどの媚《こび》をふりまき続けたのだから。彼女の夫も同じテーブルについていたので、ジョナサンは最低限の礼儀を保ちつつ甘ったるい嬌態《きょうたい》をしりぞけるのにひと苦労した。

公爵令嬢にも述べたとおり、貴族というのは理解しがたい連中だ。自分の妻がこっそり――あるいは堂々と――ほかの男に言いよっても、すでに世継ぎを産んで役目を果たしたのだからと大目に見るとは。ジョナサンから見れば、実母の一族より彼らのほうがはるかに野蛮だった。誇り高き首長の血は、母方に濃く受け継がれている。母代わりに育ててくれた叔母とは、おもにボストンで暮らしていたが、彼女も折にふれてイロコイ族の風習を教えてくれた。

何かがしゅっと横を抜け、腕をかすめたので、ジョナサンは物思いから覚めた。暗闇に妙な音がひびき、降りやまぬ雨音をぬって、濡れた玉石の上を走る足音が聞こえた。

本来ならあとを追うところだが、セネカは早駆けで疲れはてていたし、ジョナサンはずぶ濡れだった。それに、夜のロンドンは油断ならない場所だ。高級住宅街だからといって、安全とはかぎらない。

セネカを降りると、興奮を鎮めるためにしばらく小さな柵《さく》のまわりを歩かせたあとで、たくましい首すじから背中にかけて丹念になでてやり、厩に戻す。裏手にある通用口から屋敷に入り、泥だらけの乗馬靴をきちんと脱いでから、影の落ちた廊下をはだしで歩く。静まりかえって薄暗い深夜の邸内を、物音をたてないように自室へ。二階にある伯爵用の寝室は、ジョナサンの好みからすれば仰々しすぎるが、ここイングランドへ来たのは自分の義務を果たすためだし、亡父の部屋を使うのがあたりまえだと誰もが考えているので、いやいやながらこの部屋で寝起きすることになった。

寝室の扉を開けてみると、先客がいた。こちらはいやいやながらではない。〝自発的に〟と言うべきだろう。〝厚かましくも〟のほうがもっと的確かもしれない。

ジョナサンは予想だにしなかった光景に立ちすくみ、胸の奥で毒づいた。

伯爵用のベッドで、豊かな裸身をさらけ出しているのは、アーヴィング伯爵夫人ヴァレリー・デュシェインだった。長い黒髪をほどいてたらし、豊満な胸の黒ずんだ先端まであらわにして、脚をわずかに、思わせぶりに開いている。太腿《ふともも》の付け根を覆う逆三角形の茂みは几帳面に刈りこんであり、秘所がうっすら見てとれるほどだった。「やっとお帰りになったわね、伯爵。こちらから探しにいかなくちゃならないのかと思いはじめたところよ」

〝この面倒にけりをつけろ……いますぐ〟

「そんな格好を人に見られたら、大騒ぎになるだろうに」ジョナサンは扉を閉めた。彼女とふたりきりになりたいわけではないが、話し声が廊下に漏れて、たとえば近くの寝室を使っているリリアンを起こしてしまったりしたらどうなる？　そうそう物音が伝わるとも思えなかったが、なにしろ屋敷は静まりかえっているし、レディ・アーヴィングはやすやすと引き下がりそうにない。

こんな夜ふけに弁明を強いられるのはごめんだった。しかもベッドでは裸の女性が色気をふりまいているのだから、いくら身の潔白を訴えても信じてもらえそうにない。

伯爵夫人の厚顔無恥《こうがんむち》はさておき、ここは窮地《きゅうち》をなるべく穏便に切りぬけて、誰かに見られる前に屋敷から出ていかせなくては。レディ・アーヴィングはいつでも、ほしいものを手に入れずにおかない女性なのだろう。こちらはといえばずぶ濡れで冷えきっており、雨にも洗いながされなかった泥が、肌のあちこちにこびりついている。ジョナサンは部屋の隅へ向かった。衝立《ついたて》の奥に、洗面器とタオルが用意してあるはずだ。「いったいどんな方法を使って、ここに入ってきた？」

もっと丁重に話すべきなのかもしれないが、それを言うなら夫人も、他人のベッドに勝手にもぐり込むべきではない。先に規則を破ったのは、彼女のほうだ。

「それほど苦労はしなかったわ。うちの女中から、おたくの召使いに話を通させたのよ。もちろん、ごく内密にね。わたしが伝えた時刻にあなたがあらわれなかったから、一時間待ったあと、別の手でいこうと考えたの。あら……血が出ているわよ」

かすれ声で言われたジョナサンは視線を下に向け、二の腕に細い傷が走っており、血と雨水がまじり合ったものが流れおちているのに気づいた。

「たいしたことはないさ」ジョナサンはいなしながら、さっき暗闇で腕をかすめたのはなんだろうと考えた。「とりあえず洗っておこう」

「あまり手間どらないでね、あなた」ヴァレリーが笑みをたたえ、なやましく身をそらしてたわわな乳房を見せつけるようにした。確かに、見せつけるだけのことはある肉体だ。ジョナサンは衝立の奥に入り、生ぬるい湯で体を洗いにかかった。時間かせぎのためにわざとゆっくり手を動かし、音楽会から帰ったときにはずしたクラヴァットを上腕に巻きつけながら、あれこれ対処法を考える。

実を言えば、ロンドンへ向けて発つだいぶ前から女性とは関係をもっていなかったが、こんな形で禁欲を解くつもりはなかった。他人の妻に手を出すというのは、ジョナサンから見れば許しがたい一線だった。

なんという非道徳だ。レディ・アーヴィングは〝野蛮な伯爵〟の味見をしたくてたまらないのだろうが、野蛮人の世界にも掟《おきて》はある。そっちの魂胆《こんたん》はお見とおしさ……顔と両腕に湯をかけ、タオルに手をのばしながらジョナサンは自虐の笑みを浮かべた。ほかとはちがう生まれ育ちが、ロンドン上流社会のご婦人がたには刺激的に思えるのだろう。一目瞭然だった。異国好みの伯爵夫人にとっては色っぽい火遊びなのだろうが、ジョナサンにとっては、人の道にもとるおこないだった。

タオルで顔と上半身を拭《ふ》きながら頭をよぎったのは、英国人という連中は、自称するほど高潔ではないという思いだった。とはいえ、妹たちをきちんと社交界に出す必要がある以上、王室ともつながりのある社交界の大物を敵に回したくはなかった。

とんだ板挟みだ。

衝立の反対側に出ていくと、夫人がけだるいまなざしを投げてきた。「さあ、ちまたで噂の荒々しい本性を見せてちょうだい。白状するけれど、さっき、びしょ濡れになって上半身裸で入ってきたときは、いままでいちばんすてきだと思ったわ。いつもああいう格好なの？　その……あなたの故郷でのことよ」

「故郷？」ジョナサンは皮肉たっぷりに問いかえした。「たぶんそれは、ボストンやニューヨークの雑踏ではなく、木造長屋《ロングハウス》や樺《かば》のカヌーのことなんだろうな」

眉根を寄せたのは、何を言われたのかわからないからだろうが、いまいる伯爵用寝室よりはるかに原始的な環境に身を置くジョナサンの姿なら、たやすく想像できるにちがいない。

ぐしょ濡れのズボンを脱いで部屋着に着替えたかったが、夫人に無防備な姿を見せるわけにはいかない。いまは、見るからに世慣れた相手をいかに手ぎわよく追い出すかに専念しなければ。そこまでの配慮が彼女に必要なのかもさだかでなかったが……。

夫人が思わせぶりに片手でむき出しの胸をなぞり、腰をかすかにくねらせながら乳首をつまむ。「あなたぬきで始めさせないでよ、オーガスティン」

上質のシーツにしどけなく横たわる彼女は、まるで高級娼婦《しょうふ》だった。香水の甘い香りをふりまき、乳首を早くもつんととがらせ、頬をほてらせて。すでに始めていたのではないか、という疑念さえ生じさせる。あるじのいないベッドで、あるじを思いうかべながら……。人妻に対する抵抗をぬきにしても、自分の空間にずかずかと踏みこまれていい気はしなかったが、ジョナサンはおだやかな声を出そうとつとめた。「すまないな、ヴァレリー。ぼくぬきでなんとかやってほしい。人妻には手を出さない主義なんだ。それに、廊下を挟んですぐの部屋には娘が眠っている」

相手がじらすように腹ばいになる。こんどはこんもりした臀部《でんぶ》が姿をあらわした。男なら誰でも歓迎するたぐいの眺めだ。確かに、肉体的には魅力たっぷりの女性だった。そそられるなどとは口が裂けても言えないが、どのみち手をふれるつもりはなかった。「夫なら、気にしないわ」ヴァレリーがささやき、足首を重ねて、長い黒髪を背中にふりやる。「それに、子どもはぐっすり眠っている時間でしょう？」

彼女自身も何人か子どもを産んでいるはずだが、きっと大ぜいの乳母がつきっきりで世話をしていたにちがいない。

「こっちが気にするんだ」ジョナサンは濡れた髪を指ですいて、大きく息を吐き出した。

「誤解しないでくれ。あなたがとても魅力的だということは認める。ただ、いまのところ色恋沙汰にふけるつもりはないし、これ以上自分の名前が噂にのぼるのはごめんだ」

「勘違いなさっているわ、伯爵」夫人の唇がずる賢くつり上がった。「わたしの望みは色恋じゃないの。ただ、あなたと寝たいだけ」

それなりに年齢と経験を重ねてきて、いまさらおどろくことなどないと思っていたが……。品行方正にはほど遠いジョナサンでさえ、これほど赤裸々な要求をつきつけられるのは初めてだった。

そのとき、ふいに合点がいった。上流社会の男たちはレディ・セシリーがささやかれた言葉をめぐっておおっぴらに賭けをくり広げているが、女たちも同類ということだ。貴婦人の多くは賭け事にどっぷりはまり込んでいる。彼らにとっては気のきいた娯楽なのだろう。

「いくら賭けたのかな？」ずばり訊ねながら、憤慨していいのか笑っていいのか、みずからの気持ちをもてあます。「自分が誰よりも早く、ぼくをベッドに連れこめるという目に」

夫人がわざとらしく口をとがらせ、肉厚の赤い唇をゆがめてみせた。「ずいぶん横柄ね。そもそも、あなたは……」

「いくらだ？」おだやかな、けれど有無を言わせぬ口調で、ジョナサンはさえぎった。裸の胸に腕組みをし、重厚な彫刻《ちょうこく》をほどこしたベッドの支柱に肩をもたせて、眉をつり上げてみせる。「〝野蛮な伯爵〟とお楽しみにふけることで受けとる報酬は？」

レディ・アーヴィングが、豊かな黒髪を勢いよくひとふりして起きなおった。美しい顔がかすかにしかめられている。「あなたには関係ないことよ」

「いまの状況を見ると、そうとも言えないな。おおいに関係あると思うが」

「じゃあ、その気はないのね？」

「寝る気のことか？　さっき、確かそういうお上品な言葉を聞いた気がするが。ああ、ない」

断固たる口調に、夫人がいら立たしげな吐息を漏らしたが、やがて意外なほどきびきびとベッドを降りた。たわわな胸を揺らしながら。発せられた声はうらめしそうだった。「最初にあなたをものにした女は、一千ポンドもらえるの。賭けの配当金とは別によ」

「光栄だね。男女の結びつきというのはもう少し深いものかと思っていたが、まさか単なる競争だとは。ということは、今後も競争相手が次々と夜ふけにやってくるのかな？　扉には鍵をかけておこう」

少なくとも遊び人としては一流らしく、伯爵夫人がシュミーズを手にとりながら目くばせしてみせた。「賭けだけじゃないのよ」ねっとりとした視線をむき出しの胸板にさまよわせながら言う。「あなたが注目株なのは、ほんとうのことだわ。ねえ、あなたの……」失礼でない言いまわしを探るような顔をしたあと、言葉を続ける。「あなたの一族は、みんなそんなに野性的な魅力にあふれているの？」

返答するかわりに、ジョナサンは脱ぎすてられたドレスを拾ってやった。この手の失礼な発言は、一度は名門校で学んだほうがいいという父の熱心な勧めで入った大学時代、いやというほど耳にしている。アメリカにさえ、偏見は存在するのだ。いったい何度、人とことな

ねた声を出した。
「わたしを拒んだのは、エディントン公爵の娘のせいかしら？」レディ・アーヴィングがすねた声を出した。

ジョナサンは、ふわふわしたライラック色の布地を腕いっぱいにかかえたまま凍《こお》りついた。あれだけ噂になっているのだから、まるきり予期しなかった質問というわけではない。ただ、一瞬たじろいだのは、もしかするとほんとうにセシリー・フランシスと関係あるのではないか、という疑念が生じたからだった。

答をはぐらかし、つとめて平然と言う。「さあ、女中の役をさせてくれ」夫人がそれ以上ごねないことに感謝しつつ、きちんとドレスを着せてやり、人目につかないよう屋敷の外へ送り出し、外で待っていた御者――かつては愛人として夜ごとベッドをあたためたにちがいない――の手に託す。馬車が走り去ると、ジョナサンは寝室へ戻り、濡れたズボンを脱ぎすてて部屋着に着替えたあとで、ブランデーを一杯ついだ。

注目株か。いまのところ、妹たちの身を固めさせ、さまざまな事務手続きを片づけてさっさとアメリカへ戻る、という目標の達成ははかばかしくない。とはいえ……ジョナサンは暖炉の前に腰かけ、残り火を見つめながら思った。今夜の一件にかぎっては、自分が責められるいわれはひとつもない。

〝もし、相手がちがったらどうする？〟どこからともなく、そんな思いが浮かんだ。〝もし、ベッドに裸で横たわっているのが、まばゆい金髪の公爵令嬢だったら？〟

夜ふけの乗馬から戻ったとき、そんな予想外の展開が待っていたら、はたして紳士らしく対応できるかどうか、自分でも確信がない。

考えるだけで、何やら胸さわぎがした。

6

父は愛用の椅子に沈みこみ、こちらを見つめていた。そのまなざしは……なんだか……なんだか……。

うまく表現できない。父特有の、大の男をもふるえ上がらせるまなざしだ。ロデリックは〝エディントン流〟と呼んでいた。幼いころから父のあたたかな愛情に育《はぐく》まれてきたセシリーは、いかにも公爵然とした冷たい凝視《ぎょうし》を前に、どうすればいいかわからなかった。

机の上で組まれた両手。ブロンドから優雅な銀灰色《ぎんかい》へと変わりつつある髪。いつものように一分《いちぶ》の隙もない身なり。人前ではかけたがらない眼鏡が、書類の山の上にぽんと置いてある。「ドゥルーリー子爵のどこが夫として不足なのか、聞かせてもらおうか」

予測不能のオーガスティン伯爵や、彼のささやいた言葉について詰問されるのではないと知って、ほっと胸をなで下ろしつつ、セシリーは平静をよそおって肩をすくめてみせた。

「不足はありませんわ。ただ、わたしには不足なの」

「なぜだ？」

「わたしに合いませんもの」

「もう一度訊こう。なぜだ？」

「お父さまにはおわかりにならないわ」エリナーの秘めた想いにはふれたくなかったので、

セシリーは答をはぐらかした。姉が正面きって認めてもいないことを、妹が勝手に口外するわけにはいかない。もしセシリーの見こみちがいだったら――そうとは思えなかったが――、許されない失態だ。見こみどおりだったとしても、やはり許されはしない。エリナー自身が父に告げたいと思ったのなら、話は別だが。

「同意できんな。わたしは無知ではないし、人の心も理解できるつもりでいる。むしろ、人生経験はおまえよりずっと豊富だ。だから、親を信用して正直に話してくれ。なぜ、あれほど有望な青年からの求婚をしりぞけたがるのだ？」

ふだんは鷹揚《おうよう》な――少しとりつきにくいとはいえ――父とは思えないほど、はりつめた口調だった。

「愛していないから、と答えたら、子どもっぽいとお思いになる？」セシリーはつとめてさりげなく言った。

「子どもっぽい？　わからんな。実際的でないとは思うが。若い娘が夫を選ぶときは、いっときの感情に流されず、もっと堅固《けんご》な資質を重んじるべきだ。ドゥルーリーに関して言えば、押しも押されもせぬ名家の生まれだし、財産もじゅうぶんだし、人望があって性格はおだやかだ。それ以外に何が必要なのか、教えてほしいものだな」

セシリーが答を考えるあいだ、ぎこちない沈黙が落ちた。こんなにやかましい沈黙があるかしら……。静寂が、まるで雷鳴のように耳もとでひびいている。公爵の書斎という空間の威圧感もあるかもしれない。そびえ立つ書棚も、どっしりした黒檀《こくたん》の家具も、父の愛馬を描いた絵も、羽目板細工の壁も。

ある意味では、筋の通った言いぶんだ。父自身もきっと、筋の通った言いぶんだと確信している。もうひとつ、父がわざわざ口に出さなかったのは、子爵の外見のよさだ。金髪碧眼《へきがん》と愛想のいい笑みを好む女性なら、きっと飛びつくだろう。あいにくセシリーは、長い黒髪と危険な評判の持ち主のほうが好みだった。

何をやっているの、わたしは……いまは、渦中のジョナサン・ボーンのことなど考えている場合ではないのに。あの人のことなど、絶対に考えてはいけないのに。

ややあって、セシリーは口を開いた。「そうね、子爵に文句があるというわけではないけれど、ただ……」

「そうか、よかった。なにしろ、わたしはこの結婚におおいに乗り気だからな。おまえには、ぜひ子爵の求婚を受けてもらいたいのだ。エリナーは社交界に出た年に意地を張りすぎたせいで、いまだに結婚できずにいる。いくつも有望な相手を紹介したのに、首を縦にふらなかった。どうやら、おまえにも甘くしすぎたようだな」父が咳払《せきばら》いする。「いまの状況を考えると、とくに」

〝とうとう、あの話題がきてしまったわ〟

「どんな状況かしら?」

「おまえのことが噂になっているそうではないか。わたしにとっては喜ばしい事態ではないし、おまえの将来が台無しになるのを手をこまねいて見ているつもりもない。ドゥルーリーはいい選択だぞ。早く心を決めるがいい」

ああ、またオーガスティン伯爵の話題になってしまった。

少なくとも、セシリーは何も答えず、椅子の上で身をちぢこまらせた。ずいぶん父らしくない物言いだ。幼いころの記憶に残る父とは似ても似つかない。それとも、自分がおとなになりすぎたのだろうか。セシリーが大きくなるにつれて、親子の距離は少しずつ広がっていたが、これまではあまり考えたことがなかった。ロンドン社交界に入って以来、生活全体ががらりと変わってしまったし、父はといえばいつでも多忙だったから。

いま思えば、ロデリックは忠告をこころみたのだろう。どうせなら、はっきり父の意図を告げてくれたほうがよかったのに。いま、セシリーはすっかり度肝をぬかれていた。

それに、エリナーのこともある。

〝わたしの力でなんとかできるものかしら?〟

「わ……わたし……」口ごもっている場合ではない。セシリーは深呼吸して自分を落ちつかせた。「わたし、ドゥルーリー子爵とは結婚したくありません」

「見ればわかるとも。なぜだ?」

ジョナサン・ボーンの姿が頭に浮かんだ。つややかな黒髪、ひとくせありそうな笑みをたたえた闇色の瞳……。

でも、それを口に出すわけにはいかない。

「近ごろあらわれたオーガスティン伯爵については、いい噂を聞かないが」

なんて話の早いこと。先に胸の内を読まれてしまった。それどころか父のまなざしが、先日のシャンパンの一件もくわしく聞いたぞ、と物語っている。さすがに父の耳に入らないとは思わなかったものの、いつも忙しく各地を飛びまわっているので、あるいは……とかすかな望みをかけていたのだ。「よく知らない相手ですもの」

まぎれもない真実だった。オーガスティン伯爵とは、正式の自己紹介さえ経《へ》ていない。

「噂によれば、あの男は夜遅くに往来で馬を駆けさせているそうだぞ」

「別に罪ではないでしょう」なぜ、ほとんど面識のない男性の弁護をしているのか、セシリー自身にもわからなかった。

「だが、型破りだ。それはおまえも認めるだろう」

「オーガスティン伯爵は、とても型破りだわ」セシリーはうなずいた。「きっと、ロンドンでは思いもよらないような自由な暮しをしてきたんでしょう」

父がきびしい目でじっと見た。「セシリー、あの男はぬけぬけと、庶出子を伯爵屋敷に連れてきたのだぞ」

いよいよ本題だ。本題の一部、かもしれない。

「けっこうなことだわ」セシリーは気丈に言った。「少なくとも、わが子を片田舎に追いやって、存在しないかのようにあつかうよりもいいでしょう。伯爵の人柄がよくわかる話だし、それが短所だとは思えないけれど。父親が娘をかわいがって、何がいけないの？」

「一本とられたな」父はかすかに頬をゆるめたが、すぐに表情をあらためた。「ドゥルーリー子爵は申し分ない青年だ。おまえもついさっき、好ましいと言ったばかりではないか」

「好ましいだけでは、結婚に踏みきれないわ」

「糸口としてはまずまずだ。そう思わないか」

質問だとは気づかないふりをして、セシリーはじっと身をこわばらせていた。

「どうやら」父がいら立ちまじりに息を吐き出し、指で髪をすいた。「おまえとエリナーはふたりがかりで、父親の忍耐力を試しているらしいな。わたしは争いごとを好まない。平和なのがいちばんだ。つまり、おまえたちふたりにも幸福でおちついた生活を送ってもらいたい。エリナーは〝結婚に追いやられる〟のはまっぴらだと言ってのけたあげく、いまだにいい縁に恵まれない。このままでは、おまえも姉と同じ道を歩むことになるぞ。オーガスティンのような男と浮かれているようではな」

「浮かれたりはしていませんわ」それだけは断言できた。

「ちがうのか？」父が眉根を寄せる。

「ええ」

「では、オーガスティンは本気ではないということか？　本気だとすれば、こちらから何か手を打たなくてはと思っていたのだぞ」

セシリーはためらったが、正直なところ彼がこちらに興味をもっているのか、それが求婚に発展するのかは見当もつかなかった。二度ばかり破廉恥な言葉をささやかれただけで、特別な意味をくみとることはできない。それに、これまでダンスに誘ったり、花を贈ってきたり、屋敷を訪ねてきたりした男性はみな、ドゥルーリー子爵と同程度かそれ以下の魅力しかもちあわせていなかった。そう、確かに、子爵との結婚をはばむほどの真剣なロマンスなどは進行していない。「それらしいことは、何も言っていませんわ」セシリーは認めた。

「では、なぜあれほどの噂になっているのだ？」

「失礼なことを申しあげるつもりはないけれど、お父さま自身も上流社会のしくみについてさっきおっしゃったでしょう。ゴシップよ」

「そうか、よかった」父の声は明るくなったが、まだそっけなかった。「ドゥルーリー子爵に結婚を申し込まれた暁《あかつき》には、どうか真剣に考えてほしいものだな。三日待つから、そのあとでもう一度話しあおう。事務弁護士には、もう婚約の準備を始めさせた」

ひどく形式ばったひびきだった。

公爵閣下のおおせというわけね。いつしかセシリーのてのひらは汗ばんでいた。からからに乾いた口と対照的だ。姉のことがなかったら、こうも動揺はしないだろう。親の期待どおりにドゥルーリー子爵との結婚を受け入れさえするかもしれない。けれど、これから死ぬまで、姉を傷つけたという罪悪感をかかえ続けるのはごめんだった。しかも、セシリー自身はけっして乗り気でない相手だ。

身をこわばらせたまま立ち上がり、きちんとした挨拶もせずに、黙って頭を下げて出ていく。戸口をくぐりぎわに、父に名前を呼ばれたような気もしたが、聞こえないふりをした。

たいへんなことになったわ。

どうすればいいだろう？　ロデリックに相談したのは無駄骨だったらしい。子爵は直接、父の許可をとりつけにやってきてしまった。本気さがうかがい知れるというものだ。

頼れる相手はどこにもいなかった。

不当にもほどがある。とはいえ、ドゥルーリー子爵が父にどんな話をしたのか、兄に確めるくらいはしてもよさそうだ。

ロデリックは自室で、晩餐のために着替えている途中だった。クラヴァットを結びかけのまま、性急なノックに応えて扉を開けたときは不機嫌そうだったが、妹の表情をひと目見るなり事情を察したらしく、小声で言う。「だから、言ったじゃないか」

セシリーは兄の横をすり抜けて、手近な椅子にくずれ込んだ。少し足がふらついていた。

「ドゥルーリー子爵と話してくださらなかったの？」

「もちろん、話したさ」兄が弁解がましく言ったあとでため息をついた。「おまえの話をしたくてたまらないようすだったが、エリナーの名前を出したとたん、あからさまにふれてほしくなさそうに話題を変えたんだよ。花嫁としての条件だけでなく、おまえ自身に夢中になっているのはまちがいないな」

そんな言葉を聞きたいわけではない。セシリーは反論した。「夢中になられるほど、お互いをよく知らないもの。エリナーのほうが、ずっと親しいでしょうに」

「男が女に惹かれるのにじゅうぶんな時間の長さが決まっているわけじゃないだろう？」ロデリックが目をするどくした。「それで思い出したが、オーガスティンの件でまた何かあったそうじゃないか。なぜ、きちんと事情を教えてくれないんだ？」

　また、伯爵の話……。あの件を思いかえせば、確かに男女が惹かれるのに時間はいらないのかもしれない。

「なぜ、お兄さまに事情を話す必要があるのかしら？」兄と喧嘩になることはめったになかったが、あれこれ憶測されるのは不愉快だった。そもそも、セシリーにはまったく落ち度がないのに。

　兄が顎をこすり、口を引きむすんだ。「おまえの品位を守る必要があるかどうか、知るためだよ。ぼくからオーガスティンに話をしたほうがいいのか？　もしそうなら……」

「ばか言わないで、ロデリック。伯爵を見たことがないの？　お兄さまより年上だし、戦いの経験もずっと積んでいそうに見えるわ。確か、軍にいたはずよ……だから、無茶なことは考えないで。世間の噂を半分くらいにさし引いたとしても、見るからに危険そうな人じゃないの。必要とあれば、自分の身を守るくらいお手のものでしょう」

「ぼくだって、銃の腕前は確かだぞ」ロデリックの顔がわずかに紅潮した。

　男性の自尊心を傷つけたのはまずかったかもしれない。セシリーは胸の内で吐息をつき、釈明した。「ゆうべ伯爵が近づいてきたのは、謝罪のためよ」英国貴族に対する揶揄《やゆ》の部分は省いて続ける。「舞踏会での一件と、口さがない噂について。エリナーも横で聞いていたわ。いま、どんな噂になっているのかは知らないけれど、実際に話したのはそれだけよ」

「ぼくが聞いた話は、ちょっとちがうな。エリナーも見ている前で、オーガスティンはなれなれしく身を寄せて、耳もとで何かささやいたそうじゃないか」ロデリックの声が意地悪いひびきをおびた。「もし父上が知ったら、これ以上の醜聞を避けるために、一日も早くドゥルーリーと婚約させたがるだろうな」

「お父さまはもうご存じだし、醜聞なんてありえないわ」セシリーはぴしゃりとはねつけた。この状況にも、父や兄をふくめた男性という生き物にも、いいかげんうんざりしていたので、おのずと声が冷たくなる。「オーガスティン伯爵とは、ドゥルーリー子爵以上にかかわりが浅いんですもの。どうか、そっとしておいていただきたいわ」


「同席をお許しねがえるだろうか？」

ジョナサンは目を上げた。相手には見おぼえがなかったが、その声に敵意がにじんでいるのはすぐわかった。長身で金髪碧眼、ゆったりした物腰、頭のてっぺんからつま先まで貴公子然とした青年だ。喉もとはきっちりとクラヴァットで覆われ、顔にはあからさまな侮蔑を浮かべている。

どう見ても知らない顔だったが、単なる偏見をもとに、こういう嫌悪をぶつけられるのは慣れっこだ。ジョナサンは肩をすくめた。

「もちろん」と答えて、隣の椅子をさし示す。「空いた席にどうぞ」

直感のおかげで命拾いしたことは一度や二度ではない。なぜ、ふいにテーブルが静かになったのか？　実のところ、部屋全体が静まりかえっていた。ジェームズを一瞥したが、従弟の顔からは多くを読みとれなかった。ジョナサンは、赤ら顔でおしゃべり好きのサー・ウィルフレッドが、いつになく押しだまってカードを配るのを眺めた。

「オーガスティン伯爵、とお見うけするが」新参者がぼそりと言い、悠長をよそおってカードを手にとる。「いままでお会いしたことはなかったな。ぼくはドゥルーリー子爵、お見知りおきを」

英国式の外交儀礼など時間の無駄づかいにしか思えないジョナサンは、ただ軽く頭を下げて応えた。「そう、オーガスティン伯爵だ。はじめまして」もって生まれた名前ではなく爵位を名のることには、いまだに違和感をおぼえる。アメリカでは爵位などなくてもなんら不自由がない。人はみな生まれついたままの存在であり、高貴なる身分など関係ないというのが持論だった。

続く一手は、無言のままおこなわれた。

ジェームズが、テーブルの上に自分のカードを広げる。「この手では、賭け金を棒にふりそうだ。降りさせてもらうよ」

サー・ウィルフレッドも同じく降りたが、残るふたりは勝負を続けた。ジョナサンはいい手をもっていたし、ほかの面々より胆もすわっている。ドゥルーリー子爵も手札に恵まれたようで、賭け金をいっきにつり上げてきた。さらに数回カードが配られるに至って――五回のうち四回はジョナサンが勝ったが、相手は引き下がらなかった――、ジョナサンはこれが単なる賭け事を超えた個人的な勝負なのだと気づいた。

いったい、何が起きているんだ?

気まずさに耐えかねてジョナサンは腰を上げ、勝った金をポケットに入れるといとまを告げた。背を向けてテーブルを離れかけたとき、ドゥルーリー子爵がもったいぶって告げた。

「レディ・セシリーは、ぼくと婚約する予定だ」

ジョナサンはくるりと向きなおった。なぜだしぬけに、こんな宣告を受けなくてはならないのか? 別に妻が——少なくとも当面は——ほしいわけではないし、どのみち英国女性を娶るつもりはなかったが、問題はそこではない。子爵が敵意を示しており、賭博室じゅうが耳をそばだてているということだ。ジェームズを除けば味方らしい味方もいない状態で、ことを荒立てないほうがよさそうだった。

妹たちにも、いい影響をおよぼすわけがない。

「それは、おめでとう」ジョナサンはおだやかな声を出そうとつとめた。「なにしろ美人だからな」

「きっと喜んでもらえるのではないかと思ってね」

ここが公共の場でなかったら、そして、キャロラインとエリザベスのために悪評は避けてくれとリリアンに釘《くぎ》を刺されていなかったら、なんでも好きなことを言えるのに……。ジョナサンはおだやかな声を保とうと努力したが、おのずと棘《とげ》をふくんだ物言いになってしまった。「理由がよくわからないな」

「そうだろうか?」いまや敵意をむき出しに、ドゥルーリー子爵がにらみつける。「近ごろのふるまいを見るかぎり、疑われても当然だと思うね。わが国の習慣にあまり通じておられないせいかもしれないが」

「〝わが国〟？」ジョナサンは頬をぴくりとさせた。「それはつまり、貴族社会の儀礼をぼくが理解できないということかな？」

「もしくは、わざと無視しているか、だ」

傲慢さがしたたらんばかりの口調だった。この青年はよほど自衛本能が欠落しているのか、あるいは公共の場で喧嘩をふっかけることで、噂に聞くジョナサンの野蛮さを実体験したいのか、ジョナサンには判断がつきかねた。

サー・ウィルフレッドがばねじかけのように跳び上がり、もごもごと謝罪しながら別のテーブルに移った。ドゥルーリーは席を動かず、落ちつきはらった演技を続けながらこちらを見すえていた。

ジェームズがいなかったら、おそらくやりとりは激化していただろう。それほど色白の子爵は好戦的だった。だが、従弟が椅子を引く音が聞こえるや、ジョナサンは腕をつかまれ、部屋から引っぱり出された。賭博室の外に出ると、ジョナサンはきつい声で言った。「おまえでなかったら、手をふり払っているところだぞ。そこまであからさまに牽制《けんせい》しなくてもいいだろう。そろそろ手を離してくれ。壁ぎわまで投げとばされても知らないからな」

ジェームズがおもしろくもなさそうな笑い声をあげて従った。「念のためさ。賭博室で流血騒ぎが起きると、ご婦人がたが大はしゃぎして、こちらの楽しみが台無しになる」

「こっちが手を出したわけじゃない」

「そうだね」既婚婦人《マトロン》の一群を通りすぎながら、ジェームズがうなずいた。

「実際のところ、流血のきざしはあったか？」ジョナサンは袖の乱れを直しながら、混みあった舞踏室に気のない視線を投げた。「どれくらい本気だった？　なにしろまったく知らない相手だからな」

「平たく言えば、きみのこらえ性のなさと、例の公爵令嬢と、子爵の見当はずれな自尊心が重なったら危険だと思ってね。さっき聞いただろう。子爵はうるわしのレディ・セシリーに求婚したんだ。ブランデーでも飲もうか？」

一触即発の瞬間を冷静にさばいた従弟を、笑いとばすべきなのか責めるべきなのか、ジョナサンは決めかねていた。「つまり、ドゥルーリーにあそこまで堂々と人前で挑発されても、乗るべきではないというんだな？　おまえの寛大さには恐れ入るよ」

舞踏室は大盛況で、フロアはくるくると回る踊り手に埋めつくされていた。女性は色とりどりのドレスで着かざり、男性は対照的に黒の夜会服で決めている。キャロラインもエリザベスも、押しあいへしあいする男女のまっただ中にいるにちがいない。今夜の催しを心持ちにしていたふたりには、せいいっぱい楽しんでもらいたかった。ジェームズが足を止めて小声で答える。「そうだ。妹たちのためにも、子爵閣下の挑発をまともに受けてはいけない。公爵令嬢に本気でないならなおさらだ。いいか、ジョナサン。あの青年は公爵のお気に入りで、もう結婚が決まったも同然らしいぞ。いまさら口論しても、なんにもならない」

「野蛮と呼ばれているのはこっちだぞ。なぜわざわざ挑発してくる？」

「婚約者をゴシップに巻きこまれたんだ。怒るのも無理はないだろう？」

身に覚えのないぬれぎぬならば、もっと勢いよく反論するところだが、実情はちがっていたし、ジョナサンも根は理性的な人間なので、可憐なセシリーにかけた言葉が、どれほどの侮辱にあたるかを気にかけていた。

彼女を求めているわけではない。

いや、求めてはいる。ただし、子爵のように礼儀にのっとった意味ではなく。

「ついさっきまで名前も知らなかった相手だぞ」ジョナサンの声はおのずととがっていた。

「だからこそ、争うつもりがないなら、忘れてしまうのがいちばんなんだよ」

しごくもっともな助言に、もろ手を挙げて賛成してもいいところだったが、特定の女性をくどいてはいけないと頭ごなしに説教されるのだけは引っかかった。けれど口を開く前に、またもや腕に手が——さっきよりも華奢だが、それでいてただならぬ意志を秘めた手が——かけられ、かぼそい指先にぎゅっと力をこめた。おちついた上品な声が、手短に告げる。

「少しお時間をいただけませんか、伯爵」

セシリーだ。たったいま思いうかべていた相手の登場に、ジョナサンは虚《きょ》をつかれた。今夜の彼女は、あざやかな桃色のリヨン産の絹をまとい——キャロラインとエリザベスにつきあって仕立屋に通いつめたおかげで、ジョナサンはすっかり布地やリボン、ボタンのたぐいに精通してしまった——、金髪をすっきりと結い上げていたが、先日見とれた黄褐色の瞳は、まぎれもない苦悩をたたえていた。

ことわることが、誰にできるだろう。

「ふたりきりで」セシリーが押しころした声でつけ加えた。「緊急にお話ししたいことがあるんです」

7

彼の袖を実際につかんだとたん、自分がロンドン上流階級の面前で何をしているかに気づいたセシリーは、あわてて手を離した。

あれほど血まなこになってジョナサンを探していなかったら、平静を失うこともなかっただろう。けれど、奥の賭博室から出てきた彼を見つけた瞬間、安堵のあまり勝手に体が動いてしまったのだ。

彼のあわて顔を見ることができたのが、せめてもの収穫と言うべきかもしれない。並んで立つ従弟も同様の表情だった。髪や肌の色はちがっていても、どこか伯爵と似かよったところのある男性だ。口の形か、それとも凛々しい弧《こ》を描く眉か。ともに漆黒の夜会服で固めたさまは、甲乙つけがたい雄々しさで……わたしったら、何を考えてるの？　誰が誰に似ているかなんてことはあとでゆっくり考えればいい。いまはジョナサンとふたりきりで話さなければ。

「喜んで」答えたジョナサンが、あの謎めいた漆黒の瞳でこちらを見下ろした。驚愕は薄れて、かわりにおもしろそうな表情が浮かんでいる。「流血沙汰《ざた》になろうと、くそくらえだ」

〝どういう意味かしら？〟女性の前で悪態をつくのはひどく無作法とされるおこないだが、いまのセシリーに気にかけている余裕はなかった。

ジェームズ・ボーンがとがめるような声を出す。「おい、ジョナサン」

「何かあったのか？」ジョナサンは従弟の忠告など耳に入らぬようすだった。双眼に探るような、問いかけるような表情をやどし、黒い眉をぎゅっと寄せてセシリーを凝視するさまは、動揺の理由を、あやまたず見ぬいているかのようだった。

「説明します。ただ……できれば人目のないところで」

不安に気づいてもらえたことで、逆に心が落ちついた。静かな声で彼が訊ねる。「テラスで話そうか？　それとも、廊下に出たほうがいいかな？」

「静かな場所なら、どこでもけっこうですわ」

「どちらもだめだよ」従弟がささやく。「それに、とりたてて奇抜な思いつきでもない。今夜は蒸すからね。庭園は、同じように水入らずで話したい男女であふれかえっているし、廊下は召使いや客が行き来しているから、混雑ぐあいはここと変わらない。話し合いをあきらめるという選択肢は、ないのかな？」

セシリーはおとなしく耳をかたむけたが、忠告を容れるわけにはいかなかった。

なにしろ舞踏会へ向かう馬車の中で、一見明るくふるまっているエリナーの、真っ赤に泣きはらした目に気づいてしまったのだから。セシリーの婚約が目前にせまっていることを聞いたにちがいない。おかげで、姉がいまでもドゥルーリー子爵を想っているという仮説は裏づけられた。すぐに手を打たなければ、この先ずっと姉に顔向けできぬまま生きていく羽目になる。父は三日の猶予《ゆうよ》をくれたが、事務弁護士はすでに手続きにかかっているし、ロデリックの話から察するに、ドゥルーリー子爵が結婚申し込みを口にする前に、大急ぎで――そう、いますぐ――行動する必要があった。

迷っている暇はない。セシリーは……絶体絶命だった。

悪名高い〝野蛮な伯爵〟ことジョナサン・ボーンは、この思いきった懇願に応えてくれるかしら？

彼の目が、着かざった人の波に向けられた。「ジェームズ、すまないがキャロラインとエリザベスに付き添っていてもらえるだろうか？」

いっきに安堵が押しよせた。

ジェームズ・ボーンが声なく何かをつぶやいたあと、丁重に一礼してその場を離れ、人ごみに姿を消した。屋外へ通じる戸口へいざなうかわりに、ジョナサンが低い声で告げる。

「ぼくはこれからロビーへ向かう。まだ早いから、馬車はすぐに引き出せるだろう。オーガスティン伯爵家の紋章が入った馬車を正面に回したうえで、実際にはひと回り小さくてめだたない、ジェームズの馬車に乗りこむ。何分か遅れて外に出てきてくれたら、ひと目につかずにこの会場を離れられるし、馬車の中で、誰にもじゃまされずに話ができる。もしきみが馬車に乗りこむところを見られても、他人はぼくが先に発ったと思うからだいじょうぶだろう。これが、短時間で考えつくかぎりの最善策だ」

大胆不敵な申し出だった。でも、実際のところ、貴族の屋敷の物陰で伯爵と話しているのを見とがめられるのと、馬車に同乗するのと、どんなちがいがあるというの？

たいしたちがいはない。セシリー自身の評判が危険にさらされる以外は。それでも、エリナーのためを考えれば……。

そう、いまは醜聞におびえている場合ではない。兄との約束など知ったことか。姉の顔にあれほどの悲嘆を見てしまった以上、どんなに無鉄砲だろうと、行動を起こさないわけにはいかなかった。姉妹ふたりの運命が、いままさに天秤《てんびん》にかけられているのだから。

あらかじめ決められた道にさからうのは、まちがいかしら？

ちがう。姉が愛してやまない男性を、愛してもいないのに夫と呼ぶほうが、はるかに大きなまちがいだ。

悪名高い伯爵と示しあわせて密会することへの、甘美なうしろめたさもあった。しかも、誘いをかけたのは自分のほうだ。彼がすぐさま承諾したときにはさすがにおどろいたものの、同時に感謝していた。運がよければ、残りの頼みもこころよく聞いてもらえるかもしれない。大きな賭けだった。賭け事にかけては初心者なので、自分でも正しいことをしている確信がもてなかったが、少なくとも第一歩は踏み出せた。もし何もしなかったら、暗澹たる未来に押しこまれるほかない。

数分後、おそるおそる屋敷の外に出たセシリーは、オーガスティン伯爵家の紋章入り馬車が出ていくのを見とどけた。車回しの角にもう一台、やや小ぶりの馬車が停《と》まっている。こちらの姿に気づいたお仕着せ姿の召使いが扉を開けてくれた。

急ぎ足で進み出ると、座席にもたれる黒い人影がひとつ見えた。大あわてで馬車によじ登る姿はさぞぶざまだったにちがいない。さいわい彼のほうも気にしている余裕はないらしく、すぐさま馬車の壁を叩いて、御者に出発を命じた。

そして、セシリーとジョナサンはふたりきりになった。お互いをまじまじと見つめて。

なぜこれほど緊急に会う必要があったのか、事情を説明しなければ。

ひどく気まずかった。まだエリナーの名前を出す勇気はなかったので、今夜の理にかなわないふるまいに、もっともらしい言いわけを見つける必要があった。

「あの召使いは口外しないよ。できるはずがない」ジョナサンが口もとにうっすらと笑みを浮かべた。「馬車に乗りこむ金髪の若い女性が目に入らなくなるだけの報酬をはずんだから。で、この栄誉を得られたのはどんな事情だろうか？」

向かい側の座席にかけた彼の大きな体、肩まで届く烏羽色《からすば》の髪や無造作に投げ出した脚の力強さをまのあたりにしたセシリーは、この期に及んで――こんなだいじな瞬間に――言葉が出なくなってしまった。彼だけの問題ではない。なにしろ自分はこれから、ろくに知らない相手に助けを求めようというのだから。これまでのところ、ふたりが共有しているのは、たった二回の破廉恥なささやきだけだ。

二回とも、彼の側からのささやきだった。ゴシップの件を考えあわせれば、そのことが後押しになるかもしれない。でも、いったいどうやって……。

わたしったら、ほんとうに彼と馬車に乗っているの？　近くで見るジョナサンは、思ったよりずっと大きく、迫力があって、困ったことに魅力的だった。そう、最初から惹かれていたのだ。めずらしい色の髪と肌、全身からかもし出される男っぽさ、危険な色気をにじませる瞳が、初対面の瞬間から心にとりついて離れなかった。そんな相手に、自分はとっぴょうしもない頼みをもちかけようとしている。

セシリーはつとめて歯切れよく、話を始めた。ぐずぐずしてもしかたない。「婚約を、考えていただきたいんです」

「婚約だって？」相手がめんくらった顔になる。馬車が曲がり角にさしかかったので、セシリーは吊革《つりかわ》をつかんで身を支えたが、心の揺れは止められなかった。男の人はこういうとき、どうするの？ 結婚の申し込みが、こんなに神経をすり減らす体験だとは知らなかった。

とはいっても、ほんとうに結婚するわけではないけれど……。

「あなたと、わたしの」と告げたあと、こらえきれずに扇を開く。

オーガスティン伯爵が、至近距離からじっと見つめてくる。「頭がにぶいようで申しわけないが、くそっ、いったい何を言ってるんだ？ ぼくを夫にしたいのか？」

〝誰かこの人に、レディの前で毒づくのは無作法だと教えてあげればいいのに……〟アメリカでは堅苦しい作法は流行《はや》らないのかもしれないし、大のおとなとして、あえて無視しているのかもしれない。どうも後者のような気がした。ふいに喉を詰まらせたかたまりを呑みくだし、セシリーは背すじをのばした。考えてみれば、彼がびっくりするのも無理はない。セシリー自身、自分の起こした行動にびっくりしているのだから。「いいえ」早口に訂正する。

「いま説明します」

「それは」魅惑的な口もとがゆるんだ。「とてもありがたいな、レディ・セシリー。正直なところ、こちらは途方に暮れている」

玉石敷きの道を走る馬車が、がたがたと音をたてるのを聞きながら、セシリーはおのれに言いきかせた。賽《さい》は投げられた。もし、彼と馬車で去ったことを父が知ったら――世間が知ったら――自分の評判は地に落ちるだろう。でも、エリナーの幸福のためなら、これくらいの代償は支払うつもりだった。

とっぴょうしもない申し出をどう切り出せばいいものか……しばらく迷ったすえに、セシリーは口を開いた。「わたし、誰かと婚約する必要があるんです。理由はお話しできないけれど、相手を考えたときに、あなたのことが真っ先に思いうかんで。もちろん、ほんとうに結婚してくださらなくてもけっこうですわ」

伯爵が目をしばたたくと、ひときわ深く座席にもたれて考えこんだ。雄々しい顔が皮肉っぽくゆがむ。「こちらの命を奪おうという陰謀のつもりなら、先に言っておくが、ぼくはそう簡単な獲物じゃない」

彼が何を言っているのか、セシリーにはわからなかった。困惑して眉をひそめる。「なんですって？」

「聞けば、きみはすでに婚約しているそうじゃないか。当の相手からついさっき、自分の婚約者には近づくなと言われたよ」

「婚約している？」

「ぼくとちがって、頭のてっぺんからつま先まで英国らしい男さ」

ドゥルーリー子爵が、彼に話を？　くやしがっていいのか、憤慨していいのか、セシリーにはわからなかった。「わたしは誰とも婚約していませんわ。それだけは断言できます」

「さっき賭博室にいた連中はみんな、婚約ずみか婚約間近だと思っているようだったが」

「あなたを殺すつもりも、夫にするつもりもありませんわ、伯爵」きっぱりと実務的に言いきれたことを、セシリーは誇らしく思った。「ただ、わたしの婚約者になっていただきたいんです」

「ただ？　失礼だが、ささやかな決断とは言いかねるな。そもそも、なぜぼくなんだ？」

彼には訊く権利があった。

「ふたりがゴシップに巻きこまれたから、信憑性《しんぴょう》があると思ったんです。ほんとうの紳士の力を借りたいと思ったとき、ほかに思いつく人がいなくて」

実のところ、自分がほんとうの紳士だとはあまり思えなかった。猥褻《わいせつ》な妄想で頭がいっぱいになっているいまは、なおさらだ。けれどジョナサンはふしぎなことに、正面に座るうら若い美女の話を聞きたくてたまらなくなっていた。「続けて」

彼女のためらうようすが視線を惹きつける。いや、困ったことに、彼女のすべてに視線を惹きつけられていた。こめかみのあたりで揺れる金色の巻毛にも、つつましやかな襟ぐりに隠されたなやましい胸にも、長い手袋の先にのびるしなやかな二の腕にも……それに、物思わしげに下唇を嚙《か》むしぐさや、豊かな睫毛《まつげ》ごしにこちらを見上げるしぐさにも。「まだ、結婚したくないんです」信じてほしいというように、セシリーが強く言いきる。「まして、父のお気に入りだからといって、ドゥルーリー子爵を押しつけられるのはまっぴら。ほかにも結婚したくない理由はあるけれど、とりあえず……秋になったらアメリカへお戻りになるという噂は、ほんとうでしょうか？」

十九歳の娘が結婚したくないほかの理由とは、いったいなんだろう？

最初に頭に浮かんだのはそれだった。危険にもほどがある。いつしかジョナサンは、彼女の頼みを聞き入れたい気持ちと、ことわりたい気持ちの板挟みになっていた。珊瑚《さんご》色のドレスをまとった乙女の懇願を、聞き入れたくてたまらない。けれど、もし聞き入れたら最後、とてつもない危険が待ちうけていると直感が告げていた。

〝人はいつでも、みずからの神の声に耳をかたむけなくては〟

叔母の言っていたとおりだ。善良きわまる彼女は、特定の信仰をもたない者をも守りはぐくむ大きな力の存在を信じていた。頭では、ジョナサンも理解していた。生きとし生ける人がみな、おおいなる善の意識を共有できたら、この世はもっと美しい、住みやすい場所になるだろう。

だが、ものごとはそう単純じゃない……胸の中でそう告げる声があった。叔母の一家は、かつてジョナサンを養子に迎えることを真剣に検討していた。面と向かって語られたことはなかったものの、アデラを引きとったことで、さまざまな推測と拒絶を招いたのは知っている。だからといって、わが子との絆《きずな》を断つ気はなかったが、ジョナサンにも事実を見きわめられるだけの客観性はあった。

「ここでの用事が片づきしだい、戻りたいとは思っている」ジョナサンは慎重に答えた。「あそこが心のふるさとだから。父親の爵位を継いだとはいっても、ここで育ったわけじゃないからな」

「なぜ？」

単刀直入な問いにはたじろがされたが、少なくとも相手は興味をもっているらしい。ジョナサンは肩をすくめた。「母が死んだときはまだ二歳にもなっていなかった。父は、大ぜいの乳母や住みこみ家庭教師の手に息子をまかせたくないと考えた。それに、イングランドとはことなる血脈に親しませたいと思っていた。母の妹がぼくを引きとりたがったいっぽうで、父が再婚した相手は、引きとりを拒んだ。結果として、父はふたつの家庭を行き来するようになった」

真っ向から拒絶される痛みを知る者として、アデラにだけは、同じ思いを味わわせたくなかった。

絶対に。

「わかりましたわ」セシリーが組みあわせた両手に目を落とした。「わたしも、小さいころに母を亡くしたんです。わたしたち、共通点がたくさんあるのね」

庶出の娘をかかえた混血の男と、社交界にもてはやされる公爵令嬢が？　ジョナサンは笑いかけてやめた。奇妙な物言いながら、相手の真剣さが伝わってきたからだ。もしかすると、やはり彼女のしなやかな四肢とトパーズ色の瞳に頭がくらんでいるのかもしれない。こんなあやふやな立場にみずからをおいた時点で、その疑いはあった。まともな伯爵なら、若い娘とふたりきりで舞踏会をぬけ出したりはしない。もっとも、まともになろうなどと努力したことはなかったが。もちろん自分なりの倫理観はもっているが、英国上流社会にまつわる様式とは、どうにもそりが合わなかった。

正直に言えば、先ほど彼女が近づいてきたときは、腕をつかむ手の感触に、理性ではなく体が反応した。予想もしなかった展開に、いまもとまどいがぬぐえない。ジョナサンはぶっきらぼうに言った。「共感してくれてうれしいが、なぜこうして話をしているかの説明を、まだ聞いていないな」

セシリーがわが意を得たりと言わんばかりにうなずいた。「あなたは引く手あまたです」

身も蓋《ふた》もない言いかたに、ジョナサンはめんくらった。ようやく答を返す。「そうは思えないが」

「伯爵ですもの」

これにはうなずくことができた。好むと好まざるとにかかわらず、事実だからだ。爵位と財産に惹かれ、血統のあやしさに目をつぶろうとする女性がいることも知っている。ただ、そのなかにレディ・セシリーがふくまれるとは思わなかった。

「ということは」目の前の娘が、法廷で証言するかのように言い放つ。「あなたはきっと、奥さま選びをせまられていらっしゃるでしょう？　わたしの兄は次期公爵で侯爵ですけれど、だいぶ前から、早くいい娘を見つけて跡継ぎを作るようにとうるさく言われていますわ」

ロンドン市街をひた走る馬車の中で、うら若い美女と子作りについて語りあうのはやぶさかでなかったが、彼女が無鉄砲きわまりない申し出を淡々と語るようすにはおどろきを禁じえなかった。ジョナサンはかろうじて声をしぼり出した。「あいにくだが、いまのところ、他人の期待を気にかける暇はないんだ」

「そうでしょうね」相手がうっすらと、はかない笑みを浮かべた。「お察ししますわ。それでも、話を聞いていただきたいんです」

「興味をそそられているのは認めるよ。いまさら聞かないわけにはいかない。続けてくれ」

馬車が角を曲がり、彼女が座席に両手をつっぱった。最新流行のドレスの下で揺れる胸を、ジョナサンは見まいとしたが、うまくいかなかった。

「ふたりが婚約をよそおったら、わたしとあなたの一族はそれぞれ、結婚を急がせようとするのをやめるかしら？」ひと呼吸おいて、セシリーが静かにつけたす。「わたしにとっては、とてもだいじなことなんです」

何か言おうとした瞬間、ぴしりというぶきみな音がして馬車がかたむいた。とっさにジョナサンは身をのり出して彼女を引きよせ、馬車がほぼ上下さかさまになって止まるまで、両腕で包みこんでいた。

8

エリナー・フランシスは棒のようにまっすぐ座っていた。膝に乗せた両手をよじり合わせ、せいいっぱい平静をよそおって。

壁の花になるほどみじめなことはない。けれど心の底では、いまの状況はみずからが招いたものだと認めていた。もちろん妹ほど美人ではないけれど……。いくらよく似た姉妹だと言われてもわかっている。もともと自分のほうがだいぶふくよかだとはいえ、それを好む男性は多いらしいので、結局のところ、顔と体のどちらに難があるのかは不明のままだった。

初めての社交シーズンが始まってまもなく、エリナーは、ダンスに誘ってきた男性の大半が、二度めを申し込まないことに気づいた。今年はできるかぎりおとなしくふるまい、よけいな口をきかないよう努力していたが、あまり効果はなさそうだった。

とくに、端整で、優雅で、知的で、快活で……美点を挙げていったらきりがない、ドゥルーリー子爵に対しては。

彼とは今夜も二度ワルツを踊ったけれど、セシリーに関する情報を引き出すのが相手の目的なのはあきらかだったので、少なからず心傷つけられた。不人気な娘だと哀れまれるのもごめんだった。それでも、誘われるたびダンスに応じるのは、やはり……うれしいからだ。

それに子爵はダンスの名手なので、あまりじょうずでないエリナーでも、ふたりでフロアに出ると格好がつく。

　自分も妹同様に公爵の娘だし、同額の結婚持参金がつくことなど、ドゥルーリー子爵は気づきもしないようだ。セシリーを好きなのだ。求めるのが外見でもなく、家柄でもないという事実が、何よりもつらかった。太りすぎだとか痩《や》せすぎだとか、鼻が大きすぎるのならともかく、人並み以上の容姿に恵まれているのに、ふり向いてもらえないなんて。

〝要するに……〟踊り手の群れがゆったりと旋回するのを眺め、笑い声に耳をかたむけながら、エリナーは考えた。〝何もかも自分のせいなんだわ。男性に敬遠されるのは、わたしの内面なんだわ〟

　屈辱的な現実。

　自分が死んだら、そう墓標《ぼひょう》に刻んでもらおう。その時は近そうだった。これ以上、年配の婦人がたにまじって広間の隅にちぢこまっているくらいなら、手近なバルコニーから身を投げたほうがましだから。エリナーは立ち上がり、話の腰を折られて不満そうな祖母を尻目に、周囲の人々にできるかぎり愛想よくほほえみかけて輪を離れた。

　若い娘も、ときには生ぬるいシャンパンをあおりたくなる。

〝それにしても、セシリーはいったいどこに行ったのかしら？〟飲み物のテーブルへ向かいながら、エリナーは思った。煉獄《れんごく》のようなこの舞踏会も、話し相手がいれば少しはましになるはずなのに。もうしばらくしたらこっそり屋敷に帰り、馬車だけ会場に引き返させよう。

　通りかかった給仕の盆からグラスをとりながら、ふと、妹の婚約パーティをどう切りぬけようかと考える。その日が目前に迫っていると思っただけで、グラスの酒をあおらずにいられなかった。ドゥルーリー子爵はさぞかし婚約者にうっとり見とれて、そして……。

「レディ・エリナー」

考えていたその人の声が聞こえたので、エリナーは飛び上がり、あわててふり向いたひょうしに、ばつの悪いことにシャンパンを相手の靴に思いきりこぼしてしまった。失態にとどめをさすかのように、音楽が劇的な終わりを迎え、おびただしい数の男女がいっせいにフロアを去りはじめた。「あ……あの、ごめんなさい。ほんとうに」エリナーは口ごもった。

「びっくりさせてしまったかな。申しわけない。悪いのはぼくのほうだ」相手は鷹揚な笑みをたたえ、びしょ濡れのヘシアンブーツには一瞥もくれなかった。「妹さんを、どこかで見なかったかと思ってね」

「あら、そうだったの。妹のほうがわたしより背が高いし色も白いから、めだつと思うわよ。みんなは瓜ふたつの姉妹だと言うけれど」

思いとどまるより早く、辛辣な言葉が口から飛び出してしまった。運が悪すぎる。ただ今夜ばかりは、祖母とその友人たちに囲まれて過ごしたあげく、寝ても覚めても頭を離れない男性――妹と結婚したがっている男性――が目の前にあらわれたのだ。平然とふるまおうにも限界がある。

子爵はいやな顔もせずに笑った。ブルーの瞳をきらめかせると、いつも以上に――そんなことが可能なら――すてきだった。「きみの毒舌を、うっかり忘れていたよ。言いなおそう。

どこかで妹さんを見かけなかったかい？　もし見たなら、すまないがぼくをそこへ連れていってもらえないか？」

セシリーの居場所を知らないのはほんとうなので、良心の呵責《かしゃく》は感じずにすんだ。「申しわけないけれど、わたしも少し前から姿を見ていないの」

室内に視線をめぐらせる子爵の顔から、愛嬌たっぷりの笑みは消えていた。「なんだか妙だな……オーガスティン伯爵の姿も見あたらないんだ。ついさっきまで賭博室にいたが、どこかへ姿を消してしまってね」

長身の子爵なら人ごみを難なく見わたせるだろうし、オーガスティン伯爵は彼よりもっと背が高いはずだから、すぐ目につくはずだ。〝そんな、まさか〟エリナーはさらにひと口シャンパンをふくみながら考えた。〝セシリーはばかじゃないもの。伯爵とパーティをぬけ出して品位を落とすなんて危険を犯すわけがないわ〟

そのはずでしょう？

いつもならそうだ。でも今夜、舞踏会へ向かう馬車の中で、妹はとても静かだった。気にしすぎかしら？　確信はなかった。このところ自分はひどく落ちこんでいたし……それに、妹が上流社会きっての人気者から結婚を申し込まれたことを、うらんだりせずに祝福できたのはよかったが、当のセシリーはといえば、ドゥルーリー子爵夫人になることを有頂天で喜んでいるようには、とても見えなかった。

なぜ人生は、こんなにややこしくできているの？

「きっと、婦人用の化粧室にいるんでしょう」言ったとたんに後悔が襲ってきた。男性の前で、用足しを連想させる言葉を口走るなんて。誰でも生きていれば避けられない行為だが、口に出すべきではない。エリナーはあわてて訂正した。「お望みなら、呼んできますけれど」

「ありがとう。でも、そんな面倒をかけたら申しわけないよ」ドゥルーリー子爵の声は、いつもの屈託なさが嘘のように冷たくなっていた。「かわりにきみと、三回めのワルツを踊らせてもらえないだろうか？」

三回めですって？　もちろん、エリナーのまわりにダンス相手が群れているわけでもないし、老婦人たちのもとへ戻りたいとも思わなかった。それに、万が一妹がむこうみずな行動に出たとしても、ダンスしていれば、彼の目をそらせるかもしれない。

「喜んでお相手させていただきますわ」

三回めのワルツ。少なくとも、すべてがどん底というわけでもなさそうだわ……通りかかった給仕にグラスを渡しながら、エリナーは内心で吐息を漏らした。

セシリーはオーガスティン伯爵にのしかかるような形でつっぷしていた。固く引きしまった胸板に顔をうずめ、鋼《はがね》のように力強い腕で腰を支えられ、こめかみを熱い息にくすぐられながら。

なぜこんな体勢になったのか見当もつかないというのに、困惑よりも、ふしぎな心地よさが全身を包みこんでいた。

事情がわかったのは次の瞬間だった。セシリーに腕を回している当本人が、簡潔に述べる。

「車輪がはずれたんだ」

ジョナサンはそのまま腕を離さず、大きくかたむいた座席に背をつっぱって身を起こし、なんなく扉を開けて外に出た。路面にそっとセシリーを降ろしてから、こちらを見下ろす。

「けがはないか?」

「だいじょうぶ」セシリーは自分がかすかにふるえているのに気づいた。瀟洒《しょうしゃ》な馬車は、玉石敷きの路上にもろくも横転している。馬車の車輪がはずれる事故はさほどめずらしくない。とはいえ、なにも悪名高い〝野蛮な伯爵〟との密会中に起きなくても、と思えてならなかった。

〝人生はとかく予想を裏切るもの。思惑どおりにいくと思ったら、大まちがいよ〟

エリナーなら、いつものようにずばりと言ってのけるだろう。

「ほんとうに、けがはないんだな?」

「ええ」

年若い御者は、主人よりもはるかに動転しているようだった。「信じてくだせえ、旦那さま。ボーンさまはいつだって几帳面なおかただ。けさ馬車の具合を見たときは、ひびひとつ入ってなかったのに」

「よくあることさ」ジョナサンは若者の肩をぽんと叩いて落ちつかせた。「どこかで修理するといい。請求書はこちらへ回すよう、ジェームズに伝えてくれ」

御者が見るからに無念そうにうなずき、破損を調べるためにしゃがみ込んだ。

「少し顔色が悪いな」

「月明かりのせいですわ、きっと」セシリーはうけあったが、その声はわれながらかぼそく聞こえた。さっき馬車が横転しかけたとき、とっさに抱きよせられたことを思い出したせいだ。生まれてこのかた、あれほど男性に近づいたことはなかったから。あわてて咳払いして言いそえる。「それはともかく、計画どおりうまく屋敷を出られましたわね」

「もうひとりの御者が手伝いにくるのを待つあいだに、フレディに辻馬車をつかまえさせよう」

悠然たる態度、クラヴァットが少し曲がっているほかはほとんど乱れのない着衣。本人の気持ちはどうあれ、はた目には堂々とした貴族らしい姿だった。「さいわい、あまり遠くまでは来ていない。ここから歩いて会場へ戻ってもいいだろう。ふたりであらわれたらさぞ人目につくだろうが。とはいえ、フレディが帰ってくるまで少々時間がかかるのは確かだな」

この災難にまったくうろたえていないのか、あるいはどんな事態にも、淡々と向きあえる度胸の持ち主なのか。「たいした問題じゃありませんわ」セシリーは答えた。「わたしたちが婚約していれば。歩きましょう。気持ちのいい晩だし、あまり不在が長引くと、みんなが心配するでしょうから」

顔に落ちかかる長い髪が、男らしい骨格を引きたてている。濃い睫毛にふちどられた、あの黒い、黒い瞳が、こちらを見下ろした。やがて、作法どおりに腕がさし出された。「本気で、その突拍子もない思いつきを実行に移すつもりなんだな」

父と話をして以来、セシリーの頭の中は、いかにして望まない婚約をくい止めるかでいっぱいになっていたが、これ以外の方法はどうしても思いつかなかった。父は娘をまっとうな相手に嫁がせたい一心だし、ドゥルーリー子爵は思ったよりずっと乗り気だ。父の前では、ジョナサンは自分に興味がないと言ってしまったが、そこは、まだ当人の気持ちを確かめられずにいたとでも言いぬければいいだろう。あれだけのゴシップになったのだから、いまさら家族がおどろくとも思えなかった。

実のところ、彼の気持ちは、この期におよんでもまだ確かめられていない。いまこちらへ向けられている視線を分析するなら、〝この娘は気でもふれたのか〟ということになるけれど……。確かにそうだ。お互いろくに知りもしないのだから。とはいえ、ドゥルーリー子爵のことだって、たいして知っているわけではない。

子爵にはまったく感じなかったふしぎな胸のときめきを、目の前の男性は引きおこす。自分が思いついた小さな策略の相棒には、いままで社交界で引きあわされたどの男性よりうってつけに思われた。まず、結婚を急いでいない。それに彼には、貴族社会ならではのわずらわしい規則をかえりみず、セシリーを面倒な境遇に追いこんだという負い目もある。

セシリーは肩をそびやかした。悪くない計画だわ。いずれは婚約を〝解消〟され、恋人がアメリカへ去ってしまったという噂のえじきになるだろうけれど、それでも、愛のない結婚を強いられるよりはずっとましに思えた。姉のためだけでなく。自分のためにも思いついた茶番劇だ。エリナーを傷つけることがわかっている相手と、人生を——そしてベッドを——分かちあうことなどできない。もし姉に興味がないとしても、子爵にはほかの相手と結婚してもらえばいい。なにもエリナーに、意中の相手を義弟と呼ばせる苦しみは味わわせなくてもいいはず。

セシリーは真剣な口調で言った。「ええ、本気ですとも」

寝しずまった住宅街、頭上の空にぽつぽつと星が見うけられるだけの暗がりでは、相手の表情を読みとるのがむずかしかった。ジョナサンがそっと訊ねる。「ちなみに、いつわりの婚約を交わすことで、こちらにはどんな得がある？　どうやらきみは、伯爵位にともなう義務というものをよくわかっていないようだ。ジェームズは次位継承者として、ぼくがイングランドへ来るまでのあいだ、伯爵領の管理をりっぱにおこなっていた。妹たちが縁づいて身を落ちつけさえすれば、ぼくもこれ以上英国貴族のふりをしなくてよくなる。さっき言われたとおり、一日も早くアデラとアメリカへ戻るつもりだ」

「婚約を発表すれば、これ以上若い娘たちにつきまとわれずにすみますわ」

「別に、それほど気にしていないさ」彼の声に皮肉がまじった。

残念ながら、事実だった。ジョナサンはめったにダンスをしないし、社交界に出たばかりの娘に紹介を願い出たりもしないし、未来の伯爵夫人を探しているそぶりも見せない。セシリーの心はやや沈んだが、勝負をあきらめる気にはなれなかった。たとえ、のちのち火傷《やけど》をしようとも……。つんと顎をそらして言う。「わたしの祖母は先代エディントン公爵夫人で、いまも上流社会に影響力をもっています。もし婚約すれば、祖母はあなたのご家族に目を向けるでしょう。妹さんたちにうってつけの結婚相手を見つけるのに、これ以上の適任者はいませんわ」

「いまも？」ジョナサンが疑わしげな声を出した。

「ええ、もちろん」セシリーは間髪入れずに答えた。

「なるほど。それは、悪くない提案だ」並んで歩きながら、ジョナサンがくぐもった笑いを漏らす。「なかなか交渉の才能があるな、レディ・セシリー。じゃあ、聞かせてくれ。ぼくを説得したあとで、どうやって父上をうんと言わせるつもりだ？」

「あなたはお金に不自由のない伯爵ですわ。ドゥルーリー子爵よりも好ましく思っているから婚約したいと伝えれば、きっと同意してくれますとも」

「そして、高貴なフランシス家に、卑《いや》しい血を混ぜこむとでも？」

セシリーは思いきって相手に目をやった。「わたしが思っていたよりずっと、その件を気にしていらっしゃるのね」

「自分のあだ名は、じゅうじゅう承知しているさ」そっけない答が返ってきた。「大都会とは思えないほど、ロンドンは秘密というものがない場所だからな」

上流社会に関しては、ほんとうにそうだった。ただし、エリナーがドゥルーリー子爵に寄せる想いは誰も知らないけれど。わたしももうすぐ、オーガスティン伯爵と秘密を共有できるかしら？

「でも、当人が慎重にふるまえば、秘密をもつことは可能ですわ」

ジョナサンが答える。「はっきり言わせてもらうと、きみが思いついた策略はさして目新しくない。きみの父上とは面識がないが、おそらく目はしのきく人物だろう。ドゥルーリー子爵との結婚に乗り気でない娘が、婚約を目前に控えて、別の有望な花婿《はなむこ》候補を――ぼくがそこにあてはまるかどうかは微妙だが――都合よく連れてきたら、疑うのがあたりまえだ。そもそも、さっきも話に出たとおり、ぼくがイングランドにとどまるつもりがないというのは周知の事実なんだろう？　父上がきみを海の向こうにやりたがるとは思えない。うちにも娘がひとりいるが、絶対にごめんだ」

なぜ子どもの話を出されてうっとりするのかわからなかったが、セシリーはふいに、黒髪のかわいらしい赤ん坊を抱く自分を思いうかべていた。あわてて妄想をふり払い、必要以上に堅い口調で言う。「じゃあ、助けてくださるおつもりはないんですのね、伯爵」

「名前で呼んでくれ。堅苦しい呼び名を使われると、いかにもよそ者という感じがする」

「もしお望みなら」イングランドで貴族という地位を与えられた彼が、どんな気分でいるかなど、考えたこともなかったが、言いぶんはもっともだ。彼が受け入れられているとは言いがたい。

「助けないとは言ってない」彼の声がこころもちやわらいだ。「ただ、もっとうまい作戦を立てるべきだ」

ふたりはしばらく黙りこみ、通りすぎる馬車の音に耳をかたむけながら歩いた。薄暗いおかげで、素性を気づかれずにすむのはさいわいだった。

ほんとうに、気づかれずにすめばいいけれど……。まだはっきりした答をもらっていないことを思うと、ひどく無謀な賭けだった。初心《うぶ》な娘の悲しさで、たった二回の熱いささやきに実際以上の意味をくみとってしまったのだろうか？　でも彼は、ふたりきりで話をしたいという危険な申し出にも、意外なほど積極的に応じてくれた。

セシリーは無言で息を詰めていた。通りをもう一本か二本過ぎれば、パーティの会場に戻りつく。そして……。

「いいだろう。ただ、条件がふたつある」

近くの屋敷で、また別のパーティが行なわれているらしく、開け放った窓からまばゆい光と笑い声が流れ出していた。ジョナサンがいったん足を止め、洒落た鉄柵の反対側、うっそうと生い茂った樹木の陰にセシリーをいざなった。

暗闇で、すぐ近くに立つ彼の存在感は圧倒的だった。たくましい長身のかたわらだと、自分の小ささ、かぼそさが実感される。ひどく無力で……それでいて安心できる、ふしぎな感覚。生まれてこのかた、夜のロンドンをひとりで歩いたことなどなかったが、ジョナサン・ボーンといっしょだと、このうえなく安全に感じられた。

問題は、ジョナサン当人が、少しばかり危険に感じられることだった。

長い指が喉をかすめたあと、顎にかかって上を向かせる。彼の顔が近づいてきた。「ひとつめは、ふたりきりになったらいつでも、こうさせてくれること」

熱くて絹のようになめらかな口。ゆっくりと唇が重なったとき、セシリーは思わず息を止め、肘あたりにかけていた手を二の腕へとすべらせた。指の下で、たくましく盛り上がる筋肉が感じられる。ゆっくりとしたキスは、想像していたよりずっと濃密で、ずっと強烈だった。彼が背中に手を添えて引きよせたとき、セシリーはあらがわず、胸のふくらみを彼に密着させた。服を着ていてさえ、はっとするほど破廉恥な接触だった。

それでいて、とても魅惑的だった。彼の体からは、田園地方の日ざしを思わせる、さわやかで清潔な香りがした。彼の舌が下唇をなぞったあとで口の中にすべり込んできたとき、身のうちに湧きおこった反応は、なんとも言葉であらわしようのないものだった。おどろきと、高揚感がまじりあったような。

彼が唇を離したとき、セシリーはものも言えずにふるえながら息をはずませていた。相手も同じように感じているのかどうか、やはり何も言わず、いま起きたことが信じられないような顔でこちらを見つめている。ややあって、かすれた声が訊ねた。「承諾するつもりは？」

セシリーは、なけなしの気概をかき集めた。「ふたつめの条件は、何かしら？」

「忘れてしまった」彼がつぶやいて、もう一度キスをした。

9

夜のとばりの中、ジョナサンは馬車が行きかう街路やにぎやかな屋敷に油断なく目をくばっていた。やわらかな夜風と、これまで忌《い》みきらってきた都会の雑音が、なけなしの自衛本能を押しながしてゆく。

いっぽうで、体の一部がみるみる固くなり、現実的な問題を訴えつつあった。

現実など、くそくらえ。

〝危険だ〟脳内でささやく声を聞きながら、腕の中の娘を味わい、まさぐる。彼女は、春の雨を浴びた花々の香りがした。それに、薄荷《はっか》とワインがまじりあった甘やかな味がする。しっとりと吸いつくようにやわらかい唇。二度めのキスを終えたあとも、長く豊かな睫毛は伏せられたまま、頬骨に影を落としていた。息をはずませているのが、めまぐるしく上下する胸の動きでわかる。

やがてセシリーがようやく目を開いた。もう少し明るければ、黄褐色の瞳がよく見えるのに……。彼女が反応しているのはまちがいなかった。女性が柔軟に、熱心に応えているかどうかを見きわめられるだけの経験はそなわっている。ジョナサン自身、おおいに楽しめた。たちまち硬直した下半身が何よりの証拠だが、それはどうでもいい。

こんなことをすべきではなかった。美しいレディ・セシリーにキスしたらどうなるかと想像するのと、実体験するのとはまったく別問題だ。

しかも、とてつもないあやまちを犯したとわかっていながら、自分は困ったことに手を離したくないと思っている。

セシリーが少しだけうしろに下がる。おぼろげな明かりに繊細な顔だちを浮かび上がらせながら、口を開いた。「しょ……承諾とは、どういうことですの、伯爵？」

まったく、英国貴族というのは興味深い連中だ。生まれて初めてのキス――手かげんなしの強烈なキス――を経験したばかりなのに、なおも凛《りん》としたたたずまいを保っていることを、ジョナサンはおもしろがりつつ、畏敬《いけい》の念をおぼえていた。「まだ詰めてはいないが、いい案があるんだ」相手の背中を押して通りへ戻り、舞踏会が開かれている屋敷をめざしながら、ジョナサンは言った。

〝こんなにあいまいな案を……なぜ口に出してしまったんだ？〟

けれど、すでに答は返してしまった。

窓の明かりや、弧を描く車回しが見えてきたとき、ジョナサンは今夜のあやまちに駄目押しをした。「同意するかわり、そちらも約束を守ってほしい」

「祖母が妹さんたちにお力を貸す件ですわね。どうぞご心配なく」整った横顔は真剣そのものので、優雅なたたずまいが戻りつつあった。上質なオレンジのスカートが、ぼんやりとした明かりを受けて光っている。

「そのことじゃない。きみにキスさせてもらう件だ」

ふっくらした唇が引きむすばれるのを見ると、先ほどの味わいがよみがえった。けれど彼女が何か言うより早く、刃物のようにするどい男の声が割りこんできた。「オーガスティン伯爵、なぜ妹とふたりで姿をくらましたのか、説明してくれないか」

おどされるのには慣れている。車回しに入ったふたりめがけてつかつかと歩みよってくるのがセシリーの兄だと知って、ジョナサンはやや安堵した。もちろん、怒り心頭のすさまじい形相ではあるが――表情を別にすれば、おどろくほど妹と似ていた――、百戦錬磨の戦士と、未熟者のこけおどしとはひと目で区別できる。富や地位は、実戦ではまったく役に立たない。経験がものを言う世界だ。

ジョナサンは黙って眉をつり上げた。

セシリーが口を開く。「ロデリックお兄さま、こんなところで何をしているの？」

「もちろん、醜聞をくい止めようとしてるのさ」ほっそりした体軀《たいく》、おそらく二十代半ばと思われるロデリック・フランシスは、大股に進み出るなり、セシリーの腕をつかんで引きよせたそうなそぶりを見せたが、すんでのところで思いとどまった。賢明《けんめい》だ。ジョナサンのほうも、やすやすと彼女を放すつもりはなかったから。

われながら意外だった。

あとでゆっくり考えてみよう。いまはひとまず、ばつの悪い対峙をうまく切りぬけなくては。ジョナサンは静かに言った。「なぜ醜聞になる？　ちょっと散歩に出ただけなのに。舞踏室が息苦しかったから、新鮮な空気を吸いにいこうとレディ・セシリーを誘ったんだが」

「ずいぶん遠くまで出かけたんだな、伯爵」若き侯爵がぴしゃりと言い放つ。「お見とおしなんだぞ。こちらは屋敷じゅうを探しまわっていたんだから」

「人目につかないよう、気をくばってのうえだろうな」ジョナサンは声をするどくした。由緒あるフランシス家とつながりをもてれば、妹たちには大きな利点となるが、若い娘の品位をおとしめたと思われたら最後、望みは絶たれてしまう。

「もちろんだ」ロデリックがやり返す。「噂の火を消そうとやっきになっているのに、これ以上燃えひろがらせてたまるものか。残念ながら、ふたりの不在に気づいたのはぼくだけではなかったが。ドゥルーリーがおまえに時間をさいてほしがるのは目に見えていただろう、セシリー。あちこち探していたらしいぞ。エリナーがこっそり教えにきてくれたからよかったが。いったい、何を考えているんだ？」

「わたしの時間よ。誰といっしょに過ごそうが、わたしの勝手でしょう」セシリーの声は冷たく揺るぎなかった。「それに正直なところ、ドゥルーリー子爵には腹を立てているの。まだ決まってもいないのに、わたしと婚約したと言いふらしているなんて。身勝手にもほどがあるわ」

セシリーは心からドゥルーリー子爵の求婚をしりぞけたいようなので、いまの言葉に嘘はないだろう。ただ、はたして男の体面のややこしさを理解できているだろうか、とジョナサンはいぶかしんだ。今夜のことで、子爵はさぞかし不機嫌になるだろう。賭博室でのやりとりを思いかえせば明白だ。

「兄上といっしょに、舞踏室へ戻ったらどうだ？」ジョナサンはおだやかにうながした。「あした、屋敷を訪ねさせていただこうと思う。ぼくはテラスの側から屋敷に入ろう。庭園をぶらついていたふりをして」

「塀《へい》があるじゃないか」ロデリックがぶつぶつ言う。

ジョナサンは無言で、うっすらと冷笑を浮かべた。

セシリーが少し躊躇したのちにうなずいた。「散歩にお誘いくださって、ありがとうございました、伯爵」

「こちらこそ、楽しませてもらったよ」

先ほどの抱擁《ほうよう》と熱いキスを思い出したのか、セシリーがぽっと頰を染めた。ロデリックがうさんくさげな目で、妹の赤面と、ジョナサンの平然とした表情を見くらべる。けれど、それ以上雲行きがあやしくなる前に、セシリーが兄の腕をとり、引っぱるようにして大理石の階段を上りはじめた。残されたジョナサンの耳に、ロデリックの声が聞こえてきた。「オーガスティンはほんとうに訪ねてくるつもりなのか？　おい、ぼくにはいったい何がどうなっているのか……」

セシリーの返答は、遠ざかりすぎて聞こえなかった。何はともあれ、屋敷へ戻ってくるところをドゥルーリー子爵には見とがめられないですんだ。もしそうなっていたら、またもややっかいな対決が始まっただろう。

裏庭に通じる門には鍵がかかっていたし、確かに壁にはばまれていたが、ジョナサンは煉《れん》瓦《が》造りの塀をなんなく乗りこえると内側に降りたち、両手の汚れを払った。のんびりとした足どりで、ジェームズが予言したとおりに庭園をそぞろ歩く男女を何組も通りすぎたのちに、テラスにたどり着く。

舞踏会は、始まり同様に最後まで退屈だったが、ジョナサンにとっては忘れられない晩となった。

さいわい、帰りの車中ではロデリックのしかめつらを拝まなくてすんだ。兄が妹たちを屋敷へ送りとどけるのをやめて〈ホワイツ〉へ寄ろうと決めたからだ。それにドゥルーリー子爵以外はセシリーがぬけ出したことに気づかなかったらしく、祖母はご機嫌で、パーティの出席者や料理、音楽についてしゃべりつづけた。

なるべくきちんと相手をしつつも、セシリーは、エリナーが短い答しか返さず、馬車の隅からひどく奇妙なまなざしをこちらに投げているのが、気になってたまらなかった。

ふたりきりになったら、わたしがどこで何をしていたのか問いつめるつもりだわ。あいにく、部分的にしか答えられないけれど……。

〝くそいまいましい〟胸中でつぶやいたあと、セシリーは笑いたくなった。ほんのしばらくジョナサンといっしょにいただけで、口の悪さが移ってしまったのかもしれない。

数代前のエディントン公爵が建てたメイフェアの豪邸に馬車が着くと、エリナーが絹のスカートをしっかりつかみ、セシリーに続いて決然とした足どりで巨大な正面階段を上がってきた。いまさら詰問を逃れようとしても無駄だと、セシリーにはわかっていた。あきらめまじりに寝室の扉を空けると、ベッドの覆いはすでに女中の手でめくられ、ナイトドレスが置いてあった。

ひとつの部屋を分けあうわけではないが、姉妹がここでお互いのドレスを脱がせあうことは多かった。夜遅くまで着替えのために女中を待たせておくのが気の毒だからだ。セシリーのあとから寝室に入ってきたエリナーが、ぴたりと扉を閉めたあとで、前置きなしに切り出す。「今夜、何があったのか教えてちょうだい、セシリー」

すでにロデリックから話を聞いているかもしれない。セシリーは手袋をはずして、アン女王朝様式の刺繍入り椅子に放りなげた。「オーガスティン伯爵と、しばらく散歩に出たのよ。覚えているでしょう、あの舞踏室のむし暑さ」

「舞踏室なんてどこでもむし暑いものよ。いままで男の人とふたりきりで外に出たことはなかったじゃないの。正直に答えて、セシリー。あなたがそう簡単に誘いに乗るとは思えないわ。確かに伯爵は、とても堂々とした美男子だけれど、あなたは耳打ちのひとつやふたつで揺れるような軽い娘じゃないでしょうに」

「誘われたわけじゃないわ」

「まさかあなたのほうから、すべてを失う危険を冒して散歩に誘ったというの？」

やっかいなことに、姉の言葉の意味は痛いほどよくわかった。ドゥルーリー子爵を失う危険を冒して、と言いたいのだ。姉妹はいつでも率直に話しあってきた。いままでずっと……

恋愛に関する問題がもち上がるまでは。

どうすれば、うまく追及をそらせるかしら？

いっそ、いちばんどぎつい事実を告げたほうがいいかもしれない。セシリーはわざと時間をかけてもう片方の手袋をはずし、サテンの上靴を脱ぎすてたあとでベッドに腰かけた。そして、膝の上で両手を組み、告白した。「キスされたの」

姉がドレスの裾《すそ》につまずきかけ、レディらしからぬうなり声をあげながら正面の椅子にくずれ落ちた。「何をされたですって？」

今夜のエリナーは、金褐色の髪によく映るレモン色のドレス姿で、まばゆいほど美しかった。つつましい形でも、肉感的な体つきは隠しきれない。澄んだブルーの瞳、しみひとつない乳白色の肌。なぜ上流社会の男性がこぞって姉の前にひれ伏さないのかは、セシリーにとって大きな謎だった。外見の美しさだけでなく、とてもやさしくて聡明で、洞察力にあふれているのに。ただ、ときに率直すぎるのがたまにきずだけれど……。

「二度よ」セシリーはありありと思い出していた。斜めにそっと重ねられた彼の口、引きしまったなめらかな唇の感触、たくみにじらす舌の動きを。

姉は目をまるくしていた。「その顔からすると、不愉快ではなかったようね」

「正反対よ」楽しんだことをこうあからさまに告白してはいけないのかもしれないが、楽しんだのはほんとうだ。「キスがあんなふうだなんて、思いもしなかったわ……もちろん、すてきだからこそ人はキスをしたがるんでしょうけれど。ほんとうに、うまく説明できないけれど、なんだか……舞いたつような感じなの。ほかに言いあらわしようがないわ」

「ほんとうに？」姉は興味を惹かれたらしく、お説教もそっちのけで訊ねた。「どんななりゆきだったの？」

「並んで歩いているとき、彼が暗がりで足を止めて……そして……」セシリーは顔に血がのぼるのを感じた。なんでも隠さず——姉のドゥルーリー子爵への想いを別にすれば——語りあってきた姉妹だといっても、ジョナサンにぐいと抱きよせられたときのことを思い出すと、はずかしさをこらえきれなかった。

許されないほど、強引だった。

忘れられないほど、甘美だった。

「そして、どうしたの？」エリナーがこころもち身をのり出して催促した。ブルーの瞳に好奇心があふれている。「どんな感じかと、ずっと前から想像していたのよ。女なら当然でしょう？　初めてのキスは、女にとって特別な瞬間ですもの。さあ、続けて」

「そして、そうなったの」セシリーはこらえきれず肩をすくめた。「彼がすぐ近くに立っているから、そのこと自体がとてもふしぎに感じられたわ。とても背が高いし、たくましいし、腕の力も強いし……」

「無理強いされたわけじゃないでしょう？」

「あたりまえじゃないの！」セシリーは強く否定した。「もしいやだったら、わたしがこんなに熱心に話すと思う？　ジョナサンは絶対に、無理強いなんてしないわ」

「ジョナサン？」親しげな呼び名に、姉が目をむいた。「そんなによく知っているの？」

疑わしそうな口調がセシリーの神経を逆なでした。「それだけは知っているわ。彼は無理強いしなかったし、その必要もなかったって」

「そう」エリナーが重くるしい吐息をついた。「こうなるのを心配していたのよ、セシリー。あなた、どんどんオーガスティン伯爵にのめり込んでいたものね。音楽会で伯爵が隣に座ったとき、あなたの顔を見て、これはやっかいなことになりそうだなと思ったわ。もっとあたりさわりのない相手を選べなかったの？」

〝わたしだって、お姉さまがドゥルーリー子爵に向ける顔を見ていたのよ〟あやうく口に出そうになった言葉を、セシリーは呑みこんだ。秘めた想いをエリナー自身が打ち明ける気になるまで待たなくては。前から気づいていたそぶりを少しでも見せたら、姉はたちまち、そのせいでセシリーが子爵の求婚をことわったのだと疑いだすだろう。

確かにそのとおりなのだが、子爵との婚約にしりごみする気持ちはもっと入りくんでいた。ジョナサンとの二度にわたる、情熱的な、目もくらむようなキスのあとでは。

彼にのぼせ上がってしまったのかしら？　そうかもしれない。あした会えると思っただけで、こんなに動悸《どうき》が速くなるのだから。

もし少しでも機会があれば、ふたりきりの時間を作るつもりだった。

「選ぶことなんてできるかしら？」セシリーはそっと問いかけながらスカートをもち上げ、靴下留めをはずしてストッキングを下ろした。「なんだか、運命の気まぐれにもてあそばれているみたい。勝手に引きよせられていくのよ。初めて会ったときも、てっきりハンカチをさし出されるかと思ったら、まったくちがうことをされたんだもの」

「ええ、覚えているわ」エリナーが唇を引きむすんだが、その瞳が一瞬きらめいた。「あなたがはっと息を呑んだ音が、舞踏室じゅうにひびきわたったもの」

「大胆不敵な人なのよ」

「そうね」エリナーがふと横を向いたあと、いずまいをただした。「でも、子どもがいるんでしょう？」

エリナーにかぎって、この話題を避けて通るはずがない。セシリーはさりげなく答えた。

「そう聞いているわ」

「しかも、産んだ女性とは結婚しなかったとか」

「ふたりのあいだに何があったかは、見当もつかないわ」そう答えながらも、実のところセシリーは好奇心にかられていた。もしかすると――あのとろけるようなキスを知ってしまったせいで、嫉妬をおぼえているのかもしれない。彼の情熱を受けとめ、子をさずかった女性に……いけない、そろそろ止めなくては。

これはあくまでも、ドゥルーリー子爵との婚約をくい止めるための作戦なのだから。

そのはずでしょう？

ロマンティックな散歩のあとでは、かならずしも断言できなくなっていた。

10

アデラはぐっすり眠っていた。大きなベッドに小さな体をうずめて。別階の子ども部屋ではなく、なるべく自分の近くで生活させたいとジョナサンが望んだので、同じ家族棟の、伯爵用寝室からは目と鼻の先にある寝室を使っているのだ。

慣習にそぐわないのはわかっていたが、こちらもどうせ折り目正しい英国紳士などではないし、こと子どもにかけては、ジョナサンは心配性の父親でしかなかった。

ベッドに面した椅子にかけて、長い黒髪をなでてやりながら、しっかりと娘の腕に抱きかかえられた人形に気づいて口もとをゆるめる。ジョナサンの父が最後にアメリカをおとずれたときにくれたものだ。真っ白な磁器の顔に金色の巻毛、美しいレースにふちどられたドレス、英国らしいパラソルまでたずさえている。幼児にはもったいないほどの高級品だったが、ひと目見るなりアデラは夢中になり、いつもいっしょに寝たがった。

部屋着姿の乳母が戸口に姿をあらわした。主人が愛娘の顔を見にくるのにも慣れたようすで、ちょこんと頭を下げると、また続きの間へ姿を消す。

もっとたくさん、子どもがほしかった。

〝また、追風が吹いてきたか？〟

セシリーの申し出もふくめて、そうなのかもしれない。

仰天すべきなのかもしれないが、なにしろきょうは尋常でない一日だった。この思いは前からあったのだろうか、と自問しながら、眠るわが子を見つめる。とかく一筋縄ではいかない親心と、同じく一筋縄ではいかない男女関係をふるいにかけるのは至難のわざだが、自分がもっとたくさん子どもを望んでいるのは事実だ。どのみち、伯爵家には跡継ぎが必要なのだから。

立ち上がって部屋をあとにし、後ろ手にそっと扉を閉めて自分の寝室へ向かう。

おどろいたことに、リリアンはまだ起きていた。扉の隙間から廊下に明かりが漏れている。きっといつものように、読書に夢中なのだろう。通りすぎて自室へ向かいかけたジョナサンは、ふと足を止めてためらったのちに、きびすを返してそっと扉をノックした。

どうせ行きあたりばったりに行動してきた一日じゃないか……胸の内で苦笑する。扉を開けた妹は、ナイトドレスの上に部屋着をはおり、豊かな髪を下ろしていた。見るからに不審げな顔だ。「まあ、おどろいた……ずいぶん遅い時間ですのに、伯爵」

きつい口調にも、ジョナサンはたじろがなかった。「だが、ふたりとも起きている。入ってもいいかな？」

リリアンは一瞬ことわりたそうな顔をしたが、やがて不承不承うなずき、一歩下がった。

「ここはあなたのお屋敷ですもの」

自分が伯爵位を継いだことに対してリリアンが示すかたくなな態度は、少なからず理解できるものの、ジョナサンはしだいにいら立ちをつのらせつつあった。

自分も父親を亡くした身だし、遠い外国で独立した暮しを送ってはいても、悲しみは変わらない。いいかげん休戦したいものだ。リリアンがどう考えていようと、自分の人生から妹をしめ出す気はなかった。もし結婚したくないのなら、また別の形で生活を支えるつもりだったが、経験からいって、難問を避けてまわっていては、いつまでたっても解決に至れない。そろそろ、リリアンが何をかかえ込んでいるのかつきとめる必要があった。

キャロラインとエリザベスは無邪気そのもので、舞踏会から帰る車中でも、社交界にデビューした高揚感をあらわにおしゃべりに興じていたが、リリアンのほうは少し手間がかかりそうだった。

思ったとおり、リリアンは読書中だったらしい。室内のいたるところに本が散らばっていた。大理石のテーブルにも、暖炉の前に置かれたアン女王朝様式の椅子の上にも、床の上にも……。

ジョナサンは、長椅子に広げてあったシェイクスピアの十四行詩《ソネット》を手にとり、妹と向かいあって座ると小声で訊ねた。「図書室に、まだ本は残っているかな？」

笑みのご褒美《ほうび》が返ってきた。かすかな笑みだったが。澄んだブルーの目がこちらを向けられる。「まだ二、三冊は棚にあるはずよ。こんな時間に、わたしの読書癖について話しにいらしたの？　てっきり、いつものように荒馬を駆っていらっしゃるかと思ったのに」

「あれは荒馬なんかじゃないさ。アディを背に乗せても、ポニーみたいにおとなしく歩きまわっていたくらいだ」

「そんな危険な思い、絶対にしたくないわ」

「危険を避けたいのは、こちらも同じだ」ジョナサンは脚を無造作に投げ出し、相手を見すえた。「今夜いっしょに来なかった理由を、何か思いついたかな?」

「頭痛がしたんです」

「医者に診《み》せたほうがいいかもしれないな。ずいぶん前から続いているようじゃないか」

リリアンがうつむき、組みあわせた手に視線を落とすと、長い髪がカーテンのように顔を覆った。けれど、うちひしがれた表情は一瞬で消えた。つんと顎が上がり、まっすぐ視線が向けられる。レディ・リリアンが同情をきらうことを、ジョナサンはいち早く見ぬいていた。

「わたしは傷ものだと、前にお話ししたでしょう。悪意のまなざしやひそひそ話を避けて、家で静かに読書を楽しみたいと思うのが、そんなにいけないことかしら?」

「きみが考えているほど、事態は悪くないと思うが。過去に何があったにせよ、こちらの耳にはまったく話が入ってこなかったくらいだ」

あざけりをこめた短い笑い声。「もちろん、そうでしょうとも。みんな、あなたを恐れていますもの。あなたの面前でわたしを侮辱したがる人なんているわけがないわ」

自分が〝野蛮な伯爵〟だからか。考えようによっては便利な先入観だが、リリアンの悲哀は、ぴんと背を伸ばして座る全身からにじみ出ていた。こちらを臆せず見つめる目にも、きっと結ばれた口にも。亡き父をありありと思い出させる面差しだ。じっと観察したのちに、ジョナサンは言った。「だとしたらなぜ、いっしょに社交行事に出ようとしない? ぼくといれば、誰にもいやなことを言われずに楽しめるんだろう？」

リリアンが、瞳と同じ水色の部屋着をぴったりとかき合わせ、帯をきつく締めなおした。

「なぜって、いまでも噂されているのがわかるからよ」

「どちらかといえば、ぼくについての噂だな」ジョナサンはぶっきらぼうに言った。「噂されても、それに生きかたを左右されたりはしない。好きにしゃべらせておけばいいさ。爵位を継いだことを世間が気に入らないなら、それでいい。こちらは平気だ」

妹の唇がふるえた。目にとまらないほどかすかに。けれど、華奢な肩もふるえていた。

「生まれは自由になりませんもの」大きく息を吸いこみながらも、目をそらさずに続ける。

「わたしの失態は、自分で引きおこしたものだわ。あなたとはまったくちがう問題。だから、どうかゴシップを避けたいという気持ちをくみとって、自由にさせていただきたいの」

こういう展開はけっして得意でないが、ジョナサンはなぜか、無理をおしてでも一歩踏み出したくなっていた。「夫や家族をもちたいと夢見たことはないのか？　女性なら、誰しもいだく夢だろうに」

「卑怯《ひきよう》だわ」リリアンの声がわずかに低くなった。

「正面きって話すことの、どこが卑怯なのか教えてくれ」

「そんな話、したくありませんもの」

「ぼくは、したいね」

「あなたはいつでも、自分のしたいようにできるでしょうけれど」

口論をするつもりはなかった。「いや」ひと呼吸おいて答える。「とんでもない。そうできればいいとは思うさ。だが、責任がある以上、わがままばかりも言っていられない。ほかにも理由はある。幸福とは、みずからつかみとるものだ。母方の叔母がずっと前に教えてくれたよ。心の豊かさは、われわれがどう生きるかによって与えられもするし、奪われもすると。貧しい農夫が、春になって花が咲いただけで笑顔になることもあるし、裕福な貴族が、ちょっと中傷されただけで生まれた日を呪うこともある。叔母はとても聡明な人だった。平安を得るためには、周囲に左右されることなく、自分自身の足で地を踏みしめて生きなくてはいけない。世間の尺度がすべて等しいわけではないんだ」

「言うのは簡単だわ」リリアンが無表情に言った。「何ひとつ不自由のない男性なら」

「簡単じゃないさ。そういう反応が返ってくるのはわかりきっていたから。きみに説教をするつもりはない。ただ、問題を正面から見つめたいんだ。これ以上話しても、時間の無駄だろうか？」

リリアンがとうとう目をそらし、暖炉の上にかかった肖像画を見やった。描かれているのはうら若い金髪の美女で、足もとにスパニエル犬を従え、完璧な卵形の顔に笑みをたたえている。

肖像画には見おぼえがあった。父の後妻だ。美しいレディ・ラセインは、どこから見ても非の打ち所がない英国貴婦人だった。ジョナサンは幼くして、父の新しい家族からあまり歓迎されないことに気づいたため、最後まで彼女をよく知らずじまいだったが、成人したいまは、きらわれた理由をうすうす察していた。ジョナサンの生母が最初の妻であり、父自身も認めたとおり、最愛の女性だったからだ。

だからこそ、リリアンにはもっと自由に生きてほしかった。過去に何があったのか、はっきりわからないためもある。妹の声はささやくように低かった。「時間の無駄かどうかはわからないけれど、お互い、ものの見かたがちがうのだと思うわ」

ジョナサンは小さなため息をついてから言った。「リリアン、どうか意地を張らずに助けさせてくれ。きみの未来に目を向けたいんだ。義務というだけでなく、妹のしあわせを見とどけたい。お互いをよく知らないとはいっても、兄妹なんだから」

「父親が同じというだけでしょう」リリアンが声をけわしくする。

「そのとおりだ」ジョナサンは挑発に乗らず、おだやかに返した。リリアンのほうが若いぶん、もう人生は終わりだと決めつけてしまうのだろう。ともかく、母親がちがうことをいま論じても始まらない。「そろそろ、なぜ社交界をきらうのか話してくれないか？　ゴシップ好きの連中を気にやんでいるだけとは、どうも思えないんだ」

リリアンがこちらを見つめてから、かすかに、はかない笑みを浮かべた。「世間のしくみを見下しているあなたには、些細に思えるでしょうね。まして、地位も財産もある伯爵ですもの。さっきも言ったとおり、その特権があれば死ぬまで安泰だわ。でも、わたしはそこまで幸運じゃありませんもの。一度起きたことは、二度と忘れてもらえないし、忘れてもらえるとも思わないわ」

「そうだな」ジョナサンはうなずき、ブーツを履いた足を重ねた。「だからこそ知りたいんだ。いったいなんのために未来を犠牲にしたのかを。きみが妥協せずに追いもとめる未来のためなら、こちらは協力を惜しまないつもりだ」

アメリカから渡ってきて、礼儀作法を知らないばかりか、紳士らしさのかけらもそなわっていない兄というのは、こんなに面倒な生き物なのかしら。

遠回しな言いまわしを心がけるどころか、いきなり核心に迫ってくるなんて。

いまいましい。

「どこまでご存じなのかしら？」

「ほとんど知らない。だから、教えてほしいんだ」

どう答えていいかわからなかったので、リリアンはしかたなく冷たい嘲笑を張りつけた。あいにく、相手は平然としていた。ゆったりと椅子にかけ――奇しくもリリアンもお気に入りの椅子だった――、長い脚を投げ出している。烏羽色の長い髪は無造作に乱れ、上着を脱いでクラヴァットもはずしているため、純白のシャツが肌の浅黒さをきわ立たせている。上流社会の大半が恐れをなしていると言ったのは、誇張ではなかった。ジョナサンにまつわるさまざまな噂は、女性を惹きつけ、男性をしりごみさせる。

沈黙が長くなりすぎたので、リリアンはしかたなく口を開いた。「いやよ」

「何か隠しているんだろう」

そのとおりだ。胸の内を見すかされるのは居心地が悪かった。

「思いこみだわ」

「真実が知りたい、それだけなんだ」

〝知りたいのはそれだけ？〟頭の中に自嘲の声がひびいた。〝ほんとうに、真実だけ？〟

答えるかわりに、リリアンは身をこわばらせ、火の気《け》のない暖炉に目をこらした。今夜はあたたかいので、火を起こす必要がなかったのだ。

「頑固《がんこ》な娘だ」ジョナサンがつぶやいたあとで、こころもち声を高くして言う。「いいだろう。もし、傷ものにされたという夜に何があったか話すつもりがないのなら、こちらは、考える必要もないほど些細な事件として片づけることにする。そのかわり、今後はかならず社交行事に出てもらおう。夜会にも、舞踏会にも、晩餐会にも、何もかもだ。そんなふうに閉じこもるのは、ばかばかしいにもほどがある。聞くところによると、きみの恋人だったという男は反省の色ひとつ見せずに、別の女と結婚したそうじゃないか。もし許されるなら、妹のかたきをとってやりたいところだが、そんなことをすれば、世間の記憶をよみがえらせるだけだろうしな」

考えただけで恐怖にかられたリリアンは、かぶりをふった。「やめて……ジョナサン……それだけは」

口に出して名前を呼んだのは、生まれて初めてだった。第五代伯爵にあたる祖父と同じ名前だ。兄は聞きのがさなかったらしく、漆黒の眉をわずかにつり上げた。「自分の評判をどん底にまで落とした悪党のことを、ずいぶんかばうんだな」

こんなにきわどい質問に答えられるだろうか？　アーサーとの関係は、あまりにも入りくんでいて――それでいて単純で――、うまく説明できそうになかった。

「あなただって、お嬢さんの母親のことを話したがらないでしょう」

「アデラだ」黒い瞳がちかりと光った。「娘にはちゃんとアデラという名前がある。それから確かに、ジョセフィーヌのことは話したくない」

初めて耳にする情報だった。少なくとも、これで相手の名前はわかった。自分のみじめさも忘れて、リリアンは好奇心にかられた。ジョナサンが娘を溺愛するさまは、家族ばかりか使用人の目も惹きつけずにはおかなかったし、事実、アデラは愛くるしい子どもだった。リリアンも邸内で幾度となく顔を合わせていたが、意識してではなく、相手が神出鬼没にあらわれるからだ。きのうも廊下で出くわし、せがまれるままに庭園を散歩するうち、いつしか隠れんぼにつきあわされていた。

あんなにかわいらしい子どもを捨てる女性がいるとは信じられない。リリアンは咳払いをした。「結婚はしなかったんでしょう」

「セブリング子爵が、きみと結婚しなかったのと同じだよ」兄が、笑みともつかない笑みを浮かべた。

「そうね」リリアンは降参し、ふっと息を吐き出してから静かに言った。「できれば、その話題は出さないでいただけるとありがたいわ。それに、アーサーに近づいても時間の無駄よ。

どうか信じてほしいの。彼もわたしと同じくらい、あの一件を悔いていることを。とはいっても、起きてしまったのは事実だし、世間は忘れてくれないわ。だから、キャロラインとエリザベスが社交界入りをぶじにすませるまでは、息をひそめて暮らすのがいちばんいいと思って」

「人を臆病者あつかいしないでくれ」兄の声は落ちついていたが、その目はまっすぐこちらを見ていた。「それに、妹ふたりと同じくらい、きみの幸福もたいせつなんだ。自分を粗末にあつかってはいけないよ、リリアン」

「妹たちのために、せいいっぱいのことをしてやりたいの」抗弁しつつも、みぞおちのあたりにわだかまりを感じたのは、兄の言うとおり、未来からただ顔をそむけている自分に気づいているからだった。

あるいは、未来のなさからかもしれない。その点も兄の言うとおりだった。適齢期を逃したら、女は見むきもされない。リリアンとて、夫や――もちろん自分を愛してくれる男性――子どもがほしかった。アデラにまとわりつかれるたび、自分がのがしたものの大きさを思い知らされてつらさがこみ上げる。結婚に夢を見すぎたのかもしれないが、もともとリリアンは夢見がちな娘だった。むさぼるように読んだ本の中ではかならず、情熱がすべてを凌《りょう》駕《が》し、ヒロインが理想の男性にめぐり会い、ふたりの愛の力であらゆる障害を乗りこえて……。

たかが作り話じゃないの、とリリアンは自分に言いきかせた。自分も理想の男性にめぐり会ったけれど、障害は乗りこえられなかった。物語の結末では、ふたりとも心やぶれてしまった。

おとぎ話のすべてが、幸福な結末を迎えるわけではない。あれ以来、毎日のように嚙みしめてきた苦い現実だった。

「キャロラインとエリザベスのことはまかせてくれていいが、自分だけが結婚に縁がないなどと考えるのはおかしいな」ジョナサンの声がとがっていた。「ぼくがいるだけで、じゅうぶん枠からはみ出た家族だというのに、来る夜も来る夜もひとりで閉じこもっていてはだめだ。さっき自分で言ったように、ぼくがいることで誰からも無礼なことを言われないのなら、楽しんだって悪いことはないだろう？　男はにぶい生き物だ。そこは認めるさ。だが、あれこれ欠点があろうと、なかには頭のいいやつがいる。きみの過去にとらわれず、いまのきみをまるごと受けとめてくれる相手に、いずれ出会えるかもしれない」ひと呼吸おいて続ける。「もちろん、こんりんざい結婚する気がないというのなら別だ。その場合は、無理に社交界に戻れとは言えない」

リリアンは内心たじろいでいた。やさしくて公正だった父にさえ、これほどの慈愛《じあい》を示されたことはなかったから。

いっそ嘘をつければと思った。自分は誰の妻にも母にもなりたくないし、自分の家族や新しい人生をほしいとも思わない、そう言えればいいのに。幸福。そう、自分は幸福を求めている。だから、どうしても嘘をつけなかった。こわばった声で兄に告げる。「たったひとりで生きていきたい人なんて、いないと思うけれど」

白い歯がひらめき、勝ちほこった笑みがこちらに向けられた。「そう言ってくれるんじゃないかと思ったよ」ジョナサンが敏捷《びんしょう》に立ち上がった。「こんど社交行事があるときは、妹を三人とも連れていくからそのつもりでいてくれ。なんならキャロラインとエリザベスのお目付役をつとめてくれると助かる。ジェームズはとても有能だが、ぼくはといえば、次々に寄ってくる男のうちどれが有望で、どれが愛情深い夫になりそうか、見当もつかないんだ」

自分に役割を与えてくれようとしているのだ。リリアンはひそかに感謝した。どこもかしこも外国式の兄。英語の発音はひどいし、肌も髪も黒い。おまけに紅茶を飲もうともしない。けれど、もしかすると、最初に思ったよりずっとつきあいやすい相手かもしれない。

たとえば、笑顔が父に生き写しのところとか。

ああ……どんなに父が恋しいことか。

いいえ、兄妹みんなの父が。

ジョナサンが去ったあと、リリアンは座った場所を動かず、静かに物思いにふけった。とり返しのつかないまちがいを犯してしまっただろうか？　けれど、ジョナサンがまじりけなしの誠意をもって動いていることだけは信じられた。イングランドでの問題が片づきしだい、一日も早くアメリカへ戻りたいということを、兄は隠そうとしない。ジョナサンにとっては自分も、片づけるべき問題のひとつだ。事務弁護士と打ち合わせをしたり、小作人の不満を聞いたりするのと同様に。自分がどこかの男性と結婚すれば、ジョナサンは責任から解放され、自由の身になって退場することができる。

いっぽうで、ジョナサンはおどろくほどの洞察力をそなえているし、もし必要とあれば、原始的きわまる方法で妹の名誉を守ってくれるだろう。だから、もしかすると……もしかすると、なんらかの休戦協定を結べるかもしれない。

ふいにあくびが出たので、自分がくたくたに疲れていたことに気づいた。

今夜は、ぐっすり眠れるかもしれない。

11

「御者によれば、舞踏会へ向かうときは、車輪になんの問題もなかったのに、いつの間にか破損したらしい。路面の穴にでもはまったのかもしれないが、どこかで不自然に揺れたような覚えはないんだ。御者は、誰かがわざと……」

「あの娘と、結婚することにしたよ」

意地の悪い不意打ちだったが、ジェームズがフォークに山盛りにした炒《い》り卵を皿に落とすのを見ると、この歳になっても従弟をぎょっとさせられる満足感がこみ上げてきた。「なに？　誰と結婚するって？」

「うるわしの公爵令嬢とさ」

ジェームズが思いきり咳きこんだ。ようやく発作がおさまると訊ねる。「きみの頭がいかれたのか、それともぼくが夢を見ているのかな？　冗談ぬきで知りたいよ。もし前者なら、きみは伯爵位に不適任だと宣言して、領有財産をまるごといただくことにする。もし後者なら、自分の想像力の豊かさに笑いながら目ざめることにする」

ジョナサンはこらえきれず笑いだした。コーヒーをかき回しながら、どう答えようかと考えたが、ここは簡潔にいこうと心を決める。「少しこみ入った事情なんだが、もうじき婚約発表が行なわれると思っていてくれ。あれこれ考えたすえに、結婚するのがお互いのためだと結論を出したんだ」

「もちろん、結婚する以上はまず婚約しないと」ジェームズが少しためらったのちに言った。「あれだけ美人で家柄もいい相手だ、文句をつけるつもりはないが、まずは父親の承諾を得る必要があるぞ、ジョナサン」

「わかってるさ。だがセシリーは、きっとうまくいくというんだ」

「それは……おもしろいな」

「賛成しかねるか？」

「断定できるほど、公爵を知っているわけじゃないからね。ただ……」

言葉をにごした従弟のかわりに、ジョナサンは言った。「ただ、こっちは身分こそ高いが純血種じゃないし、妻でない女に生ませた子どもまでかかえている、というんだな」

従弟が小声で答えた。「そこまであけすけに言うつもりはないが、そのとおりさ。きみとは単なる血縁というだけでなく、親友同士だ。レディ・セシリーを妻に選んだというのなら、応援するよ。ただし、障害のひとつやふたつは覚悟しておいたほうがいい」

「きょうの午後、公爵を訪ねていくつもりだ」

ジェームズがフォークを置いて、テーブル掛けの上に両手を重ねた。「ちょっと待て。まさか、アメリカへ戻るのをあきらめたのか？」

「あきらめてはいないさ」

従弟が眉をしかめる。「レディ・セシリーがイングランドを離れることに同意するとは、おどろきだよ」

「していない。その件についてては、まだ話しあっていないんだ」

「差し出がましいようだが、早く話したほうがいいぞ」

「ぼくもそれなりに世間というものを見てきた」ジョナサンは給仕に合図してコーヒーのおかわりを求めた。「別々に暮らす夫婦もたくさんいるさ。どのみち、イングランドには用事があるからひんぱんに来るだろうし」

テーブルの向こう側で、ジェームズが目を見はった。「だが、跡継ぎを作らないと。離ればなれの生活では、それもむずかしいだろう」

「ぼくが結婚を考えるのが、そんなに気に入らないか？」思いもよらない反応だった。ジェームズはすなおな性格の青年で、自分が一年近くまかされてきた伯爵家の責務をジョナサンに引き継ぐことができて、心から喜んでいるように見えたから。いまも領地のいくつかを管理しているが、以前ほど大きな責任を背負わされているわけではない。

「まさか。これから待ちうける展開を予想しているだけで、ぼくの気持ちはまた別さ。知ってのとおり、伯爵位なんてほしくない。ただ、夫婦のあいだに大洋が立ちはだかっていては、なにかと問題が多いだろうと思ってね」

そう、ジョナサンは知っていた。「どうせ一年に二、三カ月は、ここで暮らす必要が出てくるはずだ」

「そんなもので、奥方にはじゅうぶんだろうか？」ジェームズのフォークが皿にあたって音をたてる。

「何がいけない？」じゅうぶんじゃないか、とジョナサンは内心でつけ加えた。英国貴族といえば、とかく結婚に情熱をさしはさまない連中なのに。「事業や伯爵領の管理は、基本的におまえと事務弁護士にまかせておいて、こちらは折を見て故郷で本来の生活を送るつもりだよ」

ジェームズが用心深くカップを置いた。リリアンと同じあざやかな空色の瞳が、愉快そうにきらりと光る。「やっぱり、きみの頭がいかれたと考えるべきかな？　ほんとうに、それでうまくいくと思っているのかい？」

ジョナサンにもわからなかった。ただ、いつわりの婚約に手を貸すつもりはなかった。セシリーを求めている――強烈に求めている――し、どうせ妻を迎えるなら、彼女は理想的だ。いや、完璧と言ってもいい。

それに、彼女を腕に抱き、ベッドに押したおしたかった。

「おおいに思ってるさ」ジョナサンは焼きトマトとベーコンを皿にとった。「同じような形で結婚する男はいくらでもいるじゃないか。船乗りだって、兵士だって……」

「そのどちらでもないだろう、きみは」ジェームズが遠慮なく割って入った。「きみが何カ月も奥方を置き去りにするところは想像できないよ。そこまで貴族同士の結婚にくわしいと言うのなら指摘するまでもないだろうが、この国では、跡継ぎの男の子さえ産んでしまえば、妻は勝手気ままにふるまうことが認められる。浮気をしたってかまわないんだ。そんなことを、きみは許せるか？」

〝冗談じゃない〟

セシリーがほかの男と……と考えたとたん、ジョナサンはかっとなった。がちゃんと音をたててカップを置く。「セシリーは絶対に不貞をはたらいたりしない。そんな気質じゃないんだ」

「なぜ、そう言いきれる？」ジェームズはあくまでも冷静だった。「いまは夢中になっているんだろうが、現実を見たほうがいい。そこまで深くお互いを知っているわけでもないだろう？　ほんの数回会っただけじゃないか。もちろん、のぼせ上がるにはそれでもじゅうぶんな回数だが……」

「夢中なんかじゃないさ」ジョナサンはいらいらと打ち消した。

「ちがうのか？　たったいま、あの娘と結婚すると言ったばかりじゃないか」

するどい指摘だ。ジョナサンはコーヒーを飲んで気持ちを落ちつかせてから答えた。「欲望というのは、あなどりがたい原動力だ。ああ、確かに夢中だよ。何がおかしい？　あんなに聡明できれいな娘だぞ」

「そこに異論はないよ。今シーズンのお披露目組ではまちがいなく一、二を争う名花だからね。父親に求婚を認めてもらえたら、たいしたものだ」

ジョナサンも、セシリーに同じことを言った覚えがある。彼女は由緒正しい英国貴族の娘とは思えないほど偏見のない女性だが、温室育ちゆえに、家族にも同じ態度を期待してしまっているだけかもしれない。「さっきも言ったとおり、父親のことは心配いらないと本人が言ったんだ」

「それは、公爵がどれだけ娘を溺愛しているかによるな。結婚を認めるかわりに、なんらかの圧力をかけてくるような気はするが」

ジェームズのまっすぐな考えかたと、それを臆さず口に出す態度を、ジョナサンはいつも賞讃してきた。皮肉っぽく目くばせして答える。「じゃあ、公爵閣下に拝謁《はいえつ》の栄をたまわるときは、あたたかい歓迎を期待しないほうがよさそうだな」

磨きぬかれたマホガニーのテーブルごしに、ジェームズがやんわりと言った。「許してもらえる保証はない、とだけ言っておくよ。いまさら取り沙汰するまでもないが、きみは生粋《きっすい》の英国紳士ではないから」

「そのとおり」

「レディ・セシリーとはすでに噂になってしまった。公爵がもし耳に入れていたら、いい気分ではないだろうな」

「まったくだ」そこはじゅうじゅう承知していた。

「きみは金銭に不自由していない」

「ああ」ジョナサンは平静をよそおって椅子の背にもたれ、トーストにバターを塗った。「父が遺《のこ》してくれたものに加えて、自分で作った資産もある。だが、それがなんだ？　エディントン公爵に、ぼくの金は必要ないだろう」

「きみのほうも、公爵の金は必要ない。そこが強味さ」

「うさんくさい出自を埋めあわせるだけの強味になるかな？」

「なるかもしれない」ジェームズの目がきらりと光る。「彼女を勝ちとるために戦う覚悟はあるかい？」

「そこまでの騒ぎか？　もう聞いたかもしれないが、ぼくをものにした女は、一千ポンドもらえるらしいぞ」

「もちろん、聞いたさ」ジェームズが目くばせして笑いだした。「あたりまえだろう？　ヴァレリー・デュシェインの誘いをことわったそうじゃないか。みんな、信じられないと言っていたぞ」

「レディ・アーヴィングは、少々押しが強すぎてね」控え目な表現だった。ベッドで待ちぶせしていたヴァレリーのあとも、同じくらい積極的な女性を何人かしりぞけている。敵の出かたを覚えてしまえば、先手を打つのはたやすかった。

「ひとりくらい、相手にしてやればよかったのに」ジェームズがコーヒーを口に運ぶ。「品のない助言に思えるかもしれないが、そうすれば、もう噂されることもなかったはずだよ」

「そんなことをしたら、セシリーの耳に入る」

「だから？」

ジョナサンは軽く肩をすくめようとしたが、うまくいかなかった。

ジェームズがふいにカップを置き、眉根を寄せた。「そこまで本気なら、やっかいなことになるかもしれないよ」

　あいにくジョナサンも、そんな気がしてならなかった。

　手間をかけて着かざらせただけのことはあった。エリナーの顔もそう語っていたが、セシリーは見て見ぬふりをした。瞳と同じトパーズ色のラストリン（光沢のある絹織物）のドレスに、金髪を、昼間の来客には大げさすぎるほど凝った形に結い上げて……。化粧台に乗ったお気に入りの香水に手をのばしながら、セシリーはさりげなく訊ねた。「伯爵は気に入るかしら？」

「音楽会であなたがかけられた言葉のとおりなら、こんどこそ、客間の床に押したおされるかもしれないわよ」姉がそっけなく言った。「とんでもないことになるでしょうね。これだけ悩んでドレスを選んだのだから、オーガスティン伯爵も気に入ることまちがいなしよ」

「ふつうのデイドレスじゃないの」セシリーは肩をすくめた。

「いちばんいいデイドレスよ。髪を結うのだって大騒ぎだったし、十五分も上靴をとっかえひっかえしていたじゃないの。いつもなら、ドレス選びは女中にまかせきりのくせに」

　ジョナサンが口にした〝別の案〟の内容がわからないので、セシリーはただこう言った。

「きょう、結婚を申し込んでもらえればいいけれど」

　姉はおだやかな表情をくずさなかった。セシリーに言わせれば、おだやかすぎた。「そうね。わたしが見たところ、お父さまはドゥルーリー子爵の申し込みを受けたいようだけど」

　これ以上の好機はない。セシリーは香水をほんの少し手首に吹きつけて瓶を置くと、絹張りの長椅子の上で向きなおった。「もしオーガスティン伯爵が本題に入ったら、わたしの味方をしてくださる？」自分がイライジャ・ウィンターズとの結婚を望んでいないことを、彼に恋いこがれる女性の神経を逆なですることなく伝えるには、どんな言葉を使えばいいだろう？「ドゥルーリー子爵はとてもいいかたよ。外見もいいし、笑い声もすてきだし、わたしの知るかぎりでは、不親切なところ、乱暴なところ、怒りっぽいところはひとつもないわ。それに礼儀作法も非の打ち所がないけれど、正直なところ、子爵にときめいたことは一度もないの」

エリナーの睫毛がわずかに伏せられた。ベッドにひょいと腰かけて足首を重ね、つつましやかな淡いピンクのモスリンをまとった姿は、とても若々しく可憐に見える。「はっきり言うと、なぜ子爵よりもオーガスティン伯爵のほうがいいのか、わたしにはどうしてもわからないの」

〝ああ、やっと少しは本音に近づけたわ〟たいして近づいたとは言えないが、前進にはちがいない。

「伯爵にはまた別の、一風変わった魅力があると思わない？　あの黒髪といい、不敵な笑みといい……あの人を見ていると、なんだか息が止まりそうになるの」

少し誇張してしまっただろうか。いいえ、そうでもなさそうだ。彼にキスされたときのことを思い出すと……。

あのときは文字どおり、息が止まりかけた。

「予想のつかないふるまいに翻弄されているんじゃないの？」エリナーが冗談めかして言った。「危険な人だと思うわ。ブーツに短刀を隠しているとか、真夜中に街なかで馬を乗りまわしているという噂がほんとうかどうかはともかくとして。ろくに知りもしない相手じゃないの、セシリー。そんな相手と、まさか結婚したいだなんて」

「世間で、野蛮な異教徒だと見られているから？」

いつしか会話の流れは変わりつつあった。なぜわたしは、やっきになって彼を弁護しているのかしら？

「まさか」エリナーがいなした。「そんなこと言ってないでしょう。わたしだって前に、とても魅力的な人だと言ったはずよ。ただ、これまで妻を探すそぶりをまるで見せなかった男性に、結婚申し込みを期待するというのはどうかと思っただけ。生粋の英国人でさえないじゃないの。だったら、ドゥルーリー子爵のほうがずっと好ましいわ」

「それは、お姉さま自身の考えじゃないの？」

さあ、とうとう口に出してしまった。もしセシリーの読みどおりなら、手ごたえが得られるはずだ。

エリナーは乗ってこなかった。のろのろと言う。「なぜ、わたしの考えが関係あるのかしら。わたしじゃなくてあなたの将来について話しているのよ」

一筋縄ではいかないようだ。でも、話をするにはいましかなかった。「そうね。でも、知りたいの。なぜ、オーガスティン伯爵よりもドゥルーリー子爵のほうが好ましいと思うのかしら？」

エリナーが絶句した。めったにないことだ。

セシリーは言いつのいだ。「もちろん条件のいい男性だけれど、そんなにお金があるわけじゃないわ。ただの子爵だもの。オーガスティンは伯爵よ。確か、年齢も同じくらいだわ。なぜドゥルーリー子爵のほうがずっと上だと思うのか、わたしにはわからないの。正直なところ、オーガスティンのほうが……颯爽《さっそう》としていると思わない？　いいえ、颯爽だなんて優雅な言葉はジョナサンに似つかわしくないわ。そう、刺激的なのよ。次に何をするかわからない、荒けずりな活力を感じるの。さっきお姉さまが言ったとおり、予想がつかないのよ」

「ドゥルーリー子爵のほうは、とびきり優雅よ」エリナーの顎が、頑固そうにつき出された。

「オーガスティン伯爵の荒っぽさに比べれば、確かにそうね」子爵をけなされたとたん姉がむきになるのを見て、セシリーは笑みを押しころした。「でも、男らしさでは伯爵にかなわないと思わない？」

「彼は、紳士だもの」

「ジョナサンは、紳士のふりさえしないけれど」

「知ってるわ。だって、あなたにキスしたんでしょう？」

「何を言ってるの。上流社会きっての紳士だって、ちょっとした隙を見て女性にキスくらいするでしょうよ」セシリーは眉をつり上げてみせた。

「ドゥルーリー子爵は、そんなことしないわ」

「それはがっかりね」

「セシリー！」エリナーがたしなめようとしたが、こらえきれず笑いくずれた。

セシリーはとりあわず、もう一度鏡を覗いて、金色のスカートをなでつけてからふり向いた。「ほんとに押したおされると思う？」

「わたしがどう思うかって？ あなたがこんなに熱心に衣装だんすをかき回すところは初めて見た、そう思うわよ」エリナーの笑顔がふとせつなげに変わった。「なんだか、うらやましいわ」

「なぜ？」セシリーはそっと訊いた。ドレスの話をしているのではなかった。

エリナーがためらうようすに、やっと本心を打ち明けてくれるのかと期待したが、ややあって姉はかぶりをふった。「こんどの選択にもろ手を挙げて賛成はしないけれど、あなたは恋に落ちたのね。それだけですばらしいと思うわ。シェイクスピアも書いていたでしょう。〝ああ、恋の精よ、おまえはなんと変わり身が早いのだ（『十二夜』一幕一場のせりふ）〟って。でも、忘れないで。ほとぼりが冷めたら、自分が選んだ相手に死ぬまで縛りつけられてしまうのよ」

「お姉さまだって同じでしょう。いずれ結婚すれば」〝ここは慎重を心がけないと〟セシリーは自分に言いきかせた。

「わたしは……」エリナーが言いよどむ。

控え目なノックが聞こえて、会話はさえぎられた。セシリーが扉を開けると、女中が立っていた。「お客さまがおいでです、お嬢さま」

期待が押しよせてきた。「すぐ行くわ、メアリー」

年若い女中が、ベッドに腰かけた姉に目をやった。「エリナーさまにも、お客さまですわ。紳士おふたりが、同時においでになったんです」


屋敷の前でドゥルーリー子爵と鉢合わせしてしまったのは、ひどくばつが悪かったが、いまさらあがいてもしかたない。それにジョナサンが聞いたところでは、ふたりの男がひとりの女性を追いかける場合、こういうことはよくあるらしい。ふたりは並んで、公爵屋敷の巨大な客間に立っていた。子爵は顔をこわばらせ、見るからによそよそしい態度を示していた。その目に嫌悪が光っているのを、ジョナサンはあきらめ半分で眺めた。

責める気にはなれなかった。妻にと望んだ娘が婚約をいやがり、ほかの男に近づいていくのをまのあたりにしたのだから。彼女の動機はまだつかめなかったが、同じ男として、身を引かれるつらさは想像できた。

ドゥルーリーは薔薇の花束をたずさえていた。目にもまぶしい緋色《ひいろ》の花が十二輪。きっと自宅の温室で育てられたものだろう。ジョナサンのほうは朝早く乗馬に出かけ、テムズ川のほとりで野花をつんできていた。小さなピンクの花、黄色い花びらの中心部があざやかな紫に染まっている花、深緑の蔓《つる》をのばした白い花、それに故郷を思わせるまっすぐな青草。女中の手でクリスタルガラスの花瓶に活けられたところは、見ようによっては雑草のかたまりだったが、ジョナサンにはなかなか可憐に思えた。

荒くれ男はいやだ、おとなしい男がいいと思うなら、レディ・セシリーはよそをあたればいい。

「ぼくの警告を聞き入れなかったようだな、オーガスティン。想像どおりだ」ドゥルーリー子爵が冷たく堅苦しい声で言った。

ジョナサンは片眉をつり上げてみせた。「そうか？　こちらを知りもしないくせに、なぜ、自分の思いどおりに動くなどと思う？」

ふたりが無言でにらみ合うあいだ、置き時計の針音だけが静寂にひびいていた。

「根拠はあるさ」ドゥルーリーがうなりながら袖口を直した。さながら英国紳士のお手本だ。「ぼくが結婚申し込みをした女性に興味をもっているという話を、あちこちで耳にしたからな。いまここに来ているのが、何よりの証拠だ」

さいわい、答える前にセシリーが姿をあらわした。おどろいたことに、すぐあとから彼女の姉が衣ずれの音とともに入ってきた。セシリーは金色、姉は薔薇色のよそおいで、どちらも甲乙つけがたい美しさだ。

伯爵の息子に生まれたジョナサンは、ボストンでも幾度となく上流家庭の客間に招かれていたので、型どおりの挨拶のあとは堅苦しい会話がえんえん続くとわかっていた。ほんとうはセシリーとふたりきりで話したかったが、それはとうてい無理そうだ。面倒な……。だが、きょうは無駄足だったかとあきらめかけたとき――金色のドレスでまばゆいほど美しいセシリーを見られたのだから、まったくの無駄足でもないが――、ドゥルーリー子爵が姉のほうに冷たい声で言うのが聞こえた。「よろしければ、いっしょに庭園を散歩していただきたい、レディ・エリナー」

三人のうち、誰がいちばんおどろいた顔をしただろう？　ジョナサンは、必要ならいくらでも何くわぬ顔をできると自負していた。いまこそそのときだ。妹よりも豊満な体つきと金褐色の髪、遠慮がちなたたずまいのレディ・エリナーは、おそらく誰よりも度肝をぬかれていた。頬がほのかなピンク色に染まったが、なぜ顔を赤らめるのか、ジョナサンにはわからなかった。やがて、彼女の口から低い声が漏れた。「散歩の相手にお望みなのは、わたしじゃないでしょう」

「何を言ってる。きみを誘ったんだ」ドゥルーリー子爵はあまり熱意のないようすだったが、その声ははっきりしていた。「さあ、行こうか」

「行ってらっしゃいよ、エリナー」セシリーがうながす。「いいお天気ですもの」

実のところ空は曇りがちだったが、ジョナサンは指摘せずにおいた。競争相手の思惑がどうあれ、せっかくの機会をのがす手はない。セシリーの姉は一瞬ことわるかに見えたが、やがて立ち上がり、うなずいた。「そうね、喜んで」

エリナーが子爵の腕にそっと指を添えて部屋を出ていったあと、セシリーがまばゆい笑みをたたえた。「あのお花、わたしに？」ジョナサンがもってきた花瓶にまっすぐ歩みよる。「とってもきれい」

「薔薇のほうをもってきたのではないと、なぜわかる？」花の香りを嗅ごうとかがみ込む、ほっそりした首すじに見とれながら、ジョナサンは訊ねた。

セシリーが笑って身を起こし、繊細な花びらをそっと指先でふれた。「温室育ちの花なんて、あなたには似合いませんもの、伯爵。ありがとうございます。きっとご自分でつんでくださったのね。カードにどんな美辞麗句をつらねられるよりも、ロマンティックだわ」

ことさらにロマンティックにふるまおうとしたわけではないが、彼女の言うとおりだ。自分の手も汚さず、召使いに用意させた温室の花など意味はないと考えたのだった。「喜んでもらえてよかった」

「ドゥルーリー子爵のあつかいも、とても賢明だったわ」セシリーが向きなおり、痛々しいほどの感謝をこめてこちらを見つめた。

ドゥルーリーに対する賢明なあつかいといえば、顎に一発くらわすのをがまんした程度だった。しかも、知恵をはたらかせたわけではなく、単なる自制心だ。「そうか?」

セシリーの表情はほんとうに魅力的だった。少なくとも、ジョナサンにはそう見えた。レディ・セシリーには惹かれる点がたくさんある。「いったいどうやって子爵を説得なさったのかしら。姉を散歩に誘わせるなんて。あなたと子爵が客間に顔をそろえているのを見たときは、どうしようかと思ったけれど、うまく気転をきかせてくださったのね」

「何もしていないさ」甘い香水の香りを嗅ぐと、ジョナサンの肉体はたちまち、彼女を腕に抱いたときと同じ反応を示した。「たまたま屋敷の前で鉢合わせしまったんだ。向こうはひどく不機嫌だったが」

「ええ。でも、子爵がエリナーを散歩に連れ出したのは事実ですわ」

若い娘の機微にうとかったジョナサンも、近ごろは必要にせまられて賢くなりつつあった。相手をじっと見つめて訊ねる。「きみは、お姉さんとドゥルーリー子爵を結びつけたいと思っているんだな？」

「ええ、なんとかそうさせたくて必死なんです」

ジョナサンはといえば、澄んだ瞳におぼれるまいと必死だった。黄褐色のかがやきは、子どものころ川辺で拾った美しい石を思い出させる。水の冷たさが嘘のように、ふしぎなぬくもりをおびた黄金色。川の流れに洗われ、磨かれたなめらかな光沢。ポケットに入れて持ちあるくうち、太古の精霊が語りかけてくるのを本能で感じた。少年時代を通じて、あの石は宝物であり、かけがえのない思い出であり、幸運をもたらしてくれるお守りだった。そしていま、セシリーの瞳を覗きこむうちに、なぜ自分があの石を見つけ、あれほどまでに心動かされ、だいじにしていたかがあきらかになった。

彼女が、それだからだ。

無理やり、会話に意識を引きもどす。「なぜ？」

「そうね……ふたりはお似合いだと思うから」長い睫毛がこころもち伏せられた。「それに、お互い知っている以上に共通点が多いんです。きっと、いい夫婦になるはずだわ」

彼女はまだ若い。こういう話をするには、あまりにも若すぎる。ジョナサンは思わず問いかえしていた。「なぜ、相性がいいと思えるんだ？」

セシリーの目が、かすかな反抗をやどした。「よくよく考えたからですわ、伯爵」

怒らせるつもりはなかったのに。ジョナサンは弁解した。「議論するつもりじゃなかったんだ、セシリー」

「もちろん、そうでしょう。あなたがその気になれば、たやすいはずよ」

声に茶目っ気がうかがえなかったら、ジョナサンはほんとうに気分を害したかもしれない。かわりにジョナサンは魅了された。セシリーにはそんな力がある。「なぜ、きみに夢中のドゥルーリーを、姉さんと結びつけたいんだ？」

12

夢など見ていなかった。

まったく。

イライジャ・ウィンターズの腕をとって庭の小道を歩きながら、エリナーはほんの少しだけぼうっとしていた。でも、ほんとうに少しだけ。なにしろ、彼はこちらに関心がないのだから。ときどき馬鹿げた考えにとりつかれるし、口は悪いし、小粋《こいき》でもないけれど、少なくとも自分は愚鈍ではない。

きょうのセシリーは、いつにもまして美しかった。ドレスの色がすきとおった肌と金髪をみごとに引きたてて、客間で待っていた男性ふたりは、たちまち目を奪われていた。妹を誇らしく思ういっぽうで、エリナーはみじめさを嚙みしめていた。

過ごしやすい気候なのがせめてもの救いだ。空にたれ込める雲が雨を予感させるが、もうしばらくはもちそうだった。それに、重くるしい客間に座っているよりも、散歩のほうが好ましい。屋敷の裏手にある庭園は、エリナーの好みからすると少し大きすぎるし仰々しすぎるけれど、公爵を父にもつと、なんでも大きくなってしまう。子どもが自由に走りまわるよりも、精神の鍛錬《たんれん》にふさわしいような場所だった。きちんと刈りこんだ樹木や、整然と列をなす花々、塵《ちり》ひとつないよう掃除の行きとどいた小道を好む人なら、楽しめるかもしれない。

子爵が何も話そうとしないので、エリナーは口を開いた。「あんなに薔薇の花を落としてしまわなければいいのに。子どもっぽく聞こえるかもしれないけれど、花がしおれて、ゆっくり花びらを散らすのが自然のことわりでしょう？　人間が手を加えてしまうのは、なんでも思いどおりに管理しようとする傲慢さのあらわれだと思うわ」

いかにも頭でっかちの本の虫らしい物言いだけれど、かまわない。まるきり知らない仲ではないのだから、彼もいまさらおどろかないだろう。

濃紺の上着に純白のクラヴァットという洒脱なりで、金髪をかすかに風に乱した子爵が、ちらりとこちらを見た。表情は読みとれない。「とても深い洞察だね、レディ・エリナー」

「ふと頭に浮かんだだけよ。英国式の庭園は、手入れが行きとどきすぎていて好きになれないの。たいした意味はないわ」

「なぜ、いつもそうやって弁解するのかな？　頭のよさを隠すことはないのに」

するどい質問に、エリナーははっと目を上げた。「なんですって？」

「気にしないで」きびしい顔で歩く子爵は、景色に目をこらしているようだった。「教えてほしいんだが、きみの妹とオーガスティン伯爵との関係はどうなっているのかな？　最初はふざけているだけかと思ったが、何やら雲行きがあやしくなってきたのでね。レディ・セシリーがまさか、あんな……あんな……」

「異教徒と？」エリナーは皮肉めかして言った。思ったよりするどい声が出てしまった。

「未開人の血が混じった、半分しか貴族でない男性と？　もっとも、〝高潔な野人〟を貴族と考えれば別だけれど。それに、肌の黒さに関しては……そもそも、金髪碧眼は北欧ゲルマン民族の特徴だわ。もとをたどれば残虐なサクソン人がイングランドに攻め入ってきて……なんと言えばいいかしら？　そう、手に入れた獲物を楽しんだ結果でしょう？」

ああ、やってしまった。暴行や略奪行為について語るレディなんて、いったいどこにいるだろう。世界じゅう探しても、きっとひとりだけだ。

なぜこうも、はっきりものを言ってしまうのかしら？

けれど、この数週間というもの、よけいな口をきかないよう神経を張りつめていたので、エリナーは忍耐の限界に達していた。それに、どうせドゥルーリー子爵に目を向けてもらえないのなら、気をつかっても意味がない。恋の夢がこわれるのを心配するのは、恋を手にした娘だけだ。一度はいい雰囲気になりかけたけれど、やがて彼は、それまでの親しさが嘘のようによそよそしくなった。何が彼を冷めさせたのか、エリナーにはわからずじまいだった。

きっと、自分がまずいことを言ったにちがいない。

そしていま、彼はセシリーを追いかけている。これ以上、言いたいことをがまんしてもしかたない。

実を言えば気分がよかった。自分をいつわるのは、むかしから苦手だったから。

意外にも、子爵は吹き出した。聞こえないほど低い声だったが、笑ってくれた。「サクソン人の侵略をそんなふうにとらえたことはなかったが、するどい指摘だね。われわれの先祖も、オーガスティンと比べてさほど高貴ではなかったということか」

　ただでさえ恋いこがれている相手の悪びれない態度は、あらたな魅力を見出させてくれた。「かもしれないわね」エリナーは口もとがゆるむのをこらえて傘をくるりと回した。「あなたが、女が意見したとたんに気分を害するたぐいの、頭の固い高慢ちきでなくて、ほんとうによかったわ」

「何を言ってるんだ」彼がまた笑った。「世にもめずらしいほめ言葉だな。ぼくは頭の固い高慢ちきじゃない。きみはあいかわらず、おもしろいことを言うね」

　まったくだ。なんて馬鹿なことを言ったのだろう。エリナーはあわてて弁解した。「英国紳士という生き物をあなどってはいけないわ。女が口を開いて、賢そうなことを言ったと見るや、くるりと背を向けて一目散に逃げ出してしまうんですもの。いったい何におびえているのか知らないけれど」

　隣を歩く子爵は、まだ笑みを浮かべていた。それとも、苦笑だろうか。「きみの率直な物言いは、いつも楽しませてもらっているよ」

「きっと、世間もわたしのことをそう噂しているんでしょうね」

「ぼくは、噂を耳に入れたりしな……」

「いいえ、しますとも」エリナーは苦々しくさえぎった。「もちろん、耳に入れるでしょう。みんなそうだもの。ここでは誰でも噂を耳に入れざるをえないのよ。ゴシップをきらうのは不粋とされるし、それが人間だとも思うわ。それでも、みんな少しは頭を使って、耳に入れるべき話と、意味のないたわごととを区別すべきじゃないかしら」

子爵は啞然《あぜん》としていたが、しばらくたつとうなずいてくれた。「そのとおりだと思う」

「妹とオーガスティン伯爵について何をお聞きになったか知らないけれど、それも同じことよ。どの噂が真実だとは断定できないのだから、求婚をあきらめる前に、よく考えてごらんになったほうがいいわ」

「求婚をあきらめるとは言っていないよ」

エリナーは沈んだ顔をすまいとつとめた。ひとつには自分の尊厳のために、ひとつには、型やぶりの〝野蛮な伯爵〟と結ばれたところで幸福になれるかわからない妹のために。そう、恋に酔うと、とかく正しい判断ができなくなるから……。「まあ、そうなの」

散歩の相手が、あきらかに気まずそうな顔になった。磨きぬかれたブーツが、地面にこすれて音をたてる。

〝さあ、いよいよ本題だわ〟

「親切につけ込むようで申しわけないが、実を言うときょう訪ねてきたのは、きみにこの件を相談するためなんだ。オーガスティンがあらわれたのは予想外だったが」

「伯爵があらわれるなんて、誰にも予想できないわ。いままで一度も、未婚の娘を訪ねたりしていないでしょうし」

「だが、レディ・セシリーだけは例外だった。きみは妹ととても仲がいいそうじゃないか。オーガスティンに対する気持ちを、何か聞いていないかい？」

エリナーの複雑な胸中を別にしても、一歩まちがえば泥沼にはまりそうな話題だった。セシリーの気持ちを、当事者ではない自分がぺらぺらしゃべるわけにはいかない。言葉ひとつで、妹の未来が一変するかもしれないのだから。

それに、妹が黒髪で外国育ちの伯爵にかたむきつつあることはわかっていた。キスについて語ったときの、あの夢見るような目が何よりの証拠だ。

伯爵のほうは、セシリーに気があるのかないのか、まだわからない。

〝いいえ、ちがうわ〟黒い瞳がきらりと光ったのは、伯爵も気があるからだ。けれど、英国の地に縛りつけられることをきらう彼が、はたして貴族の娘を妻に望むだろうか。遊び半分という可能性もおおいにある。その場合は、世間知らずの娘がひとり、夢破れ、深く傷ついてとり残されるだろう。

身に覚えのある感覚だった。

エリナーのいちばんの欠点は、嘘をつけないことだ。欠点ではないのかもしれないけれど、そのせいで損をすることは多い。たとえばいまのように。イライジャ・ウィンターズが答を待ってこちらを見ているので、何か言わないわけにはいかなかった。「妹は、伯爵に惹かれているみたい」あたりさわりのない言葉を選んで口にする。「まわりの英国紳士とはまったくちがって見えますものね。ただ、それ以上のことは答えられない、というか、わたしにもわからなくて」

エリナーらしからぬ外交的な答だった。もしかすると、なんでもあけすけに口にする悪い癖が直りつつあるのかもしれない。

「なるほど」まっすぐ前を向いたまま、子爵がかすかに顔をしかめた。「めずらしい生まれ育ちが、世間知らずの若い娘には魅力的に映るということかな」

「それに、見た目もすてきですもの」

また、いつもの癖が出てしまった。やっぱり外交手腕はまだまだだわ。エリナーはあわてて言いなおした。「色の黒い、型やぶりな男性を好むなら、だけれど」

「きみの言葉を信じるほかないな、レディ・エリナー。ぼく自身は男に興味がないから」ドゥルーリー子爵が苦笑まじりに言う。かたむきかけた日ざしを浴びた髪が、栗色と金色が入りまじった光を放っていた。

エリナーはひそかに――はずかしすぎて誰にも言えない――彼の髪にふれたいと思っていた。あの金髪を指ですいてみたい。オーガスティン伯爵の大胆なキスを楽しんだらしいセシリーの反応を見て、自分も同じように、禁断の喜びを味わってみたくなったのだ。いま、隣を歩いている男性と。

運命の皮肉に耐えかねて、エリナーは言ってしまった。「そうね、あなたのお好みはセシリーですものね」

ただならぬ声の調子を聞きとがめたのか、子爵がこちらに顔を向けた。足どりこそゆるめないが、目をわずかに細めて、初めてエリナーを見たような顔をしている。

やってしまった。

言いのがれできるかしら？　頬が真っ赤に染まっているから、たぶん無理だろう。エリナーは口ごもった。「そ……それも当然だわ。あの子はかわいいし、頭もいいし、愛想がよくて品があるし、気転もきくし……わたしだって妹を大好きだから、あなたを責める気にはなれないの」

「ぼくを責める？」子爵が問いかえした。

夢ではない。彼がわたしを見つめている。いまの言葉に打たれたように。

とうとう、気づいたかのように。

にわかに雲が晴れて、太陽がエリナーの肩にさんさんと降りそそいだ。小鳥がさえずり、花の香りがあたりに立ちこめている。子爵は黙ってこちらを見ていた。事態は悪くなるばかりだ。さっきの言葉はいくらなんでも行きすぎだった。エリナーは恐慌にとらわれた。うっかりむき出しの心をさらしてしまうなんて。その覚悟もできていなかったのに。

このまま散歩を続けたら、もっと不用意なことを言ってしまうにちがいない。ひそかな恋慕をうとまれ、拒まれるのだけは耐えられなかった。

だからエリナーは、手遅れになる前にスカートを両手でつまみ上げた。「失礼します」

そして礼儀作法もかえりみず、彼を置き去りにして屋敷へと駆けもどった。

セシリーは、ただ真実を告げようと決めた。「姉はドゥルーリー子爵を愛しているんです。でも、わたしはちがう。結婚できるわけがないでしょう？」

ジョナサンが謎めいた笑みを浮かべた。「なるほど。それで納得したよ」

「このことは誰にも話していないの」セシリーは念を押した。「兄のロデリックにだけは打ち明けたけれど……ドゥルーリー子爵が姉の気持ちに応える望みがあるかどうか、探ってもらおうと思って」

「秘密はかならず守るから、安心していい」

セシリーは信じた。もしかすると、そういうところに惹かれたのかもしれない。もちろん、肉体的な魅力も否定できないけれど、紳士らしい節度というものを鼻で笑う彼が、実は自分なりの確かな倫理観をもっていると思えるからこそ、口にされた言葉を信用する気になれるのだった。「ありがとうございます」

ジョナサンが軽くうなずく。「婚約について、考えてみた」

セシリーはさっきから、胸の高鳴りやじっとり湿ったてのひらをもてあましていた。数日前から頭を離れなかった相手と同じ部屋にいるだけで、こんなに動揺するなんて。どうか冷静に見えますようにと祈りながら、口をついて出たのはまぬけなひと言だった。「まあ」

ジョナサンの顔から感情を読みとるのはむずかしい。口の隅をわずかにつり上げた表情は、〝平然〟としか見えなかった。きょうの彼は、黄褐色のズボンに焦茶の上着を合わせ、つややかな黒髪をうしろで束ねて、いつにもまして凛々しかった。椅子にはかけず、およそ二百年前に描かれたセシリーの高祖母の肖像を飾った小卓のかたわらに立っている。

なんとも奇妙な組みあわせだった。長身で力強い、異国情緒たっぷりの男性と、エリザベス王朝時代の襞襟《ひだえり》をまとった小柄で痩せぎすの女性とが、大仰そのものの部屋で顔を合わせているのだから。文化も、めいめいの性格も、似ても似つかないはずだ。セシリーは黙ってジョナサンの顔を見つめ、話の続きを待った。

「策略としては、すべてをいつわり通すのはむずかしいと思う」

「本気で結婚するつもりがないだなんて、証明できる人はいないでしょうに」

「だが、われわれが真剣だということを周囲に証明する手だてもない」

「たぶん……結婚式の日を迎えるまでは、誰にもわからないはずよ」ドゥルーリー子爵がエリナーを散歩に誘ったことでまだ心浮きたっていたセシリーは、せっかくの高揚感を台無しにされたくなかった。「婚約期間が長いのは、よくあることですもの。そんなにややこしい計画は必要ないでしょう」

「もうすでに、ややこしくなっているさ」

そうかもしれない。セシリーはほほえんだ。彼がこちらに向けるまなざしが心地よかった。あれだけ苦心して選んだドレスも、装身具も、手の込んだ髪型も、ほんとうは関係なかったのかもしれない。相手はひたすらセシリーの目を見つめていたから。「どんなふうに?」

ジョナサンが部屋を横切って近づいてきた。当然、扉は開いている。若い娘が男性とふたりきりになることは許されない。相手がジョナサン・ボーンではなおさらだ。それに、いつ召使いが廊下を通りかかるかわからない。

「きみのせいだ」うっとりするほど男らしい笑みが返ってきた。「こちらのせいでもあるが。あの夜のキスのせいさ。これが単純明快な策略だと思ったら大まちがいだ。まずは、父上の許しを得る必要がある」

彼が近くに来ただけで高鳴る鼓動を、セシリーはやりすごそうとつとめた。「あなたのお父さまは英国人の大貴族だわ。ただ、お母さまがアメリカ人ということで、この国の上流社会ではとかくうしろ指をさされるでしょうから、確かに簡単にはいかないでしょうね」

少しは落ちついた口調に聞こえるだろうか。

「妹のリリアンは、すぐ嘘に気づくだろう。彼女の信頼を失いたくはない」

心あたたまる言葉だった。ジョナサンは、レディ・リリアンに嘘を見ぬかれることではなく、妹の気持ちを気にかけている。生まれてこのかたセシリーは、この社会における男性上位を見せつけられてきた。たとえば、父は自分を愛してくれるが、それでいて娘の意思などおかまいなしで、自分が最善と考える結婚相手を押しつけてくる。いっぽうロデリックは、好きなようにふるまうことを許されている。

不公平だが、それが人生だった。

セシリーはほんの一瞬、もしほんとうにジョナサン・ボーンの妻になったらどんなかしら、と思いを馳せた。ろくに知らない相手だとはいえ、彼なら妻にかなりの自由を許してくれそうな気がする。所有欲は強いかしら？　かもしれない。けれど、それは妻を所有物と考えるからではなく、よそに目を向けさせたくないからだ。彼といっしょなら、いつも退屈しないだろう。ときに見せる荒々しさに心躍らせ、魅了される日々がずっと続いて……。

とっぴょうしもない幻想をあわててふりはらい、セシリーは咳払いをした。「妹さんに嘘をつきたくないという気持ち、すてきだと思いますわ」

「もともと、誰にも嘘をつかないよう心がけているのさ。だからこそ、こいつを実行したいとなると問題が出てくる。なにしろ、嘘をつくのが大前提だからな」

ドゥルーリー子爵の腕にもたれて部屋を出ていくエリナーの姿がまだ目に焼きついている。

セシリーは思わず一歩進み出た。手をのばせばふれられる近さだ。

そう、さっきから、彼にふれたくてたまらなかった。

ジョナサンの睫毛がわずかに伏せられたのは、視線がセシリーの目から唇へ移ったからだ。何も言わず、ゆるやかに誘うような笑みが広がる。

「わたしは、実行したいんです」顔を上げながらセシリーは、危険なほど彼に近づいてしまったのを意識していた。誰かに見とがめられたらたいへんなことになる。蠱惑的なコロンの香りと、大きな体が発する熱と、瞳の奥に燃える炎と、かすかに聞こえる息づかいと……。

ジョナサンが声なく呪詛《じゅそ》をつぶやき、セシリーの腰に手をかけて引きよせた。「これが手短に言う。「問題なんだ。わかってくれ」

13

年若い美女とお近づきになり、力を貸す約束をするのは、なかなか悪くない。妹たちの結婚に助力してもらえれば、そのぶん早く自由の身になれるのだから、一石二鳥とも言える。ただ、そんな餌がなくとも惹かれてしまったのは誤算だった。セシリーという女性は危険きわまりない。女性の魅力それ自体が罠になりうるとは、思いもよらなかった。

このうえなく甘美な罠だ……そう胸の中でつぶやきながら、しがみついてくるセシリーのやわらかな唇を探る。だが、罠であることにちがいはない。策略のたぐいではなく、周囲からじわじわと締めつけてくるような罠だ。

〝気をつけろ〟

頭の中でひびきわたる警告をよそに、胸板に押しつけられる胸のふくらみを感じ、甘やかな髪の香りを吸いこむ。公爵家の客間でキスしているのを、戸口から誰かに見とがめられたらどうするんだ？　ひょっとすると公爵その人も、血筋のあやしいオーガスティン伯爵が娘を訪ねてきたことを聞きおよんでいるかもしれない。きちんと付添いがいるか確かめようとするのは当然のなりゆきだ。

そのときこそ、婚約を許してほしいと頼むつもりだった。

ただし、まずはこの蠱惑的なキスをすませてしまおう。セシリーがほっそりした片腕を首すじに巻きつけ、吐息を漏らしながら唇を開いて、ジョナサンの舌を受け入れた。先日の夜と同じように、恥じらいながらも熱っぽく。

きっとベッドでもこんなふうに、いや、もっとなやましい姿を見せてくれるのだろう。裸の彼女を押したおし、熱い吐息が頬をくすぐるのを感じながら、しなやかな肉体の奥深くまでつらぬくことができたら……。

夢は現実になるかもしれない。もし、彼女にうんと言わせることができたら。

セシリーをさらに引きよせ、腰にあてたてのひらを少しだけ下にすべらせて、ドレスの生地ごしに、完璧な曲線を確かめる。彼女はあらがわず、かわりにジョナサンの髪に指をさし入れて、結び目をほどいた。思わずうめき声が漏れかけ、原始的で荒々しい興奮が、全身を揺さぶるのを感じる。斜めに口を重ね、なぶるように舌を動かしてはしりぞき……キスは熱を増していった。

初めてのときと同じように、彼女は優秀な生徒で、官能的なダンスをすぐに呑みこみ、指先でジョナサンの頬をなぞった。はずむ息が、さらに興奮をかき立てる。いますぐこの腕にかかえ上げて、どこでもいいから平らな場所に横たえたい。燃えさかる欲望を最後まで追いもとめ……。

「もう、それくらいでいいでしょう」

凍《い》てつくような声を耳にして、ジョナサンはようやく誰かが部屋へ入ってきたことに気づいた。自虐と欲望とが心の中でせめぎ合う。ふだんは老練な兵士さながらに用心深いのに、きょうばかりは油断していたようだ。後ろ髪を引かれつつ、キスを止めてセシリーを放し、ふり向く。

こちらをにらみつける老婦人は、傲然たるたたずまいと苦りきった表情、肌に寄る皺《しわ》からみて、名高い先代エディントン公爵夫人にちがいない。セシリーとの血のつながりをくっきりと感じさせる面差しだった。堅苦しい礼儀作法はきらいだが、ここは礼を尽くすべきだろう。ジョナサンは頭を下げた。「これは、奥さま」

「あなたはオーガスティンかしら」尊大な声が、刃物のようにとがっていた。「噂で聞いたとおりの見た目ね」小柄ながら堂々としており、髪には白いものがまじり、男性のジョナサンから見ても、最新流行など意に介さず好みの服装をつらぬいているのがわかる。その目が、ジョナサンが履いたへシアンブーツの先から顔へと上ってきた。髪をまとめていたリボンはいつしか床に落ちていた。乱れた黒髪が肩にばさりと広がって、いまの自分はさぞかしアメリカの原住民然として見えるだろう。「そのとおりです」

セシリーが近くの長椅子にくたくたと座るのがわかった。ちらりと目をやると、頬があざやかな朱に染まっていた。

「肌の色はちがっても、ふしぎなくらいお父さまに似ているわね」先代夫人がジョナサンの前を通りすぎ、見たことがないほど巨大な彫刻入り大理石の暖炉と向きあった椅子に腰かけた。「顔だちを受けついでいるんでしょうね。鼻かしら。あなたが何者だろうと、それは英国の鼻ですよ」

おまえは貴族ではないと遠回しに皮肉られても、ジョナサンは気にかけなかった。もっとひどい言葉をさんざん聞かされてきたのだから。「父をご存じでしたか？」

「もちろん」

「身内ながら、好人物でした」ジョナサンは慎重に述べ、セシリーと祖母の両方が見えるよう、炉に寄りかかった。「いまも伯爵でいてくれればよかったと思います。利己的な理由ではなく、父が恋しくてたまらないので」

先代夫人がまばたきをしてから目を細めた。「名言ね」

「本心です」嘘ではなかった。「息子として、父を愛するのは当然でしょう」

「あまり引っこみ思案ではないと見えますね、オーガスティン伯爵」ユーニジア・フランシスが椅子にもたれ、強い視線を投げてくる。

「おっしゃるとおりです」ジョナサンは思わず口もとをゆるめた。

「なにしろ、ここでわたしの孫娘と抱きあうくらいですものね」

セシリーが声にならない声をあげて無念さをにじませる。

「奥さまには、実に間の悪いところを見つかってしまいました」

「真剣なのかしら？」

「もしちがったとして、正面きって認める男がいるでしょうか？」どちらかと言えば、相手がどう答えるかに興味があった。

「ええ」探るようなまなざしが返ってきた。「あなたなら、そうするでしょう」

不承不承の賛辞、とでも言うべきか。自分はジェームズのように愛想がよくないし、そうなりたいと思ったこともない。「奥さまのお眼鏡にかなうかどうかはわかりませんが、ぼくは真剣です」ジョナサンはうなずいた。

「孫娘に、求婚したいというのね」

厳密には少しちがったので、ジョナサンは答をはぐらかした。セシリーとは、もっと親密な形で近づきたい。「ふたりで話しあったところです」

「答になっていませんよ」

まったくだ。ジョナサンはおとなしくうなずいた。「妻にと望んでいます」

先代公爵夫人が、セシリーの顔に視線を移した。「おまえはどうなの？」

未来の婚約者も、嘘を好まないたちらしい。しばし唇を噛んだセシリーが、やがて顔を上げて静かに答えた。「もし伯爵が結婚を申し込んでくださったら、お受けします」

「おや、まあ」

これで彼女からも答が出た。まだ具体的に何か決めたわけではないので、ジョナサンはただやさしくほほえんでみせた。「申し込むさ」無頓着をよそおって声をかけたが、内心は緊張していた。われながら意外だ。それほどまでに、彼女の答を気にしているということか。ジェームズの指摘どおり、やっかいなことになった。「ただ、まずは父上に許しをいただかないと」

「そのとおり、オーガスティン伯爵」先代公爵夫人がしゃっきりと背すじをのばした。「息子は書斎にいますよ。廊下に使用人が控えているから、案内してもらいなさい。さっき見かけた光景からすると、早く話をしたほうがよさそうだわ」

退散にはもってこいの頃合だったが、ジョナサンはためらっていた。当初から、婚約をいつわるのは気が進まなかった。あまりにも非現実的な思いつきだ。もっともいまは、セシリーの事情も理解できたが……。姉を守るためならどんな犠牲でも払う、というのがいかにも彼女らしくて好ましかった。

ただでさえ、後戻りできないほど惹かれているのに。

ただし、結婚となると話は別だ。彼女が、英国暮しを忌みきらう男を夫にしたがるかどうかはわからないし、その点はまだ話しあっていない。ただ、ふたりの道がひとつだという確信はしだいに強まりつつあった。魅力的な胸もとにシャンパンを浴びた姿を初めて見たときから、セシリーの美しさに打たれてはいたが、人となりを知るにつれて、ほかの面も好ましく思いはじめていた。

彼女は、アデラと仲よくなれるだろうか？

きっとなれる、そんな気がした。いや、なぜかはわからないが確信していた。セシリーは思いやりと包容力をあわせもつ女性だ。

できれば父親と対面する前に、婚約をほんものにしたいという気持ちを伝えておきたかったが。

「本気なんだね？」ふたりきりで話をするのは無理そうだった。厳格な祖母が許してくれるとは思えない。まして、さっきの奔放《ほんぽう》なキスを見られたあとでは。

セシリーがうなずいた。澄んだトパーズ色の瞳を見はり、小さな両手をきちんと膝に重ねている。「ええ」

妹たちのためにも、いまはできることをやるしかない。もし本気で結婚するつもりなら、公爵家の客間で未来の妻にキスをするというのは、少し無謀に過ぎるふるまいだった。

いまはおとなしく、父親に面会するしかないだろう。

一礼したのちに、ジョナサンは部屋を出た。


「わたしの意見を聞かせましょうか?」

夢うつつの瞬間を見られてしまった気恥ずかしさを引きずりつつも、セシリーは思わず笑った。「いやだと言っても、聞かせるんでしょう?」

「ええ」

「だと思ったわ」

「オーガスティンという男はふてぶてしいし、相当なくせ者よ」

彼について手きびしい評価を聞くのは初めてではなかった。それに、祖母の性格を知りつくしているので、いまの言葉も本心ではないとわかる。ジョナサンが父に会うため廊下に姿を消してからずっと、悪名高いオーガスティン伯爵と羽目をはずしたことへのお説教を、いまかいまかと待ちうけていたのだ。

「おっしゃるより、もっとひどいんじゃないかしら」セシリーはスカートの乱れを整え、挑むようにほほえんでみせた。ほんとうは、破廉恥なキスを見られてしまったことでまだ心臓がどきどきしていたけれど。「〝くせ者〟どころじゃないと思うけれど」

「とても見目かたちのいい若者ね」祖母がぶっきらぼうに言う。「魅力的なのは確かだわ。思えば父親もそうだったものね。デヴィッド・ボーンのことは忘れられないわ」

「ほんとうに？」礼儀だけで問いかえしたわけではなかった。単身アメリカへ渡り、原住民の長《おさ》の娘を妻にしたという男性について、もっと知りたくなっていたのだ。「どんな人だったの？」

「どんな人だったか、ですって？」遠慮のない問いに、祖母がたじろいだ顔をする。

セシリーはうなずき、椅子に深くかけ直した。「手はじめに、ジョナサンとお父さまについて、できるかぎりのことを知っておきたいの。お祖母さま、教えてくださらない？」

鳩羽鼠《はとばねずみ》色の絹をまとった祖母が、美しい象嵌《ぞうがん》をほどこしたテーブルごしに見下すようなまなざしを投げてきた。セシリーより小柄なのに、どうしてそうできるのかは謎だったが。

「背が高くて、金髪で、あけっぴろげで、やさしくて……息子には見あたらない資質ばかりね」

確かにそうだ。ジョナサンはあけっぴろげでも金髪でもない。「背は高いわ。それに、その、いい、いの気になればやさしくなれる人よ。いままでに見たことがあるやさしさとは、だいぶ種類がちがうけれど」

「でしょうね」祖母がぴしりと言い放つ。「だからこそ、あなたも……とりつかれてしまったんでしょう」

とりつかれる。そういう表現のしかたもあるだろう。あんなに濃密なキスをすべきではなかったけれど、考えてみれば、客間にふさわしいキスなどありえない。ここは、正式のお茶会や声をひそめた会話にふさわしい場所だ。なぜあんなことになってしまったのかしら。

「実を言えば、とまどうことは多いわ。でも、きっとそういうものなんでしょうね」

「そういうもの？」

「恋に落ちたときよ」セシリーは説明した。

祖母が一度ばかりか二度もたじろぐのは、めったに見られる光景ではない。セシリーの記憶するかぎりでは、初めてだった。絶句するのも。やがて発せられた声はしわがれていた。

「決まりなど、ありませんよ」

「わたしのまわりは、決まりごとだらけですもの」セシリーは小さな声で言った。

ふたたび雄弁な沈黙が落ちたのちに、祖母が小さく鼻を鳴らした。「あの若者に心奪われたというのなら、わからないでもないけれど、わたしは心配なのよ。なにしろ慣習にかまわない一族ですからね」

「お父さまが、釣りあわない相手と結婚なさったから？」

「釣りあわない？　それはまた、ずいぶん控え目な言いかたね。身元のあやしい外国女よ。これ以上、不適切な相手がいるかしら？」

次に予測されるひと言を、セシリーは先に言ってしまうことにした。「それに、結婚していないのにできた娘を、堂々とイングランドへ連れてきたから？」

「そうらしいわね」

祖母がもう一度ふんと鼻を鳴らしたのは、どうあっても受け入れがたいからにちがいない。

「妹も、社交界からしめ出された身ですよ。ひどい不始末をしでかしてね」

これは初耳だった。世の中には、若い娘の前で口にされない話題というものがある。三人いるジョナサンの妹のうち、長女だけが社交行事に顔を見せないことは気づいていたが、それはもう二十二歳になって婚期を逃した彼女が、浮ついたパーティに辟易《へきえき》したからだとばかり思っていた。社交界に出てまだ二年めのエリナーでさえ、今年お披露目を果たした娘たちに比べると、あきらかにあつかいが悪いのだから。

レディ・リリアンの不始末について、祖母に質問しても無駄だとわかっていた。それに、べつだん知りたくはなかった。ジョナサンが婚約の件を引きうけたのも納得できる。彼も自分も、たいせつな家族のために思いきった計画に出たというところに、ふしぎな仲間意識めいたものを感じる。「お祖母さまなら、挽回《ばんかい》なされるかしら？」

「なんですって？」まるで孫娘の顔があざやかな青に塗りたくられたかのような表情で、祖母がこちらを見る。「何を、挽回するですって？」

「レディ・リリアンの評判をよ」ジョナサンとの約束を果たすために、慎重に言葉を選ばなくては。「わたしがオーガスティン伯爵と結婚するとなったら、妹さんたちも、きちんと身を落ちつけていただきたいと思わなくて？」

さあ、いよいよ戦闘開始よ。

世間知らずのセシリーも、祖母のことはじゅうぶんすぎるほど知っていた。父の独裁者然としたたたずまいは母親ゆずりだ。先代エディントン公爵夫人に〝失敗〟という観念はない。エリナーの件も、祖母が知ったら最後、ドゥルーリー子爵はとうてい逃げられないだろう。もしじかに相談に乗ってもらえれば、セシリーもこんなに大胆な策に出なくてもよかったはずだが、エリナーが子爵への想いを認めない以上、ほかに手はなかった。

それに、ジョナサンのキスのことを思えば、そんなに悪い選択ではなかったかもしれない。彼の手がゆるやかに下へ向かう感触、大きな体がぴったりと押しつけられ……。

あのひとときに思いをめぐらせるのは、もう少しあとにしたほうがよさそうだ。

「お祖母さまなら、妹さんを苦境から救い出せるにちがいないわ」せいいっぱい落ちついた声で、セシリーは続けた。「そうでしょう？」

二度めの挑発だった。

「どうかしらね」

「ご自分でもおわかりのはずよ。お祖母さまの影響力があれば、どんな女性でも社交界に連れもどせるでしょう。どんな失敗をしたにせよ、伯爵令嬢なのだし」

「〝失敗〟どころではないわ」祖母が鼻であしらった。「そんなふうに愛らしい笑みを浮かべても無駄よ。わたしは、野蛮で多感なあなたの伯爵とはちがいますからね」

「わたしの？　まだわたしのものになるとはかぎらないでしょう？　そんなに多感だとも思

えないし」セシリーは勝利のきざしに気をよくしていた。「お祖母さまとはそりが合うにちがいないわ。お気が強いところなんて、そっくりだもの」

笑い声が――ごく小さいけれど――返ってきた。「第一印象だけでは、なんとも言えないわね。妹に関しては……あまり期待しないでちょうだい。わたしの力でレディ・リリアンを引き上げることはできるけれど、まっとうな紳士の心を惹きつけられるかどうかは、本人しだいですもの」

その言葉を引き出せただけで、大成功だった。

「でも、助けてくださるおつもりはあるのね？」

「悪たれの若者とあなたの婚約がまだ発表されていない以上、確約はできませんからね」けれど、その目がおもしろそうに光ったのをセシリーは見のがさなかった。祖母はときおり依怙地《いこじ》になるが、厳格な外面の下には慈愛を秘めた女性だし、まして社交界における影響力にはなみなみならぬ自信をもっている。

セシリーは席を立ち、相手の頰にくちづけた。「ありがとう」

痩せた手が、いつになく愛情のこもったしぐさで孫娘の顔をなでた。薄いブルーの瞳が懸念をたたえている。「ほしいのは、ほんとうにあの人なのね？」

結婚の手続きに関する問いだとわかってはいたが、〝ほしい〟という言葉に、ジョナサンに見つめられるたびに感じるときめきが含まれるのだとすれば、嘘をつくことにはならないだろう。セシリーは迷わず答えた。「ええ、ほしいのはあの人だけよ」

14

書斎のさりげない内装は、威圧的で息苦しい訊問《じんもん》室のような客間よりもはるかに好感がもてた。ほんとうは、いきなりエディントン公爵を訪ねて娘を結婚相手にとせがむのではなく、先に知り合いになっておけばよかったのだろう。もちろん面識はある。狭いロンドン上流社会では顔を合わせないほうが無理だし、亡き父は公爵と親しかったと聞いている。ただ、クラブで軽く紹介されたくらいで、人柄までつかむのは不可能だった。

父との友情がどれほど深かったか、公爵がどれほどの偏見の持ち主かが、これからの数分であきらかになる。威厳たっぷりの執事から主人の在室を告げられたジョナサンは、袖口を直してから、つとめて落ちついた声で挨拶した。「失礼します、公爵閣下」

目を上げた部屋の主《ぬし》は、さしておどろきもせず――ジョナサンの訪問を、前もって知らされていたのだろう――、椅子を指ししめした。「オーガスティンか。座りたまえ」

〝ないよりはまし〟という言葉を思いうかべつつ、ジョナサンはキャプテンチェア（背もたれ部分が数本の細い支柱から成り、脚が末広がりに開いた肘掛け椅子）にかけた。風化の具合からして、ほんとうにどこかの海上で船長《キャプテン》が使っていたものかもしれない。座り心地のよさと外見から判断するに、公爵にはどこかにくめないところがありそうだった。掃除の行きとどいた本棚や高価な絵画からは感じられない、ある種の情緒とでも言えばいいだろうか。

セシリーの情緒豊かさは、父ゆずりなのかもしれない。悪くない前兆だ。

「ブランデーはどうだ？」

「ありがとうございます。お気持ちだけ」世間話にきたわけではないので、酒は辞退した。

保護者に結婚の許しを請う場面というのは初めてだった。今後キャロラインとエリザベスの番が控えているので、慣れておいたほうがいいのだろうが、そのときは頭を下げる側ではない。リリアンは……また別の問題だ。このまま結婚せず、純真ゆえに起きたセブリング子爵とのあやまち——妹を知れば知るほど、彼女に罪はなかったはずだと確信していた——を引きずってほしくはなかった。

「まだ、礼を言うのは早いぞ」気品あふれるエディントン公爵が椅子にもたれ、こちらを凝視した。さほどめだつ外見ではない。中肉中背で、白髪まじりの金髪は薄くなりかけ、目鼻立ちは繊細だが、人の上に立ってきた者ならではの、圧倒的な力強さを発している。「娘のことで、ここに来たのだろう」

単刀直入だ。「一番乗りとはいきませんでしたが」ジョナサンはすなおに答え、相手の視線を受けとめた。故郷では、戦士は生まれ育ちではなく、みずから勝ちとったもので評価される。「ドゥルーリー子爵も参戦ずみと聞いています」

一風変わった言いまわしに、公爵が眉をつり上げたあと、まなざしをするどくした。「おもしろい、見かたによっては野蛮な表現と言うべきだろうな。きみについて聞いた評判は、事実だろうか？」

「閣下が何をお聞きになったかによりますね」ジョナサンはおだやかな口調をくずさなかった。「いい評判が大半だとは思いますが、ぼくを深く知る人間はほとんどいないので」

エディントン公爵がさらに深く椅子にもたれた。ジョナサンは敵の動きに合わせるのが得意だ。いまのところ、敵はくつろいでいる。

悪くない。

「話を続けるがいい」

「レディ・セシリーと結婚したいと思っています」ジョナサンはにっと笑ってみせた。「ぼくは爵位もちですし、財産も……公爵閣下にはおよばなくとも、じゅうぶんもっています。一族の家系図をたどれば、英国王室ともつながりがあります。ただ、このあたりはすべてご存じでしょう。外国人の血が混じっていることを気にかけなければ、現実的に見て、ドゥルーリー子爵よりも有利な条件だと思われますが」

公爵がぴくりと眉を動かした。「自分では、どう考えている？」

おもしろい質問だった。

「自分の血筋を？」おそらく、これが唯一の障壁《しょうへき》なのだろう。最初からわかっていた。おどろくべきは、セシリーがまったく気にしていないことだ。このうえなく誇り高い父親がジョナサンを受け入れるだろうと信じて疑わない、彼女のまっすぐな心根がいとしかった。「まずお考えいただきたいのは、人はみな、ふたりの異なる血筋から生まれてくるということです。世界に存在する王朝の大部分に、ほかの文化が混入している。政略結婚もそうでしょう？　同盟を結ぶために、ある国の王が、別の国の王子に娘を嫁がせる。その意味では、純血などというものは存在しないのです」

公爵には、おもしろがるだけの余裕があった。「まったく正論だ。だが、わたしは別にイロコイ族との同盟など望んではいない」

「ぼくにも、そうできる力はありません」ジョナサンは無表情に言った。「彼らから見れば、ぼくは半分イングランド人だ。よそ者をはじきたがるのは、この国にかぎったことではありませんよ」

公爵の目が感心したように光った。「一本とられたな」

「では、父の最初の結婚に関してはこれくらいにして、次の話題に進んでもよろしいでしょうか？」

「ほかにも問題があることは、承知しているようだな」

そう、承知していた。しかし、自分の意志とはうらはらに醜聞の種にされている家族について、弁解めいたことを口にするのは、どうも気が進まなかった。「妹と娘のことですか」つい声がとがるのを抑えきれない。「リリアンはあやまちを犯したのかもしれない。だが、本来ならセブリング子爵も同じ責めを負うべきだと思いませんか？　なのに、子爵はなんの問題もなく社会に受け入れられている。それからアデラに関して言うなら、子どもが親を選ぶことはできない。だから、あの子にはいっさいの負い目を与えたくありません。娘は、ぼくの人生に光と喜びを与えてくれました」

熱い宣言に、公爵が目を見ひらく。「なるほど。ただ、子どもの母親との結婚は拒んだと聞いているが」

「それは、彼女とぼくの問題です」

気に入らないならそれでいいさ、ジョナサンはそう覚悟を決めた。可憐なセシリーに対する想いが強まるいっぽうだとはいえ、娘を裏切ることはできない。辛辣なリリアンでさえ、一家の恥のようにあつかうことはできない。

「よく言った。りっぱな考えかただ。しかし、だからといってりっぱな義理の息子になれるわけではない。もしわたしの立場だったらどうする、オーガスティン伯爵？」公爵がデカンターに手をのばし、どっしりしたグラスに黄金色の液体をなみなみとそそいだ。「知ってのとおり、娘に関心を示している男は、きみだけではないからな」

先日の賭博室での小ぜりあいも、当然耳に入っているらしい。予想のうえだ。ジョナサンは相手をまっすぐ見た。「図々しいようですが、セシリーは、ぼくと結婚したがっ、、、、ています。いまの質問にお答えすると、ぼくが父親の立場なら、娘の意思を何よりも尊重するでしょうね。娘の人生なのだから。セシリーは美しいだけでなく聡明だ。選ばせてあげてもいいのではないかと」

ふたりはしばし、目でお互いの腹を探りあった。やがて公爵が言った。「断言できるか、オーガスティン伯爵？」

ジョナサンは、セシリーの型やぶりな申し出と馬車の故障、そして熱い初めてのキスを思いおこした。彼女に、男女のさまざまな悦《よろこ》びを手ほどきするのが待ち遠しくてたまらない。ほんとうに結婚したがっているかはまださだかでないが、説得するのもきっと楽しいだろうと思えてならなかった。「結婚申し込みを受けるという返事は、もうもらってあります」

「先に、娘と話をしたのか？」自信たっぷりの口調を、公爵が聞きとがめる。

「もちろん、ふたりで勝手に決めたわけではありません」セシリーから言い出したという事実を明かすつもりはなかった。そんなことをすれば、公爵はさらにつっ込んだ質問をしてくるだろう。レディ・エリナーがドゥルーリー子爵に寄せる想いは他言しない約束なのに。

　勝敗の分かれ目は、公爵がどれほど娘のしあわせを願っているかだった。

　書斎の真ん中で、ふと思う。ふたりの子どもは黒髪に浅黒い肌だろうか、それとも彼女ゆずりの金髪で色白だろうか？　自分の子を身ごもってお腹の大きくなったセシリーの姿が頭に浮かび、離れなくなってしまった。

「きみとセシリーとはまったくちがう」エディントン公爵がブランデーをひと口飲んでから話を続ける。「きみは文字どおり、別世界で生まれ育った人間だ。それに、聞くところではイングランドに長くとどまるつもりはないという。ふたりとも、その件をじっくり考えてくれたのならいいが。娘と離れて暮らすのは忍びがたいし、娘の口からアメリカに移住したいという話を聞いた覚えもない」

　セシリーの気持ちに関して、自分の言葉を信じてもらえたのはありがたかった。ジョナサンは少しためらってから静かに答えた。「結婚式までには、ふたりの生活のありかたをきちんと話しあって決めておきます」父親に対してだけでなく、セシリーにも向けた約束だった。自分はものごとを軽々しく請けあう男ではない。一度した約束は、かならず守る。英国紳士の枠からはみ出すかもしれないが、自分なりの規範があり、それを動かすつもりはなかった。

「そのとおりになることを祈ろう。なにしろセシリーは、そうやすやすと我を折る娘ではないから」

ジョナサンは吹き出した。「ええ、見ていればわかります。あの若さには不似合いなほど、意志のはっきりした女性だと」

「うちの娘はふたりとも、妥協というものを知らなくてな。母親ゆずりなのだ」

公爵の不満そうな口調に、ジョナサンは思わず頬をゆるめた。「わかりますとも、閣下。わが家にも妹が三人と娘がひとりいるので。とても太刀打ちできませんよ」

「まったくだ」セシリーの父が初めて笑顔を見せた。「あつかいに困っても、わたしには助言を求めないでくれ。すっかり手詰まりだから」言葉を切って、指の腹でグラスをなでる。

「知っていると思うが、わたしはきみの父上のことが好きだった」

「ええ、知っています」

「お互い、似た者同士だったよ」公爵が机ごしにこちらをじっと見た。きちんとなでつけた白髪まじりの頭に、午後の日ざしがあたっている。「ちなみに、ドゥルーリー子爵のことも好きだ。きみよりもずっとよく知っている。まして、わが子の将来がかかっているからな」

「お嬢さんのことはおまかせください。どうかご心配なく」

エディントン公爵の目が光った。「とにかく、ちゃんと結婚してくれ。望むことは、それだけだ」

予想どおり、ジョナサンが帰るとすぐに呼び出しがかかった。例によって書斎におさまった父は、先日ほどいかめしい顔ではなかった。いつもは手放さない上着を、きょうは脱いできちんと椅子の背にかけているせいか、あるいは室内に立ちこめるブランデーと煙草《たばこ》の香りのせいか。

「これが、おまえの望みなのだな？」セシリーが椅子を選んで座ったあと、みずからも腰を下ろした父が、前置きなしに訊ねた。

またこの質問だ。セシリーはうなずきながら、世の花嫁は――まだ、そうなったわけではないけれど――みな、こんなふうに訊問されるものかしらといぶかしんだ。

ひょっとすると、悪名高いオーガスティン伯爵と結婚する場合だけかもしれない。正確には結婚をよそおう場合、だけれど……。「ええ、それがわたしの望みですわ」

父が陰気なまなざしを投げ、ため息をついた。「では、ドゥルーリー子爵のほうが穏当な選択だと言っても無駄なのだろうな。その頑固そうな顎のもたげかたは、前にも見たことがあるぞ」

どうせなら、穏当であろうとなかろうと子爵をいちずに想いつづけるエリナーに、その質問をすればいいのに。セシリーはほほえんだ。「ジョナサンは、ほんとうはとても節度のある人です」

〝言いきっていいものかしら？〟ひとつだけ言いきれるのは、客間での大胆なキスに、節度のかけらもなかったということだ。

「ふたりの子どもは……」

「きっと、かわいかったはずよ」セシリーは父の言葉をさえぎった。ジョナサンの子どもなら、彼自身と同じく非の打ちどころのない姿で生まれてくるにちがいない。少し気持ちを落ちつけて言いなおす。「きっと、かわいいはずよ」

「すでに生まれている子どもについては、どうする？　がまんできるか？　さっき伯爵と話した印象では、おまえは娘と同じ屋敷で暮らすだけでなく、受け入れなくてはいけないようだぞ」

　実際に結婚するわけではないので、この問いには一般論で答えればよかった。「子どもは大好きだもの。それに、生まれてきた子に罪はないでしょう？」

「オーガスティンも同じようなことを言ったぞ」

「意外ではないわ。生まれ育ちはちがっても、わたしたち、考えかたがよく似ているんです。だからこそ、いい組みあわせだと思えたの」

〝それに、血を分けた女きょうだいをだいじにするところも同じだわ〟

「わたしが賛成するものと思いこんでいるようだが」父が椅子に沈みこみ、いかにも公爵然と眼光をするどくした。「まだ、許可したわけではないぞ。それに、ドゥルーリー子爵のことも忘れてはいかん。先日わたしと面会したことで、先方はそれなりの期待をいだいているだろうから」

「でも、子爵にも許可は出されていないんでしょう?」セシリーは急いで言った。「ジョナサンのことがあろうとなかろうと、わたし、子爵と結婚するつもりはなかったもの」

「ああ、それは勘づいていた」父があきらめ顔でひたいをこすった。「オーガスティンを選ぶと苦労するぞ。アメリカへ戻りたがっている件はどうだ?」

その問いに対しては、すでに答を用意してあった。「こちらにはご家族もいるし、お仕事の関係で、なにかとイングランドで過ごすことが多くなるでしょう。それに、お父さまのおっしゃるとおりよ。ジョナサンにはいまからふり回されているけれど、お祖母さまによると、好きな男の人というものは、みんなそうなんですって。きちんと指導すれば、改心してくれると思うけれど」

父が笑った。とてもめずらしいことだ。いままで考えてもみなかったが、子どもの前ですらめったに笑わない父は、どれほどの重圧を背負って生きてきたのだろう。

考えてみればふしぎだった。ほかにどれくらい、父について知らないことが? セシリーはにわかに気になって訊ねた。「お母さまとは、どうやって知りあわれたのかしら?」

思いきった質問に、父がめんくらった表情を見せた。これまで訊ねたことがなかったからだ。とはいえ、自分自身の婚約と向きあっているいまほど、ふさわしいときはないのかもしれない。なぜずっと、両親のロマンスについて知ろうと思わなかったのかしら？　そもそも、ロマンスはあったの？　もしかすると、なかったのかも……親に決められた結婚だったのかもしれない。だとすれば、さっさとドゥルーリー子爵の申し込みを受けさせたがったことにも納得できる。

「まだ年若いころに、紹介されたのだ」

セシリーは父を見た。周囲には馬や猟犬を描いた勇ましい絵の数々、机に置かれたブランデーグラス、吸い取り紙に乗せてある書状。「いつ、どんなふうに紹介されたの？」

「親同士が親しかったからな。十歳になるころには、婚約が交わされていた」父がグラスを手にとり、ひと口ふくむ。「わたしは公爵家の跡継ぎだったから、子どものうちに配偶者を決められるのはよくあることだ」

セシリーはつぶやいた。「そんなの、道理にはずれているわ」

「だが、相手には好意をもっていた」

「それ以上の何かが必要ではないの？」

「また、心の結びつきがどうという話に戻るのか？」

「そうかもしれないわ。でも、お父さまとお母さまがお互いを気に入ってくださってよかった。でなければ、わたしはここにいないでしょうから」

あけすけな物言いに、父がたじろいだ。「父親を困らせるためにそんな話題をもち出したのかどうかは知らないが、できれば、これくらいで切り上げてもらえないか。きょうは、おまえの婚約について話すために呼んだのだ。おまえがオーガスティン伯爵と結婚したいというのなら、考えておこう」

とりつくしまもない厳しさだった。父はめったに口論をしない。そんな必要はないと考えているのだ。父母の結婚についてもっとくわしく知りたければ――おどろいたことに、セシリーは知りたくなっていた――ほかの誰かに訊くほかない。いま気にかけるべきは、父がジョナサンの言葉を受け入れ、前向きになったということだ。それだけで、セシリーはじゅうぶん満足していた。

「ええ、結婚したいわ」

父がこちらをじっと見つめた。「そうか。決意は固いようだな。では、ドゥルーリー子爵には、ほかに相手が決まったと伝えておこう。オーガスティンとは、あしたあらためて話をする」

「娘ならもうひとりいるじゃないの、お父さま」セシリーは、無造作にスカートをなでつけながら言った。「子爵とエリナーだって、知らない仲ではないでしょう。もしかすると、わたしとよりもいい組みあわせかもしれなくてよ。エリナーも、いやがるとは思えないの」

さりげなく聞こえたかしら？

「いい組みあわせ？　なぜそう言える？」父は愚鈍ではない。いまの言葉にぴんときたようだ。推しはかるような目がこちらに向く。

「あのふたりは、なんというか……しっくりくるのよ」

「そうなのか？　何か、わたしが知らないことがあるのかな？」

セシリーは立ち上がってほほえんだ。いつも冷静沈着な父の顔がいぶかしげな表情を浮かべている。ジョナサンとの婚約を認めてもらえてほんとうによかった。「ただの勘よ」

「そうだろうか？」父がさらりと訊ねた。「うまくあやつられているような気がするのは、なぜだろうな？」

15

「みて！」

リリアンは、隣のキャロラインが笑みをこらえるのに気づいた。エリザベスのほうは笑みをこらえようともしていない。三人の目の前では、やんちゃざかりの姪が庭園の芝生の上で宙返りをこころみ、得意げに立ち上がったところだった。

あの不始末を起こし、父を失った悲しみに沈み、世間から引きこもって暮らすうちに、自分は生きる喜びを忘れていたのかもしれない。晴れた日、青々とした芝生の上で小さな子どもがはしゃぎまわる姿を見るだけで、こんなに楽しくなれるなんて。四年間で、わたしはすっかり変わってしまったのかしら？

「じょうずね」リリアンは手を叩いてやった。日傘はとじて、腰を下ろした大理石のベンチに立てかけてある。いまさら日焼けを気にしてもしかたないでしょう？「もう一回やってちょうだい、アディ」

「そそのかしちゃだめよ」キャロラインが肘でそっとわき腹をこづいた。「もうドレスが砂まみれじゃないの」

かたむいた日ざしが花々を照らし、近くの茂みでは、蜜蜂《みつばち》がぶんぶんとけだるい羽音をひびかせていた。エリザベスが栗色の巻毛をふりやって笑う。「アディってほんとにかわいいわね。初めて〝ベッツおばちゃま〟と呼ばれたときは、化石にされたみたいでぎょっとしたけれど、あの明るさ、引きこまれずにいられないわ」

ジョナサンも、幼い娘を心からかわいがっている。それは誰の目にもあきらかだ。正妻から生まれたのでない子どもを受け入れる貴族はめずらしいが、そもそも兄はふつうの貴族とはちがう。夜ふけの乗馬というとっぴょうしもない趣味だけでなく、アデラが寝る前には本を読んでやり、子育てに細かく目をくばり、外出する際はできるかぎり連れてゆく。子どもの笑い声が屋敷にひびいても、もはや誰もおどろかず、慣れてしまっていた。

ふしぎなことに、あれほど気乗りしなかった兄の到着以来、リリアンは人生に喜びを見出しつつあった。アーサーとの不始末があった四年前以来、初めてだ。その点では、変わり者の兄に感謝していた。

アデラがふたたび、あぶなっかしい宙返りを披露するのを見ながら、リリアンは妹たちにささやいた。「で、どうなの、進みぐあいは?」

ふたりと二、三歳しか離れていないのに、なぜこんなに年寄りじみた気分になるのかしら? もしかすると、とり返しのつかないあやまちを犯し、その結果をかかえて生きていかざるをえないという現実のせいかもしれない。

キャロラインとエリザベスが目を見かわし、にっこりした。

「どうしたの?」リリアンは重ねて訊いた。「もったいぶらないで教えなさいよ」

エリザベスがひらひらと手をふる。「うまくいきそうな相手はいるわ」

「たとえば？」

「たぶん、レイン兄弟」

一瞬リリアンはきょとんとした。すっかり世間にうとくなっていたらしい。やがて名前と顔が一致した。「ストーンヴェール卿の双子のことね」

キャロラインがうなずき、デイドレスの皺には目をとめずすました顔をする。「最初、てっきりエリザベスと同じ相手に目をとめてしまったのかと思ったけれど、あとになって双子だとわかったの」

「兄弟ふたりと姉妹ふたり……なかなかおもしろいわね」

「こんど行事があるときは、いっしょに来て感想を聞かせてよ」エリザベスがぱっと目をかがやかせ、姉の手を握りしめた。「お姉さまがいないと、さびしいわ」

リリアンはいまさらのように罪悪感にさいなまれた。

さいわい、そのときアデラが駆けよってきた。黒髪をくしゃくしゃに乱し、泥だらけの手を片方つき出す。さらに、近ごろ屋敷に迎えられたばかりの、何種かよくわからない毛玉のような子犬があとをついてきて、新調したばかりのリリアンのドレスの裾にどっかりと腰を下ろした。「何を見せてくれるの？」リリアンは訊ねながら、身をよじらせる子犬を抱き上げ、そっと位置をずらした。「教えてちょうだい」

「まほう！」アデラの小さな顔は大まじめだった。自分の手をじっと見つめながら、五本の指を開く。

握っていたのは小石だった。小さくて金色で、表面がつるつると光っているのは、何かで磨いたのだろうか。リリアンは手にとり、ひっくり返して表裏を眺めた。「とてもきれいね、アディ」

「ゆかに落ちてたの。パパのポケットからころがったのよ」

子どもの目がひどく心配そうなので、リリアンはやさしく言った。「しばらく、あずかっていてあげたのね。きっと、お父さまは気にしないと思うわよ」

「もってないとだめなの。だって、まほうだから」

「どういうこと？」

「わかんない」アデラが小さな肩をすくめ、真っ黒な目を大きく見ひらいた。「なくしたらどうしよう？」

リリアンは、てのひらの上でかがやく石に目をやった。「わたしが返しておきましょうか？」

返事のかわりに勢いよくうなずいたアデラが、矢のような速さで小道を駆け去っていく。そのあとを乳母が追いかけ、子犬が跳ねながらついていく。

「ただの石じゃないの」エリザベスが首をかしげた。

「きれいだけどね」キャロラインが言いそえたが、やはりいぶかしげな顔だった。「でも、なぜ持ちあるいたりしていたのかしら？」

「見当もつかないわ」リリアンは石を握りしめた。ジョナサンには謎がたくさんあるが、少しずつお互いをわかりあいつつあると確信していた。ふと笑みがこぼれる。「魔法だから、かもしれないわよ」

「おめでとう」

かすれた声で言われたジョナサンはびくっとした。腕に抱いた体が思わせぶりにくねっている。あわてて目の前の女性に意識を戻したのは、さっきからセシリーの姿を探して入口ばかり見ていたからだ。「何が?」

「婚約したんでしょう」

エディントン公爵が許可してくれたかどうかさえ、まだわからないのに。なぜルシール・ブラックウッドが、本人より先に話を聞いているんだ? 「いま、なんと?」慎重に訊ねながら、ワルツの相手をくるりと回す。

「きょう、エディントン公爵の次女を訪ねて、父親とも話をしたんでしょう?」

ジョナサンはかすかに目を細くした。「なぜ、それを?」

「あらやだ、かわいい人」ルシールが笑った。「あなたってつくづく……植民地式ね。ロンドンではあっという間に噂が広まるって、知らなかった? みんな大騒ぎなんだから」

彼女の〝かわいい人〟になったつもりはなかったが、それは別にいい。一本指が思わせぶりに顎をなぞるのを感じながら、ジョナサンはジェームズを目で探した。自分はまだ英国社交界にうといが、従弟ならすべてを説明してくれるだろう。

そう、まさにすべてを。

「知らなかったよ。いま、少しずつ慣れているところだ」

「だといいけれどね」

思わせぶりな揶揄を聞きとがめるのはやめておいた。

「なぜ、大騒ぎなんだ？」

「誰も予想しなかった組みあわせだからよ」

「おかしいな。社交界じゅうが、ふたりのことを噂していたじゃないか」

「当然でしょ？　あなたってほんとうに……気持ちいいのね、伯爵」ミセス・ブラックウッドがささやき、スカートをジョナサンの脚にまとわりつかせた。一本指がいつしか下唇をなぞっている。

「ひげを剃っているからね」相手の意図とちがうのは承知で、ジョナサンは答えた。無愛想すぎたかもしれないが、とにかく、自分が家族と話しあうより早く噂が広まるのは不愉快だった。公爵と会って、まだほんの数時間だというのに。

正確には、いま真夜中近くだから、八時間たっていた。夫人の言うとおりだ。社交界とはそういうところなのだろう。

「独身でなくなるって、男にとっては大きな分かれ道なのよ」

好色そうな口調がすべてを語っていた。肉感的な体つき、黒髪に青緑色の瞳で、色っぽい笑みをまとった彼女は、レディ・アーヴィングの同類だ。今夜はいつにもまして熱心に誘ってくる。

　このゲームには、いいかげんうんざりしていた。

　まったく、ばかげた賭けだ。初めて自分をものにした勝者に一千ポンドとは。もう忘れかけていたのに。「婚約がほんとうに決まったのなら、いちばんうれしいのはぼくだ」ジョナサンはそっけなく言った。「結婚は人生の一大事だから。そうだろう？」

「まあ、どちらかといえば退屈かもね」相手がひょいと肩をすくめる。「うちの夫とは、ろくに顔も合わせないわよ。お互い、好みがちがいすぎるから」

　今夜はあいている、というほのめかしがありありと伝わってきた。欲求不満の貴婦人がたは、ジョナサンが婚約すると自分たちのもくろみに支障があると考えているようだ。あるいは、さらに刺激が増すと考えているのか……夫人がひときわ身をすり寄せ、豊かな胸を押しつけてきたところを見ると、その可能性もありそうだった。

「夫婦でいっしょに過ごす時間をふやせばいいんじゃないか」ジョナサンは相手の体をこころもち遠ざけた。

「あの人が好きなのは、馬と、クラブと、愛人だもの」

「その順番で？」

　夫人が笑い声をあげた。「言われてみれば、そうかも。何よりも競馬が好きで、次にお酒が好きで、そのふたつに飽きると、女のところに行くのよ」

「腹が立ったりは？」純粋な好奇心から出た問いだった。

「しないわ」

あまりに率直な答に、ジョナサンは目を見ひらきつつ、相手をくるりと回した。

「ほんの小さな努力で、夫の目を自分に向けさせられるだろうに」

「なぜ、そんなことをする必要があるの？」息をはずませ、わざと低い声で夫人が答えた。

「結婚しているからさ。さっき言われたとおり、植民地の田舎者めいた考えかもしれないが、ぼくの故郷では、貞節や誓いはたいせつなものと考えられている」

ほどなく音楽が終わったので、ジョナサンは安堵しつつ、しがみついてくる手を逃れ、従弟を探しにいった。ジェームズのほうも探していたようで、飲み物のテーブルの前で顔を合わせると、気心の知れた同士、何も言わずにシャンパンのグラスを手わたしてくれた。

「やっと脱走できたところで、少し栄養を補給するといい」

「おまえが見た目よりずっと切れ者なのは、前から知っていたよ」先ほどのワルツで消耗しきったジョナサンは、かろうじてほほえんだ。「どれくらい、まいった顔をしてる？」

「相当だね」とジェームズ。「喫煙室へ誘いたいところだが、きみは外のほうが好みだったな」

「そうなんだ」

「だろうと思ったよ。ただ、雨なんだ」ジェームズが残念そうに言い、水滴のつたわる窓を見やった。

昼間はあたたかかったのに、いつの間にか天候がくずれていたらしい。空気も重く湿りけをおびている。ジョナサンは思わず吹き出した。「それはそれで好都合だぞ。他人にじゃまされず、ふたりきりで話ができるじゃないか」

「分別のある人間なら誰も、雨降りの屋外に夜会服で立とうとは思わないからね」ジェームズがぶつぶつ言う。

まったくそのとおりだ。細長い窓を打つ雨は、強くはなかったがしぶとそうだった。

「その顔、どうしたんだ？」ふと、従弟の左こめかみあたりに大きな青痣《あざ》ができているのに気づいて、ジョナサンは訊ねた。

ジェームズが手をあげて痣にふれながら顔をしかめる。「ゆうべクラブを出たあとすぐ、追いはぎに襲われてね。何で殴られたかはわからないが、一撃でひっくり返されてしまった。もしクラブの係員が大声をあげて助けにきてくれなかったら、身ぐるみはがされていただろうな。どこにひそんでいたのか、まるで気づかなかった。けさからずっと、ひどい頭痛さ」

「見るからに痛そうだな」

ジョナサンが話を続けようとしたとき、顔見知りの若い准男爵が通りかかって、満面の笑みでぽんと肩を叩いた。「婚約おめでとう、オーガスティン」

テラスの戸口に着くと、ジョナサンはつぶやいた。「なぜ、みんな知っているんだ？　本人だってまだ結果を知らないんだぞ、くそっ」

「その話をしたかったんだろう？」従弟の口調にありありと懸念がにじんでいた。「公爵との面会は、うまくいかなかったのかい？」

「いや、相当うまくいったと思う。確信はないが。ああいう人種にしては、公爵はまともな感覚の持ち主に見えたな」

「ああいう人種?」ジェームズが目を躍らせた。「英国貴族社会における公爵の位置づけが気に入らないのかい? だったら指摘させてもらうが、ぼくらの一族も……」

「いや、指摘しなくていい」ジョナサンはぴしゃりと制した。「それに、そういう意味で言ったわけじゃない。公爵は大貴族かもしれないが、それと同時に人の親として、娘のしあわせを重んじていた。ぼくも同じ立場だったら悩むだろうから、即答をもらえなかったことを責めるつもりはない。もしこちらの申し出にすぐさま飛びついて、娘に相談ひとつしなかったら、そのほうが失望しただろうな」言葉を切って、ぬくんだシャンパンをぐいと飲む。

「だったら何が問題なのか、具体的に教えてくれないか? 彼女はきみと結婚したがっているし、きみは彼女と結婚したがっているんだろう?」

セシリーが実際には結婚したがっていないということを、いま明かすべきではないだろう。

「まだキャロラインやエリザベスはもちろん、リリアンにも話をしていないんだ。はっきりした答をもらうまで待つつもりだったから。まさかこんなにすぐ話が広まるとはな。さいわい、今夜リリアンは来ていない。新しいドレスが入り用だからと言っていた」

話しながらジョナサンは、こまごまとした手続きについて、一刻も早く未来の花嫁と話をしなくてはいけないという思いをあらたにしていた。もちろん、公爵が自分を花婿に認めたと仮定しての話だが。

「噂が広まる速さについて、ひと言言わせてもらえば」ジェームズの声には皮肉がこもっていた。「公爵が咳払いをしただけで、屋敷じゅうが耳をすますと考えたほうがいい。そもそも、きみが訪問してきただけでじゅうぶん人目を引いたはずだよ。玄関の扉を開けた召使いも、執事も、それに……」

ジョナサンはふたたび従弟を制した。いつもならそんなことはしないが、広間の隅に、忘れようにも忘れられない淡い色合いが見えたのだ。遠くの人ごみにまぎれていても、うしろ姿でも、あの華奢な肩と優雅な弧を描く首すじは見まちがいようがない。「いつからいた？」

「誰が？」ジェームズが当惑をあらわにして、開け放ったテラスの戸口ごしに広間を見る。

「セシリーさ。決まってるだろう」

「なれなれしいミセス・ブラックウッドと踊っているところを、彼女が見たかという質問なら、ああ、見ていたよ」従弟がにやりとした。「きみの波瀾万丈な人生のおかげで、こちらも退屈せずにすむな、まったく」

「楽しんでもらえて光栄だ」ジョナサンはつぶやき、人ごみに割って入った。

彼の姿は見えなかったが、周囲の視線がいっせいにこちらを向いたのでぴんときた。群衆にさざなみが起きて、ひとりでに左右に分かれるところを見ると、ロンドン上流階級のおおかたが、すでにオーガスティン伯爵の求婚を知っているらしい。

背後から歩みよってくるのを確かめなくても、女たちの表情が、彼の存在をありありと映していた。

生まれて初めておぼえる嫉妬は、あまり心地よい感情ではなかった。祖母のあとから舞踏室に足を踏み入れ、なみはずれて背の高いジョナサンと、体を押しつけるようにして踊る美女を見たときは、胸がずきりと痛んだものだ。ミセス・ブラックウッドは大胆にも、のび上がって彼の顔にふれていた。遠くからでも、そのしぐさにこめられた媚ははっきりとわかる。たちまち憤怒《ふんぬ》で頭が真っ白になった。

イングランドで暮らすつもりがない男性を、自分のものにしたと思いこんでもしかたないのに。

けれど、彼に声をかけられ、いつの間にか耳になじんだ外国訛りを聞くと、セシリーの胸はまた別の意味でずきりとした。もっと深く、もっとはげしく。自分がひどく弱くなったような気がした。

彼に会いたかった、いや、会いたくてたまらなかったことに、いまさらのように気づいていた。

「待っていたよ」

ふり向くなり、周囲の知人がいっせいに押しだまった。セシリーは胸にせまる思いをおさえこんで会釈した。深々と一礼するジョナサンは、夜会服をすっきりと着こなし、うしろになでつけた長い髪を、今夜はきらきら光る黒い玉をあしらった革紐で結んでいた。それを見たとたん、午後に交わしたキスが脳裏によみがえった。彼が部屋を去ったあと、セシリーは床に落ちていたサテンのリボンを拾い上げ、自室へもち帰って、宝石箱にそっとしまったのだった。

顔を上げたジョナサンが、周囲の知人に形ばかりのおじぎをしたあと小声で言った。

「踊ってほしい」

「ちょっと失礼するわね」挨拶もそこそこに、セシリーはフロアへ引っぱり出された。彼の指がしっかりと腕をつかんでいる。スカートをもち上げ、やっとのことで大股の歩みについていきながら、セシリーは息をはずませた。「なぜ、そんなに急いでいるの？」

立ち止まると、ジョナサンの手が腰にあてがわれた。まぶしい笑みを向けられると、セシリーのみぞおちのあたりにふしぎなおののきが走った。「自分にもっと忍耐力があればいいと思うが、あいにくそうじゃない。この群衆の中では、どこにいても目を引いてしまう。婚約の噂がこれ以上広まる前に、ぼくらの……計画について話しあっておきたかった。今夜ここで、誰にもじゃまされず話すには、ワルツがいちばんいいと思ったんだ。悪かったかな？」

「い……いいえ、悪いものですか」

言葉がつかえたことなど、ジョナサンは気にとめもしないようすだった。「お互い、この婚約に求めるものを一致させておかなくては」

恐慌が押しよせてきた。まさか、いまさら手を引くつもりなの？　セシリーは顔をもたげ、できるかぎり冷静な顔をこしらえた。「なぜそんなことをおっしゃるの、伯爵？　ミセス・ブラックウッドのほうがお気に召したのかしら？」

「なんだって？」ジョナサンが一瞬あっけにとられたあと、漆黒の瞳をきらりと光らせた。「ああ……ちくしょう。セシリー、信じてくれ。ちがうんだ」

独特の無造作で乱暴な物言いのせいか、セシリーは彼を信じた。ぐっと引きよせられ、手を握られたせいかもしれない。

そのときちょうど音楽が始まった。踊りだしたセシリーは、さっきより気持ちが楽になっていた。ジョナサンはこころもち顔を上気させていたが、言葉には誠意が感じられたから。

「そんなこと、口にする価値もない。話しあいたいのは、取引の終着点についてだ」

これまでダンスフロアよりも森の中で過ごすことが多かった男性とは思えないほど、ジョナサンはダンスがうまかった。いったいどこで覚えたのかは謎だが、セシリーはさほどおどろいていなかった。鍛《きた》えぬいた競技者のようにしなやかな筋肉質の体だったから。「もう、そこまで決めるの？　まだ始まってもいないのに」

「父上から話を聞いたか？」ジョナサンがあざやかにセシリーを旋回させる。

「ええ」

「それで？」

ひたむきなまなざしの前に、ミセス・ブラックウッドに対する腹立ちがきれいさっぱり消えていくのを感じる。セシリーはにっこりした。「あしたは公爵からの呼び出しを覚悟なさって。父は、あなたの申し込みを前向きに受けとめているわ」

「もちろん、おじゃまするとも。ただし、ぼくらが合意したうえでだ」

いったいどういうこと？　セシリーは眉根を寄せた。「とっくに合意したつもりでいたけれど」

こちらの手を握るたくましい手に、力が入った。「いや、まだだ。覚えているだろう？初めてキスしたとき――どうか覚えていてほしいものだが――、ふたつの条件をのんでもらえるなら婚約する、と言ったはずだ。ふたつめの条件は、まだ伝えていなかった」

そのとおりだった。あのやさしい、探るような初めてのキスを忘れるはずはない。二回めのキスも。それに三回め、きょうの午後に交わした、いままでとはちがうはげしさと官能にあふれるキスも。「何かしら？」

「結婚してほしい」

初めは聞きまちがいかと思った。演奏の音と人々のしゃべり声はあまりにも大きく、彼の声はあまりにも低かったから。セシリーは相手を見上げた。「なんですって？」

「ぼくと結婚してくれ」

本気で申し込んでいるの？　それとも、ふたりで始めた演技の一部？　セシリーはとまどい、少し動揺した。彼の手がしっかりと支え、力強く導いてくれなかったら、人がひしめき合うフロアで足をもつれさせたかもしれない。

黙っていると、ジョナサンが落ちついた揺るぎない口調で説明した。「ほんとうの妻になってくれれば、茶番劇で双方の家族をだます必要もないし、世間に対して自分をいつわる必要もなくなる。ぼく自身は世間など気にしないが、きみの評判に傷がつくのは気になる。

それに妹たちのためにも、これ以上噂をたてられたくない。現実的に考えるんだ。婚約破棄すれば、ふたりのどちらかが責めを負わされる。ぼくは喜んでその役目を引きうけるが、そのせいでまわりの人間が傷つくのはいやだ。だったらいっそ、ほんとうに結婚したほうがいいと思ってね」

彼と結婚を？

ほんとうに？

相手の誠意を推しはかりながら、みずからの気持ちを見さだめるのはむずかしかった。ふたりひと組でなめらかにフロアを移動しながら、さまざまな感情が去来する。高揚感、迷い、喜び、恐れ、興奮、さらなる喜び。われながら意外だった。なぜなら……。

ちがう。意外ではない。彼の精悍《せいかん》なたたずまいに、まるで中毒したようにとりつかれているし、てらいのない態度も、頭の切れも……すべてが好ましいから。女性の前で悪態をつく癖さえも、いとしく感じられた。

ジョナサンがさらに身を寄せてささやく。「いま並べたほかに、もうひとつ大きな、少し品のない理由がひとつあるんだ、かわいい英国のレディ。いまにも、きみを誘惑してしまいそうなのさ」

心臓がどきどきした。困ったことに、彼にはそういう力がある。たじろぐあまり、セシリーの口調はひどくきつくなった。「わたしにはあなたの魅力をはねつけるだけの強さがあると言ったら、どうかしら、オーガスティン伯爵」

「それは、嘘だな」

「断言できるの？」セシリーはわずかに身をふるわせた。しっかりと体を——破廉恥なほどに——抱きよせている彼にも、きっと伝わったはずだ。

ジョナサンの顔にゆるゆると、傲慢で意地悪い笑みが広がった。ひどく意地悪い笑みが。

「そうさ」

無鉄砲にも——とはいえ、初めて会ったときから、彼のせいで無鉄砲になっていたのだけれど——セシリーはささやき返した。「だったら、証明してごらんになって」

16

なんとも美しいひと組だった。金髪でたおやかな妹と、黒髪で男らしいオーガスティン伯爵。ただし伯爵は、例によって人目をものともせずにセシリーをぴったりと抱きよせ、またしても耳もとで何かささやいている。ふたりの婚約はどこでも話題の中心だったが、今夜にかぎっては、伯爵の大胆なふるまいも、独身を捨てるという思いきった決断の対価として見のがしてもらっているようだった。

そう、結婚という決断の。

「どう思う?」ロデリックがおずおずと訊いた。率直な兄にはめずらしく、奥歯にものの挟まったような言いかただ。エリナーが広間の隅に身を隠しているところを、先ほど兄がわざわざ探しにきて、隣の椅子に腰かけたのだった。

「セシリーの夫選びについて?」エリナーは、暑くて扇を使わずにいられないというふりをした。実際は雨が降りだして冷えてきたのだが。「別におどろきはしないわ。ふたりが初めて顔を合わせたときから噂になったことを思えば、これが最善の策なのかも。伯爵が覚悟を決めてくれてよかったわ。だってあの人、もう……」

ジョナサン・ボーンがもう妹の唇を奪ってしまった件を口にしかけて、あわてて思いとどまる。いつもはあれほど思慮深いセシリーなのに、伯爵のこととなると、すっかり分別を失ってしまうようだ。

「もう、なんだって？」正装のロデリックが、にわかに険悪な顔になった。「あの男とはいずれ、きっちり話をつけなきゃならないと思っ……」

「ふたりは婚約したのよ」エリナーはさえぎった。「まだ正式ではないけれど、じきに決まるはずよ」

「そうなってくれなくちゃ困る」兄がぶつぶつ言った。「あのごろつき、セシリーに手を出したのか？」

「あら、身分からいえばりっぱな伯爵よ。でなければ、お父さまも面会を許さなかったでしょう」

「揚《あ》げ足をとるんじゃない、エリナー。ぼくの言う意味はわかってるだろう」

そこへ若い娘の一団が近づいてきたので、エリナーは答えずにすんだ。無邪気に笑いさざめいているかに見える娘たちが、次期エディントン公爵の目を引きたいのはあきらかだ。この奥まった一角が、身を隠す以外にも何かと便利だということを、エリナーも、そしてロデリックも知っていた。疑念と入れかわりに警戒をあらわにした兄が、セシリーの結婚よりもわが身の安全を優先させ、もごもごと弁解をつぶやくなり喫煙室へ飛んでいく。

明るい気分ならば笑いたいところだが、エリナーはいま、どんな口実をつかってでも今夜の行事を欠席すればよかったと後悔していた。ほうほうのていで逃げ出すロデリックの背中がまだ視界から消えないうちに、ドゥルーリー子爵が、がっかり顔の娘たちの背後に姿をあらわしたからだ。

〝いやよ〟おなじみの一角に隠れながら、エリナーは強く念じた。〝来ないで〟きょうの午後、彼の前で醜態を演じたばかりなのに。あのときの話はしたくないし、セシリーの婚約を知らされて失望したとか、恥をかかされたという話も聞きたくなかった。

けれど、きょうはすでに一度逃げ出してしまった。二度めは……さすがに許されない。それに、逃げ場はどこにもなかった。

だからエリナーはその場を動かず、椅子に根が生えたようにじっとしたまま、どこかよそへ飛んでいきたいと祈っていた。

「ほんとうなのか？」近づいてきた子爵が椅子の横に立つなり、だしぬけに訊ねる。さも不機嫌そうにダンスフロアを眺めながら。「まわりくどいことがきらいなきみなら、教えてくれると思ったんだ」

きょう、庭園でいきなり子爵の前から駆け去った身としては、きちんとした挨拶がないからといって責めるわけにはいかない。今夜の子爵はグレーの上下で、淡い色合いが金髪碧眼によく映っていた。袖口にちらりと覗くレースに、さりげないこだわりがうかがえ、クラヴァットは手の込んだ形に結ばれている。いつもならきっちりと整えられている髪が、今夜にかぎっては少しだけ乱れていた。まるで指をつっ込んだかのように。妻にと望んでいた娘がほかの男を選んだという噂を聞いて、動揺を隠しきれなかったのかもしれない。

エリナーはふと、彼との初対面を思い出していた。昨シーズン、社交界に出てまもないころだ。ひと目惚れ？　そうとしか思えない。ロデリックの友人ということで、真っ先に紹介されたのが子爵だった。その夜、エリナーは目をきらきらさせながら帰途についた。子爵が踊ってくれたから。

いま思えば、公爵家の娘に、そして友人の妹に礼を尽くしたに過ぎなかったのだろうが、ドゥルーリー子爵はとてもやさしく、エリナーが緊張でがちがちになっていても、気づかないふりをしてくれた。その後、結婚相手を求めて寄ってきた紳士たちが、作り笑いや媚をふりまかないエリナーに辟易して去っていったあとも、子爵の態度は変わらなかった。社交界の激流に翻弄されつづけた昨シーズン、デビュー組のなかでもとりわけぱっとしなかったエリナーが、まったくの壁の花にはならずにすんだのは、イライジャ・ウィンターズが折にふれてワルツを申し込んでくれたおかげだ。

だから、彼には真実を告げる義理がある。「ええ、ほんとうよ」

「そうか」

「お気の毒に」エリナーはつぶやき、両手を組みあわせた。

「気の毒がらないでくれ。冷静に考えれば、このほうがよかったのかもしれない。もし結婚したあとでセシリーがオーガスティンと会って、みずからの選択を後悔したらどうする？」子爵の声に自虐がこもった。「ぼくはけっして、自尊心のかたまりのような男ではないつもりだが、妻には貞節を守ってもらいたいからね」

「セシリーは浮気なんてしないわ」エリナーはすくっと立ち上がり、両手をわきにつけたまま、怒りもあらわに子爵を見すえた。この件に関する自分の感想はさておき、妹が中傷されるのはがまんできない。たとえセシリーが疑われてもしかたないような性格でも、エリナーはやはり味方をしただろう。まして妹は、そんな娘ではない。「気落ちなさっているのはわかるけれど、妹はこのうえなく義理がたい子よ」

「きみもそうだね、まちがいなく」興奮にほてった顔を、子爵が見下ろす。「どうか腹を立てないでくれ。セシリーを非難するつもりも、侮辱するつもりもないよ。ただ、初めて舞踏会で伯爵に会ったときから心を奪われていたようだと言いたかったんだ。きっと、ぼくには出る幕がなかったんだろうな」

おどろいたことに、子爵は言葉を切ったあとでにこりとしてみせた。ごくかすかな笑みだったし、その目はまだけわしかったが、こちらを見て、ほほえんだのだ。

なんという腑抜《ふぬ》けた愚か者だろう、わたしは。〝これだから〟と胸の内でつぶやく。〝この人に恋してしまったんだわ。外見のよさとか爵位とか、若い女にもてはやされるうわべの条件だけじゃなくて、どこまでも高潔な人だから〟

「なぜ妹が、あなたよりもオーガスティン伯爵に惹かれたのかを気になさっているなら、正直言ってわたしにも理解できないわ」

ああ、まただわ……。こんどは口にした言葉ではなく、言いかたがまずかった。

一瞬の沈黙ののち、子爵がゆっくり言った。「身に余る賛辞だよ、レディ・エリナー。ありがとう」

できれば訊きたかった。訊きたくてたまらなかった。一度はわたしといい雰囲気になりかけたのに、なぜ心変わりしてしまったの？　どうやら、セシリーに心奪われたためではなさそうだった。婚約に対する反応を見れば、それがわかる。

けれど、エリナーは答を聞くのを恐れていた。

そのとき、ふしぎなことが起きた。あちこちの行事で顔を合わせ、気軽に口をきけるようになり、ときには公爵領で乗馬に出かけたりするなかでも起きなかったのに……。一瞬、ほんの一瞬、彼の目がエリナーの襟もとをさまよったあと、顔に戻ってきたのだ。

男性に胸を見られたのは初めてではないが、不快でなかったのは初めてだった。少なくとも、子爵はエリナーの内面を知っている。とまどいのあまり、エリナーは心にもないことを口走った。「祖母を探しにいかなくちゃ。今夜も早めに引き上げたがっていたから」

相手はすぐさま引きぎわを悟ったようだ。「話をできてよかったよ、レディ・エリナー」

そして一礼すると、歩み去った。


屋敷を訪ねてくるにはあまりに遅い時刻だ。女中が扉を叩き、階下で待つ客の名前を告げたとき、リリアンはすでにナイトドレスに着替え、まどろみかけていた。

リリアンは大急ぎで身支度をした。花模様のデイガウンに袖を通したのは、流行遅れのイブニングドレスをこの時刻、この客の前で着たくなかったからだ。髪をとかし、無造作にまとめ上げる。きちんとして見えるかどうか窓に姿を映したあと、どうせ相手は気にしないのに、とほろ苦く笑う。自分が不器量だとは思わない。華奢な骨格、栗色の髪に青い瞳、肌もきれいだが、そんなことはどうでもよかった。むかしは彼が訪ねてくるたびに胸が高鳴ったけれど、いま思えば、自分の見た目など、彼はあまり気にしていなかったのかもしれない。ふたりは友人で、それ以上の関係ではなかった。勘違いしたのは、自分のほうだ。

セブリング子爵アーサー・カーが、いまさらなんの用かしら？

会ってみるほかに、確かめるすべはなかった。

深呼吸し、なるべくゆっくりと階段を下りる。

客は、家族用の居間に案内してあった。正式の客間に比べればだいぶ明るい、堅苦しくない場所で、窓ガラスを叩く雨音がやさしい伴奏をかなでている。リリアンの指示どおり、女中がワインの瓶とグラスをふたつ運び、そこかしこにランプを灯《とも》しておいたので、紋織物《ブロケード》張りのソファやこぢんまりした椅子とあいまって、居心地のよい雰囲気ができあがっていた。

リリアンは戸口で立ちどまり、火のない暖炉の前に立って肖像画の数々を眺めるアーサーのすっきりした横顔にしばし見とれた。彼はどこか放心したような表情で、肩をこわばらせている。

細部まで記憶に焼きつけた姿。それでいて、夢で見た人影のように遠く感じられる。

かつては愛した相手だ。軽い気持ちではなく、魂の底から。若い娘がそそげるかぎりの情熱をこめて。

けれど、当時は彼の本質が見えていなかった。おかげで、彼ひとりだけでなく男性全般に対して、自分の判断力を信じられなくなってしまった。たとえ駆落ちの件が世間に知られなかったとしても、別の相手を愛する気にはなれなかったので、独身のまま生きていくというのは、それなりに理にかなった決断だった。

彼とは結婚して以来会っていない。意を決して肩をそびやかし、居間に足を踏み入れて、静かに声をかける。「元気そうね、アーサー」

アーサーがふり向き、普段着姿のリリアンを見るなり、整った口もとになつかしい笑みを浮かべる。「きみもね、リリアン。あいかわらずきれいだ」

本音だろうか？　わからなかった。ふたりのあいだには幾多の嘘が立ちはだかっている。そもそもリリアン自身が本音を言っていなかった。アーサーの顔色は冴えず、憔悴《しょうすい》さえただよわせていた。だからといって端整なことに変わりはない。ジョナサンほど長身ではないけれど、たくましい体つきで、なめらかな顔と表情豊かな茶色の目をそなえている。髪を長めにのばし、黒の上着に刺繍入り胴着、ぴったりしたズボン、ヘシアンブーツという最新流行のいでたちだ。首にはレースで縁どった亜麻布を巻き、ルビーのピンで留めて、純白と真紅の対比をきわ立たせている。彼をまのあたりにすると、リリアンの胸はむかしと変わらず締めつけられた。あんなにひどい思いをさせられたのに。

リリアンにとっては消せない過去だった。おそまつな駆落ちと、宿屋での一夜。疑いようがない。ジョナサンがどう考えようと、あの夜自分はアーサーのせいで純潔を失い、人生を一変させてしまった。

「ありがとう」発した声は、さいわいおだやかだった。せいっぱい上品に進み出る。「ワインでも飲みながら、今夜いらしたわけを話してくださる？」

「いや」アーサーの声は耳ざわりにかすれていた。「ちがった。ぜひ、と言うつもりだったんだ」

リリアンは目を上げ、年代物のクリスタル製デカンターに手をのばした。

「ワインのほうは、ぜひ」アーサーが押しころした声で言う。「でも、なぜここに来たのかは自分でもわからないんだ」

「わからないのは、わたしも同じだけれど」リリアンはふたりぶんのグラスに酒をついだ。「当ててみましょうか。誰か、自分をよく知る相手と話がしたくなったんでしょう」

アーサーがグラスを受けとり、無念そうな笑みを浮かべた。「言われてみれば、そのとおりだ。むかしはよく、ふたりで話をしたね？」

そうだった。それに、よく笑った。だからこそ、彼を好きになったのだ。ほかにも魅力的な求婚者はたくさんいたけれど、彼とは初めて会ったときから打ちとけられた。

小さなテーブルに面した長椅子では近すぎるように思えたので、リリアンは少し離れた椅子を選んでかけ、ワイングラスを両手で包みこんだ。「何があったの？」

アーサーがぐいとワインを飲み、腰を下ろした。大きく息を吸いこみ、遠い目になる。やがて、だしぬけに言葉が飛び出した。「医者によると、ペネロペは妊娠できないらしい」

これで、訪問のわけがわかった。少なくとも一部分は。

彼にとっては、つらい知らせにちがいない。ふたつの目的を達するために、いまの妻を選んだからだ。父親の人脈と、跡継ぎ作り。議会で出世するうえで前者は欠かせないが、後者もまた重要だったことを、リリアンは知っていた。ルビー色の液体を見つめてうなずく。

「そうだったの」

「妻は、ひどく子どもをほしがっている」

〝こんな話、いつまで聞いていられるかしら？〟

「当然だと思うわ」まだワインには口をつけず、手の中で揺らしながら、リリアンはアーサーの顔を観察した。〝苦悶《くもん》〟としかあらわしようのない表情。困るのは、あれだけのことがあった相手なのに、憎みたくても憎めないことだ。「女なら、誰でもそうでしょう」

「ぼくだって子どもがほしかった。ずいぶん努力したんだ」アーサーは目を合わせようとせず、テーブルに置かれた小さな立像を見すえていた。「だが、三年たってもだめだった」

「お気の毒だわ」

彼の視線がようやく上を向き、リリアンを見た。「ああ、きみなら本心からそう言ってくれるだろうね。むかしから、その心の広さが好きだった」

リリアンはグラスを口に運んだ。このまま彼の目を見つめていたら、また陳腐《ちんぷ》なことをつぶやきそうだ。外にひびく雨音が、沈んだ気分に拍車をかけていた。

「ついこのあいだまで、ふたりでウィーンに行っていたんだ。凄腕《すごうで》の医者がいると聞いたからね。だが、結局は前に聞いたような話しか聞けなかった。暗い旅だったよ」

また〝お気の毒だわ〟と言ってもいいところだったが、いいかげん短い返答ばかりくり返すのをやめなくては。気の毒に思っているのは事実だ。ただ、心が広かろうと狭かろうと、かつて結婚まで考えた男性と語りあうには、あまりにつらい話題だった。「さぞ気落ちしたでしょうね。お察しするわ」

「ああ」アーサーがこちらをじっと見た。「だから、ここに来たのかもしれない。きみなら理解してくれると思ったからさ、リリアン」

「そんなことはないわ」リリアンは無理にほほえんだ。「知るのと理解するのとは、まったくちがうもの」

「かもしれないな」

打ちひしがれた声に、リリアンは思わずたじろいだ。自分にあんなことをした相手でも、やはり傷つけるにはしのびない。「奥さまときちんと話しあおうとは思わなかったの？」

建物のひさしからしたたり落ちて窓を打つ雨の音が、にわかにやかましく感じられたのは、室内に沈黙が立ちこめたからだ。しばらくたって、ようやくアーサーが口を開く。「いや」

「奥さまは、そういうことに……」どう言いおえればいいかわからなかった。これまでかたくなに社交行事への参加を避けてきたのは、ひとつにはレディ・セブリングと顔を合わせたくなかったからだ。こうして話題にしていても、胸中はおだやかでなかった。

「無知かって？」かわりに言いついだアーサーの声はやさしく、うつろだった。「強情ではあるが、知識にとぼしいわけではないよ。だから、もし話をすれば、きみとの結婚をあきらめたのが、ほかでもない愛のためだったということを勘ぐられてしまう。妻はひどく嫉妬深くてね。きみの名前を出されたことも、一度や二度じゃない」

「奥さまがわたしに嫉妬するなんておかしいわ。だって、わたしは捨てられた側だもの」

アーサーがこちらを見た。「おかしくはないさ。ぼくが愛した女性は、きみひとりだから」

〝でも、わたしが望んだような形では愛してくれなかったわ〟

リリアンはワインを置いた。ほんとうは飲みたくなかったから。「これから、どうなさるつもり？」

「このまま妻が身ごもらなかったら？」おもしろくもなさそうな笑い声が返ってきた。「わからないな。正直なところ、わからないんだ、リリアン」言葉を切って頭をふり、深々とため息をつく。「妻のベッドに行くのがいやでたまらない。これ以上、熱心なふりはできないよ。だが、努力をやめたら妻はぼくを憎むだろうし、その理由を知れば、もっと憎むだろう。ペネロペと結婚するべきじゃなかったよ」

同意したくなるのは、執念深さのあらわれかしら？　そうかもしれない。せっかく四年もかけて、相手を許したのに。「あなたは誰とも結婚するべきじゃなかったのよ」

「ぼくには爵位と財産がある。義務なんだ。父もそれを望んでいた」

反論しようと思えば、いくらでもできた。誠実さ。高潔さ。神聖な誓い……けれど、自分たちが属する上流社会の枠組みを知りつくすリリアンには、彼の立場も痛いほど理解できた。

「決められた道をはずれて生きるには、なみはずれた勇気がいるものね」

乾いた笑みに口もとをゆがめつつも、アーサーは目をそらさなかった。「言っておくが、きみに話すのも、かなり勇気がいったんだよ」

「奥さまに対しても、同じ勇気をふるい起こすべきかもしれないわ」

「そして、実は女性に興味がないと打ち明けるのかい？　何かにつけて、疲れたとか酔いすぎたといってベッドをことわったのは、妻を求めていなかったからだと？　無理だよ。三年いっしょに暮らして、ペネロペに受け入れるだけの度量がないのはよくわかった」

「わたしには、あったの？」

「あったさ」アーサーがやさしく答え、うつろな顔で立ち上がった。「ぼくはここに来るべきじゃなかった、そうだろう？」

彼が去ったあと、リリアンは座った場所を動かず、テーブルの端《はし》と端に置かれたふたつのワイングラスを見ていた。

どちらも半分ほど空《から》になっているのが、なんとも象徴的だった。

こんな人生には、ほとほと疲れてしまった……。

17

雨のせいかもしれない。

挑発されたせいかもしれない。

あるいは、あの娘自身のせいかもしれない。

〝三番めだ〟と胸のうちで答えながら、どうやって目的を達しようかと考えをめぐらせる。最初の関門はなんなく突破できた。裏庭の壁を越えるなど朝飯前だ。問題は、いかにしてセシリーの寝室を探し出し、そして中に入るかだ。

屋敷の壁に蔓草を這わせる英国の習慣のおかげで、二階に登るのにも苦労はせずにすみそうだったが、公爵や、敵意むき出しだった兄、あるいはエリナーの寝室に飛びこむのだけは避けたかった。

そこでジョナサンは、暗い庭に立って考えつづけた。人でごった返す舞踏室よりも、はるかに快適な場所だ。湿った土や雨を浴びた蔓草の匂いは、どんなに高価な香水よりもかぐわしく感じられた。

セシリーは、さっきの問いに返事をくれなかった。何がなんでも、返事をもらわなくては。

〝結婚してほしい〟

考えてみれば、あれは問いではなかったかもしれない。むしろ宣言に近い。自分が求めるものを提示したのだ。だが、セシリーが何を求めるかは、まだ確かめていなかった。だからジョナサンは待った。びしょ濡れの不快感もそっちのけで。戦士たるもの、待つことには慣れている。ニューイングランドに比べればここの天候はおだやかだし、服が濡れそぼっていても、気分は晴れやかだった。水滴をしたたらせる常緑樹の陰にうずくまりながら、彼女はことわったわけじゃない、と思いかえす。正反対だ。誘惑されるのを待っているのだ。

未来の妻には、自分が勝負好きだということを知っておいてもらいたかった。まして、こんなに魅力的な賞品をちらつかせられたら、放っておけないということを。

彼女もきっと、自分が何を言ったかわかっているにちがいない。

心の隅には、すでに彼女を勝ちえたという確信があった。同時にもっと原始的な、いますぐ獲物を手に入れたいという欲望もあった。人前で初めて彼女を腕に抱いた、たった一曲のワルツは、自制心を試すいい機会になった。

舞踏会にはエディントン公爵の姿も見られた。あのあと、ひと足早く帰宅したか、あるいはクラブにいるか……。ロデリック・フランシスはまだ帰宅していないが、別に意外ではない。金に困っていない、遊びたい盛りの若い貴族ならば、明け方まで家に帰らないのがあたりまえだからだ。となれば、明かりの灯ったふたつの窓のうちどちらかが、めざす部屋ということになる。この家には未婚の娘がふたり。まちがった相手の寝室に踏みこむのは、男が絶対に犯してはならないあやまちだ。

攻撃をみごと成功させるには偵察が欠かせない。片手を壁にのばし、蔓草の強度を確かめたうえで、ジョナサンはじりじりと壁を登りはじめた。煉瓦がいい足がかりになり、蔓草もところどころ手首ほどの太さがあるので、登攀《とうはん》は苦でもなかった。ほどなく、ひとつめの窓の外の出っぱりに足をかけ、レースのカーテンの奥をすかし見る。室内は静かで、ベッド横の小卓にひとつ灯ったランプの明かりで見るかぎりでは、誰もいなかった。ジョナサンはブーツの内側から細長いナイフを抜き、窓の内側にすべり込ませて、手ぎわよく掛け金をはずした。

窓枠から片足を入れたとたん、ここはセシリーの寝室だとわかった。すっかり覚えてしまった彼女の香りが、ふわりと誘うようにただよってきたからだ。ブーツを脱いで、壁の出っぱりにそろえて置き——雨に濡れて履き心地は悪くなるだろうが、別にかまわない——、やわらかな絨毯《じゅうたん》の上をはだしでそろそろと進む。ベッドには淡い黄色の天蓋《てんがい》が吊《つ》るされ、同じ色の覆いがかけてあった。化粧台にはクリスタルの瓶が数本並び、部屋の隅には木製の衣装だんすが鎮座し、そこかしこに、天蓋と同じ色の絹を張った安楽椅子が置いてある。炉棚に、金髪の巻毛の幼児を描いた絵が飾ってあるのに目をとめたジョナサンは、またしても、ふたりの子どもは金髪碧眼なのか、黒髪で浅黒い肌なのかを考えずにいられなかった。

ほんの数カ月前、なりたくもない新伯爵として、亡父の遺産を引き継ぐためにこの地に降りたったときの自分とは、まるで別人のようだ。あらぬ箇所にシャンパンを浴びせられたエディントン公爵令嬢を助けたのを機に、英国滞在の意味合いがまるきり変わったのは確かだった。

もちろん、いずれこの国を離れたいという気持ちに変わりはない。そのことだけは、彼女にもはっきり伝えておかなくては。自分の体に流れるアメリカの血は、アデラの人生にも大きくかかわってくるだろう。亡き父が息子に英国暮しを経験させたがったように、ジョナサンもまた、アデラの中にアメリカを刻んでおきたかった。それに、ふたつの文化を自由に選びとることで、娘に独立した人生を歩んでほしいと思っていた。となると、セシリーにもふたつの世界を行き来する人生を送ってもらわねばならない。温室育ちの英国女性が、これほど劇的な変化を受け入れられるものかはわからないが……。

考えることは山ほどある。だからこそ壁をよじ登り、寝室にしのび込んだのだ。

妹たちと暮らしはじめてわかったのは、若い娘が夜ふけに集まってあれこれおしゃべりしたがるということだった。男たちが会員制のクラブに集まって一杯やりたがるのと似たようなものだ。くり広げられる会話の種類が同じかどうかは疑問だが、男も女も、噂話を好むことに変わりはない。ほかの部屋はことごとく明かりが消えていたので、セシリーはおそらく姉の部屋にいると思われた。

片隅の壁に寄りかかる。濡れたズボンでうっかり腰かけたら、上質の家具を台無しにしてしまいそうだからだ。やがて、寄りかかった花模様の壁紙も汚れてしまうと気づいてシャツを脱ぎすて、濡れた布を磁器製の洗面台にかけた。そのあとでふたたび暗がりに戻り、待つ体勢になった。セシリーの前で忍耐力がないと言ったのは、真実でもあり、いつわりでもある。獲物が目の前に見えていれば、いくらでも辛抱できるのだから。

世界には、待つべきものがあるということだ。

寝室に戻ってきたセシリーは、まだ気分が落ちつかず、眠れそうになかった。けれど姉から、おしゃべりをする気分ではないとはっきり言われたのだから、しかたない。

波瀾万丈の舞踏会で、セシリーは姉がドゥルーリー子爵と話しているのを見かけた。もし見かけなくても、いずれ噂が耳に入っただろう。今夜おしゃべりする気になれないのも無理はないと知りつつ、セシリーは傷ついていた。こんなに仲よしの姉妹なのに、子爵の件だけ打ち明けてくれないのはなぜだろう？

〝男の人がかかわってくると、なんでもややこしくなるのね〟むかっ腹を立てながら、部屋着を脱いで床に落とす。ジョナサンとドゥルーリー子爵のどちらが、よりわずらわしいかは決めかねた。

「まだ、話が終わっていなかっただろう」

セシリーは勢いよくふり向き、息を呑んだ。まさか自分の寝室で、あの低い声を耳にするとは。

〝ジョナサンだわ〟頭が真っ白になって息もできない。これで答が出た。ジョナサンのほうが、ずっとわずらわしい。いったい、ここで何をしているの？

部屋の隅に立ち、むき出しの胸の前でたくましい腕を組むジョナサンが身につけているものといえば、ぐしょ濡れで破廉恥なほどぴったりと肌に張りついたズボンだけだ。暗がりだとひときわめだつ長身、肩にこぼれ落ちる濡れ髪。まともな方法で屋敷に入ってきたのでないのは明白だ。裸同然の男が寝室に隠れているなど、セシリーにとっては生まれて初めての体験だ。もし誰かに見られたら、たいへんなことになる。

もちろん、彼と結婚するなら話は別だけれど……。

こんなときでさえ、想像しただけで心が浮きたった。

「どうやって入っていらしたの？」時間かせぎに訊ねたのは、薄いナイトドレス一枚しか着ていないことに気づいたからだ。あわてて布をかき合わせ、両腕で胸を隠す。

彼も気づいていた。その目がゆっくりと身体を眺めまわす。「窓からさ」

見ると確かに、窓が開いていた。煙突から立ちのぼる煙の匂いと、湿っぽくさわやかな雨の匂いが室内に流れこんでくる。簡潔な返答が、いかにもジョナサンらしかった。「屋敷の壁をよじ登ったということ？」

「苦でもないさ」

「覚えておくわ」セシリーは窓に歩みより、そっと閉めた。「もし、さしつかえなければ」ふり向きながら小声で言う。霧雨で、ドレスが湿っていた。「なぜここにいらしたか教えていただけないかしら、伯爵《マイ・ロード》」

「わかっているはずだよ、お嬢さま《マイ・レディ》」ジョナサンが礼儀正しい口調を真似てみせる。「さっき言ったとおり、ダンスフロアでの話がまだ終わっていないからさ」

せめてきちんと服を着ていてくれれば、すらすら答えられるのに。いまのセシリーは、赤銅色の胸板に目を釘づけにされていた。くっきりとした筋肉の美しさといったら……。「ずいぶん劇的な登場ね」

「こんな時刻に正面玄関から訪ねてきても、どうせ話をさせてもらえないだろう?」

「もっとふつうの時間にいらっしゃれば……」

「だが、それまで待てないとしたら?」ジョナサンが組んでいた腕をとき、暗がりから一歩こちらに近づいた。

わたしがまいた種だわ。彼の瞳を覗きこんだとき、それがわかった。誘惑できるものならしてみろと挑んだのは自分のほうだ。ジョナサンが唇の隅だけで笑い、薄手のナイトドレスに視線をさまよわせる。上半身裸で、濡れた髪を肌に張りつかせているようすは、あだ名どおり野蛮そのものだった。「ジョナサン……」彼が近づいたぶん、セシリーはそっと一歩下がった。

「なんだ?」

「こんなの……考えられないわ」さらに一歩下がろうとしたが、もうあとがなかった。それに、実をいえば彼よりも、自分自身のほうがこわかった。

漆黒の眉が片方つり上がる。「だったら何を考えていたんだい、かわいい英国淑女さん? キスしたときの感触か? だとしたら奇遇だな。ぼくも同じことを考えていた」

「こんなことをしたら、身の破滅だわ」ささやくような声しか出なかった。正直なところ、自分を落ちつかせるために言っただけなのかもしれない。

身が目の前にせまってくる。警戒すべきなのに、セシリーの胸中には甘やかな期待が広がっていた。
「なるべく静かにしよう」彼がまた一歩前に出た。さっきよりも大胆に。むき出しの胸と長
「父が家にいるのよ」
「人に見られればの話さ」

数時間前、ワルツの最中に結婚を申し込まれてからというもの、もし承諾したら……という思いにとりつかれていたのだ。オーガスティン伯爵夫人になるかどうかは関係ない。莫大《ばくだい》な財産も関係ない。彼の出自も、まがまがしいあだ名も関係ない。ただ、彼の妻になるという想像だけが、頭の中でぐるぐる回っていた。

ジョナサンが頰をゆるめる。「きみは、できるか？」

「何をできるかですって？」セシリーは目をまるくした。あまりの近さに息が止まりそうだ。

「静かに、さ」まばゆい笑みと、やさしい声が返ってきた。

どういう意味なのかわからなかったが、彼の瞳が不穏に光るのを見ると、鼓動が速くなった。心臓が高鳴り、肺に空気をとり込めずにいるのだから、めまいがするのも当然だ。

「ジョナサン、わたし……」

「ためしてみようか」ジョナサンがいっきに距離を詰めた。あまりにすばやくて反応もできないうちに、セシリーを抱きよせて唇を重ねる。

いままでとはまったくちがうキスだった。飢えたキス。熱っぽく、少々手荒に、執拗《しつよう》に唇

をむさぼられ、きつく抱きしめられ、舌の動きに翻弄されるうち、期待に身体がふるえだすのを感じる。さっき、暗がりに立つ長身を見つけたときからわかっていた。彼は結婚への承諾だけを求めているのではない、セシリーを求めているのだと。

自分も同じことを望んでいたのかもしれない。決断を聞くのではなく、奪われたいと。なぜなら、いまのセシリーに迷いはまるでなかったから。なぜこんな気持ちになったのかはわからない。まっとうなレディなら、寝室に入りこんだ男を大目に見たりはしないはず。でも、そもそもまっとうなレディは、男の馬車に乗りこんでパーティをぬけ出したりもしないし、婚約の茶番劇を仕組んだりもしないだろう。

公爵の娘であろうとなかろうと、自分はレディにはほど遠いのかもしれない。

〝彼はイングランドに住みたがっていないのよ〞理性の声がささやいた。〝そこをよく考えたほうがいいわ。娘がいること、その母親と結婚しなかったことも。いったい何があったのかしらね？　ジョナサンにかぎって、責任から逃れるとは思えないけれど……〞

でも、いまは熟考している場合ではない。

いまは……そう、いまは情熱的な甘いキスのための時間だ。ぴったりと体を寄せていると、彼の下半身が固くなっているのまでわかり、セシリーのなかに小さなおののきと、はげしい興奮が走った。むき出しの荒々しい感覚。けれど、それこそがジョナサンなのかもしれない。彼の体にしみ込んだ雨と夜風の匂いが、なつかしい田舎暮しを思いおこさせる。

長い、意志を秘めたキスだった。まだ若く経験不足で、生まれて初めての恋にとまどってばかりのセシリーにも、征服し、支配し、独占するためのキスであることは伝わってきた。彼の舌が変幻自在に動く。侵入し、なぶり、暴れまわったかと思えば、次はやさしくいつくしむように、さまざまに角度を変えて、口の動きでセシリーをくどく。

子どものように軽々とかかえ上げられたとき、行き先はベッドしかないとわかっていた。ふたりの将来に関する質問に、これ以上はっきりした答もないかもしれない。

彼にしがみつくうち、やわらかなマットレスが背中を受けとめ、ベッドに降ろされたことに気づく。息がはげしくはずんでいた。むき出しの上半身をうっすらと湿らせた彼が覆いかぶさり、喉もとにくちづけると、黒髪がばさりとたれ下がった。「もし止めたいなら」素肌に唇をつけたままささやく。「そうしてくれ」

「止めたくなんてないのは、わかっているでしょう」セシリーはささやき返した。

ふたたび唇が重ねられた。燃える瞳とは裏腹に、そっと、やさしく。やがて頭をもたげた彼が、こちらを見すえた。「そう言ってくれる気がしていたよ」

18

誘惑なら前にも経験があった。ごく軽い気持ちで、失敗を恐れず――もちろん、このての駆け引きで失敗したためしはないが、相手を落とせるかどうかがこれほど重要なのは初めてだった。これまでの相手は、最初から乗り気の女性ばかりだった。動機はさまざまで、たとえばジョナサンの外見だったり、身分だったり、財産だったり……あるいは名高いベッドの腕前だったり。

今夜の相手は、これまでの遊び相手とはまるでちがう。

目の前に、セシリーのしなやかでなやましい肢体《したい》がある。純白のナイトドレス一枚では、美しい胸のふくらみや、脚の合わせ目の小さな茂みを隠しきれない。長い金髪が、ほっそりした肩のまわりにたゆたい、美しい顔を囲んでいるのを見ると、ジョナサンはたまらなくなって指をさし入れ、絹糸のようななめらかさとぬくもり、蠱惑的な香りを楽しんだ。長い睫毛にふちどられた瞳が、かわいらしい困惑とともに、まごうかたなき欲望をたたえている。

すました英国貴婦人の顔の下に、生来の色気がひそんでおり、手ほどきひとつで花開くことは、最初からわかっていた。ジョナサンは彼女を求め、彼女もジョナサンを求めている。

完璧な組みあわせだ。ジョナサンは一本指で下唇を軽くなで、非の打ち所のない曲線をなぞった。

ジョナサンの下半身は、一刻も早くといきり立っていたが、理性は焦るなと押しとどめていた。彼女はようやく同意を示したところだ。こちらからも何かを返し、性欲を満たしたいだけではないのだと伝えたい。彼女の耳もとに息を吹きかけて言う。「初めて会ったときから、このときを夢見ていたよ」掛値なしの本心だった。

だからこそ、蔦《つた》のからまる壁をよじ登ったし、これまでの人生の一部分をあきらめて結婚を決意した。すべてをあきらめたわけではないが、犠牲を払う覚悟があるということだけは、伝えておきたかった。

セシリーが頬にふれてきた。「わたしも同じよ。でなければ、こうやって歓迎しないわ」

ほんとうに？　ジョナサンは心動かされた。一歩、また一歩とのめり込んでいくようだ。

「もっと先がある」唇をふれあわせ、軽くついばんでから離れる。「ふたりの子どもまで思いえがいていたんだ」

こんな重要なことを口に出すとは、われながらおどろきだったが、真実にはちがいない。セシリーは妻になる女性だ。妥協するつもりはなかった。男女にとって肉体の欲望はたいせつだが、それは人生のごく一部分にすぎない。

魂の結びつきも、同じくらいたいせつだった。

セシリーの瞳がきらきらと光り、声が低くなった。「ジョナサン……」

「どうだろう」いまにも燃え上がりそうな肉体をせいいっぱい抑えつつ、ジョナサンは言った。「話はこれくらいにしないか。あとでまたゆっくり話しあえばいい」

たとえ慎み深い言葉を返そうにも、男の手に胸のふくらみを包みこまれては、何も言えないはずだ。薄布の上から乳首に親指をあて、くるりと円を描く。セシリーが息をはずませ、単純な愛撫ひとつにもうれしげに背をそり返らせた。

よし。ベッドの相手は積極的なほうが好ましい。初めて腕に抱いたときから、彼女が美しいだけでなく、美しい反応を示す娘なのはわかっていた。「まずは、これだ」ナイトドレスの胸もとを留めるリボンをほどき、肩まで引き下げると、象牙色の肌と、張りのある胸があらわになった。想像どおり、息を呑むほどの美しさだ。セシリーが腰を浮かせ、ナイトドレスを足から引きぬく動きに協力する。こちらを信頼しきった態度にジョナサンは打たれた。それに、恥じらいと女らしい高揚感をたたえてこちらを見つめる、稀有《けう》な黄褐色の瞳にも。

女性の理想型だ。しなやかな手脚、なめらかな曲線、ふわりと広がる金髪……。

理性を失ってしまいそうだ。いや、シャンパンを浴びた彼女を紳士らしからぬ方法で助けたあの瞬間から、理性を失っていたのかもしれない。もはや、あらがうつもりはなかった。

指先で、ぴんと張りつめた乳首にふれる。「極上だ」

「あなたを、まだ見ていないわ」両手でシーツをつかみながらも、セシリーは体を隠そうとしなかった。あざやかに頰を上気させているのを見れば、布を引っぱり上げたくてたまらないだろうに。顔だけでなく全身を上気させ、たかぶった女性の匂いと薔薇の香りを立ちのぼらせている。ジョナサンの下半身はさらに硬直を増した。

これ以上あおられたら、おかしくなってしまいそうだ。ベッドを降り、膨張しきった局部に手こずりながら、ズボンの留金をはずす。彼女の視線が痛いほど意識された。しまいには引きはがすようにして脱ぎ、蹴りとばす。そのあとでベッドに戻り、いきり立つ男性自身にセシリーがおびえないよう、そっと覆いかぶさって、唇やまぶた、耳のうしろにそっとくちづけた。「これで、ぼくが見えるだろう」とささやく。「きみへの欲望に燃えているのが見えるだろう。どうかこわがらずに、楽しんでほしい」

ほっそりした指が背中をなでた。「こわくはないわ」甘くやさしいキスの合間にたどたどしく言う。「ただ、どうすればいいのか知らなくて」

ジョナサンは思わずにっこりした。「知らなくてもいいさ。自然の力にまかせればいい。自分の本能を、信じられないのかい？」

しどけなく横たわり、瞳を蜂蜜のようにとろりと潤《うる》ませたセシリーが、かぶりをふった直後に息を呑んだ。ジョナサンがてのひらで肋骨《ろっこつ》をなで上げ、むき出しの乳房にふれたからだ。

「だって、わたしは……」

「異教徒じゃないから？」ジョナサンは皮肉ってみせたが、生まれ育ちのちがいをいま論じるつもりはなかった。なにしろいまは、望んでやまなかったものを手中にしている――正確には、弾力のある乳房を手中におさめているのだから。

「そんな言葉を使うつもりはないわ。ああ、ジョナサン……」愛撫に応えて背中をそらせる彼女の姿は、たまらなく刺激的だった。

かがみ込んで乳房に顔を寄せると、彼女は話をやめたが、そそり立った乳首に片方ずつ舌を這《は》わせ、ついばみながら、ジョナサンはいまの言葉の正しさを実感していた。

彼女なら、〝異教徒〟などという言葉はけっして使わないだろう。

混血をさげすむ意識はセシリーの中にない。比類なき美しさはもちろんとして、そのことがわかっていたからこそ、彼女を愛したのかもしれない。

ちょっと待て。愛しているのか？　そうだ。すべての答が出た気分だった。混みあった舞踏室での出会いに始まり、燃えるようなキス、あの黄金色の石と同じ色の瞳……。

自分はセシリーを愛している。入り乱れる思いを整理しようとこころみながら、甘い柔肌《やわはだ》を心ゆくまで味わうのは至難のわざだった。考えるのは、少しあとでもいい。そう、もう少しあとで……。

いまは、きちんと彼女を征服したかった。

「何も心配しなくていいよ。信じてくれ」指先で腰のまるみをたどり、乳房を口にふくんで桃色のいただきを舌でころがす。「空腹をかかえて、やっと食事にありついたような気分だよ。きみはとても……美味だ」

セシリーの指がジョナサンの髪をまさぐり、奉仕に応えて体がわなないた。「ああ……」

「ぼくにまかせてくれ」安心させるようにささやいたものの、キスをしながら腹部へと唇を下げていくときは、こちらのほうが息を乱していた。やさしく脚を開かせ、女性をもっとも早く満足させられる手順にとりかかる。彼女の協力さえあれば、とても簡単な方法だ。ただ、純真無垢な娘には抵抗があるかもしれない。内腿に手をかけただけで、細い体がにわかにこわばったところを見ると、たやすくはなさそうだった。

「きっと気に入るとも」声をかけながら、サテンのようになめらかな内腿にくちづける。「力を抜いて。信頼してくれると言っただろう？　恋人はお互いを信じるものだし、妻は夫を信頼する、そうだろう？」

「まだ、あなたと結婚するとは言っていないわ、オーガスティン伯爵」

見すごせない問題だった。だが彼女の性分からして、結婚するつもりがないのに男と裸でベッドに入るなどありえない。ジョナサンはにやりとした。「そうだったかな？」親指で襞《ひだ》の合わせ目をさぐると、彼女がまたわななないた。

文句なしだ。体のすみずみまで。

「だめよ」かぼそい声が出た。

「きっと説得してみせると言ったら、傲慢すぎるだろうか」やわらかな茂みに軽くキスしてから、指先でそっと襞をかき分ける。やがて、敏感なピンク色の蕾《つぼみ》が姿をあらわした。ここを刺激すれば、彼女は天に舞い上がれるはずだ。セシリーが身をよじらせて逃れようとしたが、ジョナサンは両手で腰をつかんで押しとどめた。「あわてるのは早い」優美な膝の裏側を舌でくすぐる。「まだ、始めたばかりだから」

まったく未知の世界ではあっても、彼がしようとしていることははっきりわかったので、セシリーは小さな抗議の悲鳴をあげた。ふるえる腿のあいだに、ジョナサンが口を近づける。

これほどあわてたのは初めてだった。

なんて破廉恥なの。

下品のきわみじゃないの。

でも、こんなにすてきだなんて……。

官能のさざなみが全身に走り、〝快楽〟という言葉のほんとうの意味を教えてくれた。自分の体に何が起きているのかわからないけれど、どうにも抵抗できない。セシリーはいつしか目をとじ、こんな屈辱を許してはいけないとみずからを叱りつけつつ、どうかやめないで、と心の中で彼に懇願していた。漆黒の髪が内腿をかすめ、力強い両手が腰をつかみ、舌が淫《みだ》らに動いて……。

歓喜がずきずきと脈打ちはじめると、セシリーはたまらず、幅広の肩をつかんで、不埒《ふらち》きわまる行為を止めさせようとしたが、口から言葉が出てこなかった。かわりに、小さなあえぎ声が立て続けに漏れた。恥じらうべきところなのに、いまはそんな余裕さえなかった。

薄い層を一枚ずつ重ねていくように、じょじょに快感が積みかさなり、頂点をめざしていくのがわかる。セシリーはいつしか慎みも忘れて脚を大きく広げ、淫らな愛撫を進んで受け入れていた。やがて熱風がまき起こった。火花やまばゆい光が飛びかい、信じられないほどの快感が駆けめぐり、鮮烈でいてどこか素朴な絶頂が、セシリーをとろとろに溶かした。まじりけなしの歓喜が次から次へとつき上げる感覚は、いままで想像もしなかったものだった。

人生が、がらりと変わってしまいそうな気がした。

「しーっ」ジョナサンがキスをした。恍惚《こうこつ》の波間をたゆたっていたセシリーは、唇が重なるまで、彼が体勢を変えたことに気づかなかった。大きな体がのしかかり、黒髪が頬をくすぐっている。「静かにすると約束したじゃないか」

いまにも笑いだしそうな声。けれど怒るには、セシリーは陶然と酔いすぎていた。

わたし、声をたてたの？　まったく気づかなかった。当惑さめやらぬうちに、彼が脚のあいだに腰を割りこませ、こわばったものを秘所にあてがって侵入を始めた。

夜ふけの寝室にジョナサンを見いだし、ふたりきりで向かいあい、一糸まとわぬ姿で抱きしめられたことに、これほど圧倒されていなかったら、もっと恐怖を感じたかもしれない。けれどいま、肉体をじわじわとつらぬかれながら、セシリーは彼の首すじにすがりつき、たくましい肩に顔をうずめて、容赦《ようしゃ》ない侵略にあらがうまいとつとめていた。

そのとき、彼が何か言った。短く、いままで聞いたことも習ったこともない言語で。生娘のしるしが破られるとき、刺すような痛みが走ったが、それも夏の通り雨のようにほんの一瞬で消えうせ、ほどなく彼の分身が体内をいっぱいに満たしたのがわかった。

熱い、燃え上がるような感覚。未婚の娘がこんなことをしてはいけないと思ういっぽうで、ジョナサンが結婚を望んでいる――父に懇願さえしてくれた――以上、何も悪くはないと反論する自分がいた。

いい、いい、こんなこと。

彼が腰をうしろに引いたあと、ふたたび深々とつらぬき、太腿を腰で押しひらく。初めて体験する力強く原始的な動きは、セシリーの理解を超えていた。素肌と素肌がこすれ合う感触や、抱きしめてくれる腕、漆黒の瞳のかがやきだけではない……ジョナサンがするどく息を呑む。運命の舞踏会で出会って以来初めて、彼は無防備に見えた。

「セシリー……」表情がこわばっている。「きみにもちゃんと楽しんでほしいんだ。どうか、つらくないと言ってくれ」

「つらくないわ」ぴんと張りつめた背中の筋肉も、彼の動きかたも、内部の微妙な摩擦《まさつ》も好ましかった。「ほんとうよ」と小声で念を押す。まだ快感とまでは言えないものの、苦痛ではなかったし、しだいによくなっているのは確かだった。

「よかった」ジョナサンがかすかに口もとをほころばせた。動きにつれて黒髪が揺れ、セシリーの顔をくすぐる。「なにしろ、ここまできたら、たとえ北風に耳打ちされても止まれないから」

何を言われたのかわからずとまどっているうちに、先ほどと同じ興奮がこみ上げてきた。急激な上昇への序曲かのような、甘いおののき。最初はちらちらと、夜明けの空に見えかくれする曙光《しょこう》のようにあらわれ、ジョナサンの抜きさしにあわせて大きくふくれあがってゆく。やがて彼がなかば目をとじ、こちらの顔を見つめながら、腰の動きを速めた。

「ああっ……」セシリーは力こぶの浮いた二の腕にすがりつき、強烈な摩擦に身をふるわせた。なぜこんなにすばらしい行為を、人はひた隠しにしたがるのかしら。もし誰もが知っていたら……イングランドには生娘がいなくなるかも……。

ふいに、目の前であざやかな色彩が炸裂《さくれつ》した。セシリーは恍惚のきわみで気を失いかけながら、おぼろげに、ジョナサンが抱きしめた腕に力をこめたあとでぴたりと動きを止め、低くうめきながら、つながったままの男性自身を脈打たせるのを感じていた。

すべてが終わったあと、セシリーは息もたえだえに横たわり、いま起きたことを理解しようとつとめていた。快感、小さな痛み——ありがたいことにすぐ消えた——、こちらのかよわさを見せつけられるような彼のたくましさ、そして、彼が示してくれたこのうえないやさしさと心づかい。

そう、彼はほんとうにやさしかった。長い指で髪をすいてくれる動きだけで、それがわかる。頭をもたげてこちらを見下ろしたときの笑みもそうだ。「どうだろう？」

「何が？」まだ頭がはたらかなかった。汗まみれで、息をきらし、肌を密着させ……。

「結婚してくれないか」

セシリーはあっけにとられた。

ジョナサンが目くばせする。「今夜ここに来た理由を忘れたのかい？」忘れたのだとしたら、彼のせいだ。あんな誘惑をするから。

もちろん、彼とは結婚しなければならない。ベッドに両肘をついた彼に、思わせぶりな笑みを向けられなかったとしても、答は決まっていた。

「この国で暮らすつもりはないんでしょう？」かすれた声で訊ねたのは、まだ息が整わず、全身がうずいていたからだ。

「いずれ相談しよう」

〝だめよ〟そんな提案は受け入れられないとわかっていた。なんでも自分で決めたがる父の顔が脳裏をよぎる。「いずれではだめよ」ようやくちゃんと声が出た。それほどセシリーにとって自由はたいせつだったから。「女性を所有物みたいにあつかって、あれこれ指図したがる人と結婚するわけにはいかないわ」

ジョナサンはすぐさま心配をとりのぞいてくれた。小さな笑みと簡潔な言葉で。「きみは所有物じゃない。神からの贈り物だ。いやだというなら、無理にアメリカへ連れていこうとは思わない」

ほっとした。ベッドをともにしたことが、彼の口を経て父に伝わったら、セシリーに選択肢は残されていないからだ。「よかったわ」相手の顔をしげしげと見つめて続ける。「お嬢さんのことは？」

ふたりの肉体はまだつながったまま、セシリーの両手は背中に回されたままだった。その指の下で、にわかに筋肉がこわばった。「アデラ？　どういうことだ？」

「小さな子どものことはよくわからないから……。なついてもらえるかしら？」

「心配は、それだったのか？」ジョナサンがこめかみにくちづけてくれた。ふたたび話しはじめた声は、どこか感慨深げだった。「五歳の子どもになついてもらえるかどうか？　まったく、きみにはほれぼれするよ。答はイエスだ。アデラはきっと夢中になるだろう」

「なぜ、産んだ女性と結婚しなかったの？」

〝ああ、とうとう訊いてしまったわ〟

ふたりの未来のために、どうしても確かめておきたかった。

黒い瞳になんとも形容しがたい表情をよぎらせて、彼が身を離したので、セシリーはがっかりした。引きしまった長身を隣に横たえ、深いため息をつきながら、長い指で髪をかき上げる。すっかり目になじんだ、男らしいしぐさだ。「きみには話しておくのが礼儀だろうな。めったに話さないんだ。ジェームズにさえ打ち明けたことがない」

いとこ同士のふたりが無二の親友でもあるということを、セシリーも知っていた。まだうずく体に当惑しつつ、答を待つ。かたくなに守ってきた秘密を打ち明けてくれるというのに、話のじゃまはしたくなかった。それに、体のすみずみまで彼に見られ――抱かれ、愛撫され――たあとで、いまさら恥じらうのは無意味というものだ。それでもはやり、シーツを引き上げて裸を隠したくてたまらなかった。

「相手がアデラを身ごもったとき、ぼくは二十三歳だった。メイフェアほどではないにせよ、ボストンにも上流階級という観念はある。英国の伯爵の息子ということで、ぼくはそれなりに注目されていた。嘘をついてもしかたないが、女性にも」皮肉っぽい笑みが浮かんだ。「彼女が人妻だとは知らなかったし、正直なところ、一度きりの遊びのつもりだった。ふだんはもっと用心深いんだが」

「用心深い？」セシリーは眉根を寄せた。「どういうこと？」

「遊び相手を身ごもらせない、ということさ」

「まあ。どうやって？」話の本筋に関係ないのはわかっていたが、訊ねずにいられなかった。今夜は何もかも、目新しいことばかりだ。

ジョナサンが軽く笑った。「とことん純粋なお嬢さんだ。だが、説明はまたの機会にさせてくれないか。妊娠を告げにきたジョセフィーヌは、まちがいなくぼくの子だと誓ってみせた。それを疑うつもりはない。たった一度でも、不可能ではないから。最初は途方に暮れたよ。だが彼女のほうから、夫にまったく似ていない子どもを自分の家で育てるのは無理だと言われたら、ほかに何ができる？　ぼくは赤ん坊が産まれるとすぐ引きとって、それからずっとアデラを、きみたちの神とぼくの神に感謝しながら育ててきた。根も葉もないゴシップはきらいだから、自己弁護をするつもりもないが、なぜ事情を説明しないのか、これでわかっただろう。赤ん坊の母親と結婚しなかったわけじゃない。そうできなかったんだ。いま思えば、それでよかったんだと思う。ジョセフィーヌはアディをあっさり手わたしたよ。あの日を境に、自分がおとなの男になったような気がする。現状を変えるつもりはない。毎日、娘がいる喜びを嚙みしめて生きているよ」

さまざまなことがわかった。ジョナサンという人物についても、彼が娘を手もとに置きたがり、やましいそぶりひとつ見せない理由についても。

「早く会ってみたいわ」セシリーは感動もあらわにささやいた。烏羽色の髪を指ですきながら、ためらいがちにほほえんでみせる。「それから、あなたの申し込み……お受けするわ。喜んで」

19

ベッドに入ってから一時間以上たっただろうか。眠気はおとずれず、セシリーとのおしゃべりをことわったことがいまさらのように悔やまれた。屋敷を押しつつむ重くるしい静寂が、よけい不安をかき立てる。とうとうエリナーは、眠りで悩みをごまかすのを断念した。逃げまわっていても、なんの解決にもならない。自分はいつでも率直な物言いを心がけてきた――そのせいで男性に避けられたことも多いでしょう？――し、すべて打ち明ける覚悟はできていた。それに、どうやらセシリーはすでに秘めた想いを勘づいているのではないかという気もしていた。

まさか、そのせいでドゥルーリー子爵の求婚をことわったのでなければいいけれど。道義心と、現実的な分別の折り合いをつけるのはいつでもむずかしい。折り合いをつけかねたエリナーは、妹の部屋の前に立ち、ノックしようと片手を挙げた。

そして、凍りついた。

〝いま聞こえたのは何？〟

押しころしてはいるが、まちがいなく男性の話し声だ。続いてセシリーのかすれた笑い声。沈黙のなか、エリナーが魚のように口をぽかんと開けて立ちすくんでいると、やがて低いうめき声が聞こえた。

さっきのが〝啞然〟なら、こんどのは〝度肝をぬかれる〟だ。妹に、先ほどのよそよそしいふるまいを詫びようと思ってここへ来たはずが、こんな場面に出くわすとは。

妹の寝室にいるのはオーガスティン伯爵だ。ほかの男性なら、妹に歓迎されるはずがない。漏れてくるうめき声から察するに、相当な歓迎ぶりと言えそうだった。

〝まったく、何をやってるのよ！〟

おぼつかない足音が階段にひびいたので、エリナーはあわててふり向いた。神経がぴりぴりと張りつめる。ロデリックがいま帰宅するとは、間が悪いことこのうえない。エリナー自身、ナイトドレス一枚で家族棟の廊下をうろつき、妹の部屋の前に立っているのを見られたら、何をしているのかと詰問されるだろう。まさか真実を告げるわけにはいかない。一瞬、大急ぎで自分の部屋へ駆けもどろうかと思ったが、妹を思う心が勝った。とざされた扉の奥でおこなわれていることを知ったら、血の気《け》の多い兄のこと――いまは酔ってさらに気が大きくなっているかもしれない――、穏便にはすませないだろう。

ジョナサン・ボーンのことは心配しなくてよさそうだった。おのれの身を守る力は十二分にあるだろうから。それに、彼が公爵屋敷にいたとしても、いまの状況からすれば、さほど――常識はずれで破廉恥だとはいえ――問題はない。ただし、ロデリックがかっとなってオーガスティン伯爵に挑むという展開は、なるべく避けたかった。

紳士の常として、ロデリックは挑まずにいられないだろう。

エリナーに言わせれば、オーガスティンとセシリーはいずれ結ばれる運命なのだから、しびれを切らして一線を越えてしまったとしても……まあ、男女にはよくあることだ。いまは、好ましからざる対決を避けるのが得策に思えた。

もし対決したら、伯爵は兄をなんなく倒してしまうだろう。殴り合いであれ、銃であれ、それはゆうに予想できる。

エリナーは大急ぎで進み出た。ナイトドレス一枚で、見るからに眠そうな顔で。兄が階段を上りきったところで声をかける。「ロデリック?」

「おっ……すまない」兄はかなり酔っているらしく、二階の廊下を進む足どりは危なっかしかった。「おまえがここにいるとは思わなかったよ、エリナー」

「眠れなかったの」エリナーはにっと笑った。

「こっちは、いま帰ったところさ」兄がだらしない笑みを浮かべた。

クラヴァットをほどいて、全身から香水とブランデーのすえた匂いをただよわせているのだから一目瞭然だ。エリナーは兄の腕にしがみついた。「ねえ、何か食べ物を探しにいかない? 子どものころ、ちょくちょく台所にしのび込んだのを覚えてるでしょ。コックが作ったミートパイ、まだ残ってるかしら?」

「夕食にミートパイは出なかったぞ」兄は反論しながらも、引っぱられるままに階段へ向かった。

「あら、いつでも作ってるのよ」ほんとうだった。七皿もの豪華なコースをとりしきる女料理人はウェールズ出身で、ミートパイに目がなかった。鮭《さけ》のローストや、さくらんぼのソースを添えた鴨肉《かもにく》、その他もろもろの絶品料理に加え、香ばしくてずっしりしたミートパイは、彼女の得意中の得意だった。

うまくすれば、兄妹が一階の厨房にもぐり込み、パイ屑《くず》をこぼしながらゆっくり空腹を満たしている隙をついて、オーガスティン伯爵が人目につかずに屋敷を去ってくれるかもしれない。朝になったら、かわいい妹に謝罪し、秘密を打ち明けたうえで、レディのたしなみについてたっぷりお説教してやろう。

「そうだな、何か腹に入れておいたほうがいいかもな」ロデリックがつぶやいた。金髪はくしゃくしゃに乱れ、ろれつも回っていない。「そのほうが、朝が楽だものな？」

「わたしに訊かれてもわからないわ。まっとうなレディは、酔っぱらったりしないもの」堅苦しく答えながらも、エリナーの口もとはほころんでいた。

「まったくだ」兄がにやにやした。「セシリーはまだ起きてるのか？　なんなら、あいつもいっしょに……」

「いいえ、ぐっすり眠ってるわ」エリナーは言いきった。兄の命を守るためなら、多少の嘘は許されるだろう。あいにくロデリックは、意識朦朧《もうろう》というほど酔っていないので、扉ごしに聞こえる男の声を聞きのがさないかもしれない。だいじな妹が、伯爵――野蛮であろうとなかろうと――とつつがなく婚約を交わすまでは、自分が守ってやらなくては。それに、夕食の席ではほんの二、三口しか喉を通らなかったので、いまになってひどくお腹がすいていた。千鳥足のロデリックに手を貸して階段を下りたあと、玄関を通りすぎて使用人用の出入口をくぐり、ようやく奥の厨房にたどり着く。子どものころは、ここが大好きだった。塩漬け肉や焼きたてのパン、ほかにもさまざまなごちそうのおいしそうな匂いが、いつもたちこめていたから。

「さあ、座って」きれいに磨かれた大テーブルに面した頑丈な椅子に、なかば無理やり兄を座らせる。「何かめぼしいものを探してくるわ」

食料貯蔵庫をあさると、うれしいことに、砂糖をまぶした無花果《いちじく》のプディングと、ほどよく熟したチーズひと切れ、それに期待どおりミートパイが見つかった。ついでにエールも拝借して、獲物をテーブルの上に広げる。腰を下ろすなりミートパイにかぶりついたエリナーは、この地上に生まれたしあわせに感謝しながら、カップにそそいだ酒で流しこんだ。

ロデリックも旺盛な食欲を見せ、巨大な厨房にひとつだけ灯したランプの明かりに端整な顔を浮かび上がらせながら、もくもくと食べた。次期公爵にあるまじき行儀の悪さでぺろりと指をなめ、にやりと笑う。「実に冴《さ》えた思いつきだったな、エリナー」

ほかの場面でも、冴えたふるまいができればいいのだけれど……。たとえば、ドゥルーリー子爵といっしょにいるときに。今夜を境に、子爵はセシリーをあきらめるだろう。つまり、もし本気で妻を見つけたいなら、ほかの娘に目を向けるということだ。

上品でかわいらしくて、口が悪いと恐れられたりしない、社交界に出たばかりの娘たちに。考えただけで心が沈んだ。最後にもうひとかけらチーズを口に入れると、エリナーは両手を拭いた。ロデリックと子爵が親しいのは知っているので、あえて無遠慮に訊ねる。「今夜はドゥルーリー子爵もいっしょだったの？」

「イライジャ？」兄がエールの容器に目をこらし、首すじを掻《か》いた。「ああ、いたよ。いつもの顔ぶれだ」

「セシリーがオーガスティン伯爵と婚約したから、さぞかし落ちこんでいたでしょうね」できるかぎり平然と、エリナーは言った。別に訊いたっておかしくないわ、子爵がセシリーを追いかけていたのは有名なのだから、と自分に言いきかせる。

伯爵といえば、どうかいまごろは来たときと同じくらい静かに、妹の寝室をぬけ出してくれますように……。

意外なことに、兄はかぶりをふった。「それが、そうでもないんだ。あんなに夢中だったのにな」

「まあ」さりげない反応とはいかなかったが、もう時刻も遅いし、エリナーは動揺していた。ありあわせの食事で空腹は満たされたものの、まだまだ眠れそうになかった。

兄がテーブルごしにこちらを見る。「あいつは、見こみがあるよ」

ああ、困った。じわじわと顔が熱くなる。みんな知っているの？　エリナーは堅い声で言った。「ええ、わかってるわ」

「中身もいい。あえて言わせてもらうが、あいつこそ一流の男だ」

言われなくてもわかっていたが、わざわざ指摘すれば角が立つ。「でしょうね」エリナーは軽く肩をすくめてみせた。

そのとき、みじめな二度めの社交シーズンが始まって以来初めて、目の前に光明がさした。ロデリックがぽろりと言ったのだ。「あいつ、おまえのことを訊いてたな」

どうやら、夢ではなかったらしい。

寝返りを打ったセシリーは、素裸でシーツにくるまっていることに気づいて、あわてて起き上がった。ほどいた髪がくしゃくしゃに乱れている。脱ぎすてたナイトドレスは、部屋の隅の椅子にきちんとかけてあった。ジョナサンがかけてくれたのか、それともすでに女中が入ってきたのか。後者のほうがありそうだった。

なんという失態だろう。

覚悟のうえで無謀なふるまいをするのと、不注意から醜聞に巻きこまれるのでは大ちがいだ。もうすぐ婚約することが決まっていて、ほんとうによかったとあらためて思う。

〃今夜のことで、きみは身ごもってしまったかもしれない〃二度めに愛しあったあと、ジョナサンはささやいた。ふたりが満たされきって手足をからめ、ぐったりと横たわっているときのことだ。初めて女の悦びを知ったばかりのセシリーは、とっさに自分の気持ちを言葉にできなかった。

だから、無言でジョナサンにくちづけた。先ほどの燃え上がるようなはげしさはぬきで、ひたすらやさしく。あとのことは覚えていない。どうやら、そこで眠りに落ちてしまったらしい。

なぜジョナサンは、自分が歓迎されることをあそこまで確信できたのだろう、そんなことを考えながらベッドを降りる。部屋着を見つけてはおり、帯を締めたか締めないかのうちに、扉を叩く音がしたので、あわててふり向いた。

われながら、やましさを絵に描いたような反応だ。

〝わたし、どんな顔をしているの？〟もしかすると、他人がひと目見ただけでわかってしまうかもしれない。セシリー自身、ゆうべ寝室に足を踏み入れた娘とは別人のように思えるからだ。自分は変わってしまった。人生ががらりと変わってしまった。ジョナサンの手で肉体を目ざめさせられただけではない。昨夜、少女から恋するおとなの女へと変身をとげたのだ。もちろん、誰にとっても人生の分岐点となる瞬間だろう。それはわかっていたけれど、まさかあれがあんなに……あんなに……。

エリナーが静かに入ってきて扉を閉めた。けさの姉は、白地に淡い緑の紐穴が並んだデイドレス姿で、金褐色の髪をつややかなシニョンに結い上げている。青い瞳――セシリーが父から受けつがなかったもの――が、まっすぐこちらを見た。「おはよう。気持ちのいい朝ね」笑いたくなるほどふつうの挨拶。そう、確かにすばらしい朝だ。空は雲で覆われているものの、雨はやんだようだった。「いま、何時かしら？」セシリーは炉棚の時計に目をやった。祖母にもらったアンティークで、もとはヴェルサイユ宮殿にあったと伝えられる逸品だ。時針は金線細工、磁器の盤面には繊細な花々が描かれている。どうやら、だいぶ朝寝坊してしまったらしい。ふだんならとっくに起きている時刻だ。肘掛け椅子に広げられたナイトドレスの白さが、やけに目についた。

まるで降伏の白旗のように。そう、ゆうべの自分は彼に降伏した。純潔が戦利品として数えられるならば。

「オーガスティン伯爵は、壁をつたい下りるときに首を折らなかったみたいね」エリナーがつぶやきながら、いまいましいナイトドレスをするどく一瞥し、椅子のひとつにふわりと腰を下ろした。「ありがたいこと。庭で人が死んでいるなんて、どうしようもなく体裁が悪いものね」

セシリーはぎくりとして姉を見た。一瞬、きっぱり否定しようかと思ったが、そんなことをしても意味がない。「どうしてわかったの？」

「眠れなかったのよ」

勘のするどいエリナーなら、妹が部屋着の下に何も着ていないのはお見とおしだろう。きっと声も聞かれたにちがいない。頬のほてりをやりすごし、セシリーは開きなおった。「もともと体裁なんて気にしない人よ」と苦笑を漏らす。「でも確かに、来るときも出ていくときも気づかれなかったわね。少なくとも、わたしはそう思っていたわ。彼がいたことを知っているのが、お姉さまだけならいいけれど」

「眠れなかったから、あなたに無愛想にして悪かったとあやまるつもりでこの部屋の前まで来たのよ。でなかったら、わたしも気づかなかったわ」姉が膝の上で両手を組み、からみ合わせた指をしげしげと見つめた。「来てみたら……すべてがわかったわ」

これ以上に恥ずかしいことがあるだろうか？「実際、どれくらいまで聞こえたの？」

「そのものずばりじゃないわ」答えるエリナーの顔も、かすかに赤らんでいた。「いま言ったのは、あなたが本気でドゥルーリー子爵よりもオーガスティン伯爵を好きだとわかった、という意味よ。たぶん、わたしのために子爵の求婚をことわったんでしょうけど、心から想っていなかったら、伯爵をベッドに連れこんだりはしないものね」

やっと打ち明けてくれた。膝から力のぬけたセシリーは、くたくたとベッドに腰かけた。自分がベッドに連れこんだのではなく、彼に連れこまれたのだと訂正しかけてから、たいしたちがいはないと思いなおしてうなずく。「そうね」

「おかげで、だいぶ気分が楽になったわ」エリナーがしばし、裁判所で審問を受けるような顔になった。やがて、いつもの姉らしくきっと目を上げて言いきる。「あなたが知っているとわかったから」

「ドゥルーリー子爵への想いを？」セシリーはうなずいた。「ええ。もちろん推測だけれど」

はっきり口に出せるのは、なんて気分がいいのかしら。

姉が、袖口を飾る緑色のリボンをもてあそんだあとで、無念そうに言った。「まったく、いつの間にここまでややこしくなったのかしらね？」

「恋ってそういうものなのよ、きっと」

「ええ、そのようね。昨シーズンに初めて会ったときのイライジャ・ウィンターズは、妻を探しているようすなんてなかったのに。わたしはわたしで結婚が決まらなかったけれど、シーズンが終わって田舎の領地へ戻ったときも、人気がないからといって落ちこんだりはしなかったわ。ドゥルーリー子爵はロデリックの親友だから、屋敷を訪ねてきたときに顔を見られると思ったし」エリナーが顔を上げこちらを見た。「実を言うと、子爵がエディントン領に足しげく来るのはわたしに会うためじゃないかと思いこんだ時期もあったくらいよ。ところが、あなたが社交界に出たとたん、彼は大喜びでひざまずいた」

「ひざまずくというほどじゃないわ」セシリーは訂正した。「それに、子爵は自分で思っている以上に、お姉さまに惹かれているような気がするの。だって、わたしよりもお姉さまとふたりきりで話す回数のほうがずっと多いもの」

「あなたの話をするためよ」

「あなたと話をするためよ」セシリーはやり返した。「わたしは口実だったんじゃない？　子爵から熱意を感じたことは一度もないもの。エディントン公爵領で乗馬に誘われたのは、わたしじゃないし」

「セシリーったら……あのときはたまたま厩で鉢合わせしたのよ。紳士なら誰でも、いっしょに乗馬に行こうと誘うでしょう。それに、あなたの言うとおりだとしたら、なぜ子爵は直接わたしを追いかけなかったの？」姉の声がにわかに小さくなった。

ちょっと無理のある説かもしれないが、しばらく前からそんな気がしてならなかったのだ。

「おじけづいていたんじゃないのかしら。自分がどこにでもいる内気な娘でないのは認めるでしょう？　昨シーズン、お姉さまはひどい毒舌の持ち主だという評判を立てられてしまったから、体面を気にする紳士は二の足を踏むでしょうね。それでも気になってたまらないから、わたしをだしに使ったんじゃないかしら」セシリーは言葉を切って苦笑した。「実をいえば、だしともいえなかったわ。花こそひんぱんに届いたけれど、ワルツを踊った回数はお姉さまのほうが多いはずよ。わたしが子爵との婚約に乗り気でなかったのは、ひとつには相手をまるきり知らなかったせいもあるわ。つまり、向こうもわたしを知らないということ。いまとなっては完全に傷がついたふしだらな娘を、妻に望むとは思えないわ」

　エリナーが強く反論した。「傷がついた？　馬鹿言わないで。もしあなたがオーガスティンと結婚しなくても、ゆうべの件が誰かに知られることは永遠にないわよ。わたしは他言しないから」

　妹思いの言葉は心強かったけれど、ジョナサンをあきらめるつもりはなかった。ほかには何もいらないくらいだ。セシリーは小声で言った。「ジョナサンとわたしのことなら心配はいらないわ。いま言ったのは、わたしよりもお姉さまのほうが、子爵と共通点が多いということ。だって、わざわざ意見を訊きにくるんでしょう？　男性が女性の気持ちをそこまで尊重するなんて、めったにないことよ」

「尊重もけっこうだけど、ぜんぜんロマンティックじゃないわ」姉が立ち上がって窓辺に歩みより、てのひらを窓ガラスにあてて曇天を眺めた。「少しは見こみがあると思う？　わたし、どうすればいいかしら？」

　姉のエリナーから助言を受けることは多くても、こうして助言を求められるのはめずらしい。セシリーは慎重に言葉を口にした。「見こみは、おおいにあると思うわ。子爵は結婚相手を探していて、しかもお姉さまを想っているのよ。ひと晩に三曲のワルツに、お庭の散歩に……。もし子爵が煮え切らないなら、こちらから気づかせる必要があるわ。彼が追いかけているのはわたしじゃなくて、お姉さまだって」

「でも、どうやって気づかせるの？」

一線を越えたことで大胆になったセシリーは、笑みを嚙みころしながら姉の豊満な体つきに目をやった。「具体的に言えることはあまりないけれど、いい方法があるわ」

20

セネカには毎日、晴れた日も雨の日も乗っており、けさも例外ではなかった。雨が上がったあとも空はどんよりと曇っていたが、ジョナサンの上機嫌は天候ごときで揺るがなかった。日の出前、寝顔に別れを告げてきた金髪の娘のおかげだ。

だが、この高揚感は好奇心によるところも大きかった。朝食のあとで、リリアンが若々しい水色の乗馬服に身を固めてあらわれ、乗馬につきあってほしいと申し出たのだ。

これほど魅力的な和平の申し出を、誰がことわれるだろうか？　どちらにせよ、リリアンとは婚約の件を話しあう必要があった。キャロラインとエリザベスは、すでに噂を耳に入れているだろうが。

けれど、馬首を並べ、雨に濡れたハイドパークを行儀よく進みながらわかったのは、妹が兄の結婚についてでなく、自分の婚約破棄について話したがっているということだった。

手袋をはめた手で軽く雌馬の手綱をとったリリアンが、静かに口を開く。「ゆうべ、セブリング子爵が訪ねてきたんです」

ジョナサンの巨大な雄馬が、思いきり水たまりに踏みこんだ。「きのうは留守にしていたんだ。まさか、付添人《シャペロン》もなしで会ったりしなかっただろう？」

無表情なまなざしが返ってきた。「彼にはもう傷ものにされたのよ。お忘れになった？

いまさら騒いでもしかたないでしょう?」

正論だった。「忘れちゃいないさ」ジョナサンはいさぎよく認めた。「ただ、社交界に復帰しようといういまは、もう少し慎重にふるまったほうがいいな。それに、エリザベスとキャロラインにとってだいじな時期に、人目を引くおこないを慎んだほうがいいと言ったのは、ほかでもないきみだ」

「あんまり意外だったんですもの」しばしの沈黙を挟んで、リリアンが前を向いたまま神妙な顔で言った。「ずいぶん遅い時刻だったし、誰かに見られたとは思えないわ。彼のほうも、奥さまの耳に入らないように慎重を心がけているはずだから」

非常識な訪問をしたのはジョナサンも同じだったので、セブリング子爵だけを責めるのは不当かもしれない。だが、少なくとも自分には妻がいないし、セシリーと真剣に結婚するつもりでいる。「だといいが」

沈黙が落ちてからの数分間、並んで馬を進ませながら、ジョナサンはじっと待った。乗馬が口実にすぎないのはわかっていたし、とかく他人行儀でとげとげしいリリアンのことを、もっと理解したいと願っていたから。

雲が分かれ、まばゆい日光が降りそそいだ瞬間、リリアンが口を開いた。「彼は、みじめな結婚生活を送っているみたい」

「自業自得だ。いい気味だな」ジョナサンは反射的に言った。セブリング子爵とは面識がないので、リリアンを失意のどん底につき落とした男がどんなにひどい結婚生活を送ろうと知ったことではなかった。

「話を聞いての印象だから……一概には言えないけれど」

「ジェームズの話だと、セブリングは国政の世界に野心をもっているそうじゃないか。その件を言っているのなら、気の毒だが、みずから選んだ道だ。出世のために結婚した以上は、妻が思うような相手でなくても文句は言えないだろう」口をゆがめてみせる。「駆落ちを失敗に終わらせて、きみひとりを醜聞のただ中で苦しませたんだろう。どうあっても、許す気にはなれないな」

「彼なりに、わたしを愛してくれたからこその選択だったのよ」

まったく意味がわからない。ジョナサンは妹をしげしげと見つめた。二頭の馬は道なりに進み、蹄が水をはね返す音だけが、雨上がりの朝にひびいていた。「女性の論理はどうも理解できないな。聞けば聞くほどわからなくなる。いっしょに駆落ちしてくれと頼んだ男が、宿屋で一夜をすごして相手の品位を汚《けが》したあげく、平然と結婚をことわった。これのどこが愛なんだ？」

リリアンがやわらかな下唇に歯をくい込ませたあと、まっすぐ視線を返した。「どうか、誰にも他言しないでいただきたいの」

真剣そのものの口調だ。ジョナサンはいらいらと答えた。「ぼくが一度でも信頼を裏切ったことがあるか、リリアン？　長いつきあいとは言えないが、それくらいはわかるだろう。当然だよ」

「わたしのことはどうでもいいの。ただ、アーサーのことが心配で」

まったく、何がどうなっているんだ？

リリアンがぽつぽつと話しはじめる。「アーサーは、平然と心変わりをしてわたしをロンドンに送りかえしたわけじゃないの。わたしたち、本気で結婚するつもりだったわ……でも、彼が思いとどまったの。ふたりの友情がそれだけ深かったから、わたしをそんな目に遭わせたくないと考えたのよ」

まるでロンドンの朝霧のように、四方が見えない話だ。ジョナサンはぶっきらぼうに訊ねた。「どんな目に遭わせるだって？　傷ものにしたあげく捨てる以上に、どんなひどい目があるんだ？」

リリアンの顔が引きつった。「宿屋に泊まったとき……とうとう打ち明けてくれたの……自分は女性を愛せない……そういう形では愛せないって」

経験豊富なジョナサンは、妹の葛藤をすぐさま理解した。世の中には、男しか愛せない男というものがいる。人々がやっきになって隠したがるわりに、さほど奇異な存在ではないが、日常的に口にできる話題であろうはずもない。妹にかけるべき言葉もなかった。大きな犠牲を払って駆落ちしたあげくに、絶望的な現実をつきつけられたリリアンの落胆は、いかほどだったろう。よもやこんな告白を受けるとは、思ってもみなかった。「たいへんだったな」

かろうじて言葉をしぼり出す。

「ええ、ほんとうに」リリアンが押しころした声で答える。「彼のほうから駆落ちを言いだしたのだから、なおさらだわ。アーサーにしてみれば、親友同士だからうまくいくと信じたかったんでしょうね。土壇場になって良心が痛んだのだとしたら、それはそれですてきなことよ。わたしたち、お互いを純粋に好きだったから。もしアーサーと結婚して――わたしはそのつもりだったけれど――、あとから彼の……性質を知ったら？　そのほうが、もっと傷ついたかもしれないわ」

「つまりだ」ジョナサンはのろのろと言った。「きみは、世間で言われるような意味では傷ついていないというのか？」

「ええ。彼はわたしに手をふれなかったわ。そうしたいとも思わなかったみたい」

恋に燃える若い娘にとって、これ以上残酷な仕打ちがあるだろうか。痛々しい言葉を聞きながら、ジョナサンは相手の男への怒りをあらたにしていた。「そして、きみは非難の矢面《やおもて》に立った」

「ちがうわ」かぶりをふるリリアンの顔は、つらそうだが怒ってはいなかった。「ジョナサン、どうか考えてみて。アーサーは何も言わずにわたしと結婚することもできたのよ。確かに、人生が二度ともとどおりにならないと認めるには勇気がいったけれど、手遅れになる前に真実を告げた彼のほうがもっとたいへんだったはず。アーサーは選択肢をくれたわ。だからわたしは、自分を愛してても求めてもくれない友人と一生をともにするより、不名誉をかぶって生きる道を選んだの」

自分を男として見てくれない女性と結婚したらどうなるだろう。想像するのはむずかしかったが、真実を知ってセブリングへの怒りは少しやわらいだ。それでもなお、口から出た声はとげとげしかった。「だが、向こうは結婚したじゃないか」

「状況がまるでちがうもの。アーサーの爵位だけをほしがった相手よ」

「それが言いわけになるのか？」ジョナサンはセネカの手綱をあやつり、水のしたたるオークの枝を避けさせた。

「わからないわ」リリアンの口が引きむすばれた。「ふたりを裁くことなんてできないもの。ただ、これだけはわかるわ。アーサーは、奥さまの望むものを与えようとしている。わたしはといえば、レディ・セブリングという肩書きだけでは満足できなかった。自分を女として愛してくれる、一生の伴侶《はんりょ》がほしかったの。もし真実を知ったらわたしが絶望すると、アーサーにはわかっていたのよ」

すべてがあきらかになったいま、ジョナサンは、一家の名前を悪意ある噂から守りたいと言いはるリリアンの気持ちを理解しつつあった。それに、妹がなかなか社交界へ戻りたがらないわけも。

男性全般を信じられないのだ。

無理もない。婚約者に裏切られ、父を早くに失ったあげく、海をへだてた大陸で暮らす、半分しか血のつながらない兄の手に未来をゆだねざるをえなかったのだから。「父上には、ほんとうのことを話したんだろうな」

「ええ」静かな答が返ってきた。「しかたなかったわ。アーサーと結婚するようにと強く言われたから、そうできないわけを話すほかなかったの。最後にはお父さまもわかってくれたわ。たぶん、あなたのお母さまを心から愛していて、その後わたしたちの母とあまり幸福でない結婚をしたから、レディ・セブリングとしてアーサーと送る人生のつらさを想像できたんでしょうね」

わたしたちの母。残念ながら、リリアンの言ったことは事実だった。義理の母は美しく上品で、夫が何度となく家をあけてアメリカを訪ねてもとやかく言わなかった。父は多くを語らなかったが、ジョナサンの印象では、三人の娘を得たことを除けば、愛のない再婚を悔いているように見えた。

リリアンの保護者としてはここで、だいじょうぶ、先のことは自分にまかせろ、いずれまた本気の恋ができるから心配するな、とでも言うべきなのだろうが、安易な気休めを口にする気にはなれなかった。

雲の切れ間からふたたび太陽が覗き、斜めにさし込む日光が芝生にあたって、雨粒をクリスタルのようにかがやかせた。「きみの望みはなんだ、リリアン？　教えてくれ」

「誰でもいいから」妹が大きく息を吐き出した。「秘密のない人」

ジョナサンは笑いながらも共感していた。「胸に何ひとつやましいところのない男か？　あいにくだが、それはむずかしいだろうな。ただし、秘密のなかには小さな秘密もあれば、セブリング子爵のような大きな秘密もある。家柄や爵位を考えれば、他人に知られまいと必死になるのも無理はないさ。そういう嗜好《しこう》の人間はほかにもいるが、安心するといい。たいていの男は、女性にしか興味がないから。セブリングを断罪するわけじゃない。ただ事実を述べているんだ。きみはいまでも子爵を友人と考えているようだし、相手もそうなんだろう。でなければ、ゆうべ訪ねてきたりはしなかったはずだ」

リリアンがうなずいたが、父親ゆずりの青い瞳は暗かった。「奥さまが、子どもを身ごもれない体かもしれないんですって」

「ああ、なるほど。英国貴族につきものの、直系の嫡子《ちゃくし》を残さなくてはいけないという課題か」ジョナサンは声に皮肉をにじませずにいられなかった。「そもそも夫婦の務めがいやでたまらないところに、いつまでも子宝に恵まれないとなったら、さぞつらい人生だろうな」

「だから」リリアンが淡々と言った。「わたしが子爵夫人にならなくてよかったと思うのも当然でしょう？」

まったくだ。思えばジョセフィーヌとの過去もひどいものだった。先のことなど考えない束の間の快楽がもたらした子ども。アデラを産んだあと、かつての恋人は一度たりとも娘のようすを確かめようとせず、連絡を絶ってしまった。どんな名前をつけたかさえ、訊ねてこなかった。

ジョナサン自身のことはかまわない。ただ、アデラがいずれ知りたがるだろうと考えると、さまざまな感情が胸にうず巻く。もちろん、憤怒も。少なくとも自分には愛情深い親がいた。父母ともに。

「色恋で痛い目にあったのは、こちらも同じだ」ジョナサンはぽつりと言った。

「わたしと同じくらいひどかったのかしら？」リリアンが苦笑まじりに横目で見る。
「いきさつはちがうが、結果だけ見れば、いい勝負だろうな」

やっと真実を伝えられて、心がすっきりしていた。
なぜジョナサンに打ち明ける気になったのかは、リリアン自身にもわからなかった。ひとつだけ確かなのは、いつの間にか兄に好意をおぼえつつあるということだ。長いあいだ、存在自体を恨んできたというのに。外国生まれの跡継ぎで、愛ある結婚から生まれた幸福な息子だとしか思わなかった相手が、信頼のおける好人物だとわかっただけで、こんなにも心安らぐとは。

誰かに話したいと考えたとき、思いうかんだのがジョナサンだった。そのこと自体がリリアンをおどろかせ、これまでの人生を思いかえさせるきっかけとなったが、予想どおり、兄は騒ぎたてても嫌悪もせずに耳をかたむけてくれ、ゆったりと隣で馬にまたがっている。文字どおり人馬一体となって、黒髪を波打たせ、物思いに沈んだ顔で。
「これでやっと、きみの決断を理解できた」ジョナサンがゆっくりと言う。大きな両手は鞍《くら》頭《がしら》に添えるだけで、訓練の行きとどいた馬を信頼しきっているようだ。「話してくれてうれしいよ」

四年前、これから先は父以外の誰にも生きかたを指図させるまいと決めた。みずから選びとった相手に、とことん痛い目に遭わされたからだ。けれどいま、重荷を少しだけ兄のたくましい肩に引きとってもらったことで、リリアンの心はだいぶ軽くなっていた。低木の横を通りすぎながら、湿っぽい風になぶられて揺れる葉を眺める。「なぜ話したのかわからないけれど、たぶん誰かに聞いてもらいたかったんでしょうね」

「そんなに肩肘張って生きることはないさ」

「しかたないでしょう？」リリアンはやり返した。「あなただって、婚約者に裏切られたあげく親を亡くせば、きっとこうなるわ」

「ぼくも小さいころに母を亡くした」ジョナサンがぶっきらぼうに答えた。「それに、物心ついてからというものずっと、まったく相容れないふたつの文化に片足ずつつっ込んで、どちらにも完全には受け入れられずに生きてきた。仲間はずれという言葉の意味を、ぼくほど知る人間はいないよ」

実感のこもった言葉に、さすがのリリアンも反論できず、茶化す気にもなれなかった。川辺に出るまで、ふたりは無言だった。やがてジョナサンが口にした言葉は、リリアンをひどくまごつかせた。「もっと早く、きみに会っておけばよかった。ぼくが悪いんだ。イングランドに来たがらなかったからね。何度も誘ってもらったのに、父上の忍耐強さにつけ込んで意地を張っていた。故人の名誉のために言っておくが、そのことで叱責《しっせき》されたりはしなかったよ。まだ手遅れでなければ、あのころの身勝手を詫びさせてほしい」

みずからの過去を打ち明けるのに比べれば、兄の謝罪を受け入れるのはたやすかった。自分も兄がイングランドに来たときはけっして喜ばなかったし、相手にも敵意が伝わっていただろう。リリアンはぽつりと言った。「強情さなら、わたしも負けていないわ。見た目は似ていないけれど、中身は通じるものがあるんでしょうね」

「同感だ」ジョナサンがやさしく笑った。

「エリザベスの話だと、エディントン公爵の次女と婚約するつもりがあるとか」リリアンは横目で兄の顔をうかがい、表情を読みとろうとした。

「そうなんだ」

「意外だったわ」

「自分でもそうさ」精悍な顔はおだやかだった。「そんなつもりはなかったから」

「なぜ、気が変わったの？」

「どう答えても的はずれになりそうだな。心を奪われたから、とだけ言っておこうか」

リリアンはレディ・セシリーに会ったことがなかったが、社交界に出なくなったいまも、新聞のゴシップ欄には目を通していた。「申し分ない金髪の、申し分ない美女だそうね」

「どちらも正解だ」

「あなたのほうは、すべて打ち明けてくださらないの？」

「すまない」兄の口もとがうっすらとほほえむ。「ただ、婚約期間はあまり長くないと思う」

それを聞いただけでだいたい察しがついた。これまで兄の幸福を考えもしなかった自分が少しはずかしかった。なんとはなしに、オーガスティン伯爵になって財産や特権を受けつぎさえすれば、誰でも幸福になれると思いこんでいたのだ。

けれど、爵位と富があってもアーサーは幸福になれずにいる。兄にしても、イングランドに着いた当初のふさいだ表情を思いおこせば、あまり幸福でなかったのはあきらかだ。ひとりの女性のおかげで、ようやく心境が変わったのだろう。

要するに、お金や地位がすべてではないんだわ……伯爵令嬢に生まれながら失意のどん底につき落とされた自分が、何よりの証拠だ。裕福でもみじめな人間はいる。美貌でも人気のない娘はいる。ここまでずいぶん苦しんだけれど、いまの自分なら現状と折り合いをつけられそうだった。「おめでとうございます」

「ありがとう」

自分のつらい過去がなければ、求婚を黙っていたことを責めるところだが、その気にはなれなかった。

むしろ、兄のしあわせを喜んでいた。心から。自分の馬を兄のほうに寄せ、ポケットに手を入れる。「これ、あなたの持ち物だと思うのだけれど。アディが見つけて、早く返さなければと気にしていたわ」

てのひらに乗せた石に、ジョナサンの視線がそそがれた。「どこへ消えたのかと思っていたよ」

「アディは、これを魔法と呼んだわ」

「まちがいないな」

「だったら、なぜなくしたの？」

「どこで落としたのかは覚えてないな。もしかすると精霊たちが、ぼくへの役目はもうすんだと判断したのかもしれない。次はきみの番だと。よければとっておいてくれ、リリアン」

リリアンはなめらかな小石を握りしめた。精霊なんて信じられるものですか、と思いつつ。

ジョナサンが静かに言う。「まじめな話さ。だいじにとっておけば、いずれ運命におどろかされるはずだ」

確かに興味深い考えかただったし、石ころに何かの力がやどるとは信じがたいにせよ、兄の気持ちは尊重したかった。「ありがとう」礼を述べてから、ふいに冗談めかしてほほえむ。

「まさか野蛮で名高いオーガスティン伯爵が、お行儀のいい英国淑女と結婚するなんてね」

笑みを返しながら、ジョナサンの目がきらめいた。「きみが思うほど、お行儀よくはないかもしれないよ」

「あら。植民地育ちのかたはご存じないかもしれないけれど、英国淑女だって、大半は……」リリアンは笑いながら目くばせした。「油断ならないのよ。さあ、池まで競走しましょう」濡れた地面をものともせず、雌馬に蹴りを入れて早駆けさせ、ジョナサンの前に飛び出す。不意打ちで、この勝負に勝ってみせるつもりだった。

そう、油断ならない英国淑女のひとりとして。奇妙な贈り物がさっそく効果を発揮したのか、馬の体格差にもかかわらず、リリアンはわずかな差でサーペンタイン池に先着することができた。

21

「意図的な破壊行為のせいで採鉱事業の一時停止を強いられたうえに、これから花嫁の父との面談に向かう男とは思えないほど、きょうのきみは上機嫌だな」

ジョナサンは従弟にしかめつらをして見せた。「裏を返せば、セシリーが結婚申し込みを承諾してくれたということだし、鉱山のほうは、通常の事故と同じように補修すればいい。さいわい、ひとりのけが人も出なかったしな。どのみち、資産のなかで鉱山はさほど重要じゃないんだ」

「ブラウンに解雇を言いわたしたとき、おどしをかけられたのを覚えているよ。正直なところ、少々おどろいた。初対面から一年近く、無口で控え目な男とばかり思っていたからね」

おそらく鉱山のもと管理人が放火や器物損壊の犯人だろうというのがふたりの読みだったが、なにしろ証拠がない。「奴がそこまでやるかな?」

馬車の向かい席に脚を投げ出して座るジェームズが眉をしかめた。「そこまでとは思わなかったが、金を着服していたのは確かだし、きみの父上が残した書付にも、ブラウンがあやしいと記してあった。手紙に名前を挙げてあった鉱山の責任者は、まちがいなくブラウンだったからね」

他人に悪意をいだかれていると思うと不愉快だったが、ちょうど馬車が公爵屋敷の前に停まったので、ジョナサンは、人生でもっとも重要と思われる面談に意識を集中させた。「現場に書状を送ってくれ」屋敷の召使いに扉を開けてもらいながら、ジェームズに伝える。「警備の人数を増やして、補修工事が妨害されないよう注意しろと」ひと呼吸おいて頬をゆるめる。「それから、幸運を祈ってくれ」

数分後には、ふたたびエディントン公爵の書斎に招じ入れられ、例の堅苦しい口調で、酒と椅子をすすめられていた。

「では、さっそく互いの事務弁護士に打ち合わせをさせよう」公爵がまったく感情をまじえずに言ったあと、重たげなまぶたの下からこちらを眺める。その顔に満足はなく、さりとて非難もあらわれていなかった。「結婚が合意にいたりしだい、式の日取りを決めるとしよう」

きょうはジョナサンもブランデーをもらい、黄金色の液体をゆっくりと回しながら、慎重に言葉を選んだ。「待つことはありませんよ。結婚のような個人的な行事を、交渉の材料にしたくはない。公爵家の金は必要ありませんし、セシリーがほしいものは、なんでも与えるつもりです。ぼくは裕福ですから。事務弁護士が手配をすませてくれさえすれば、きょうにでも署名してかまいません」

「娘の持参金の額もまだ聞いていないだろう、オーガスティン。金は、いくらあっても困らんぞ」未来の義父が冷然と言う。

セシリーを妻にできるなら、どんな不自由を強いられてもかまわない。それにベッドをともにしてしまったいま、もし式まで何カ月も待たされるようなら、自分は幾度となく屋敷の壁をよじ登らずにいられないだろうとわかっていた。まして、彼女がすでに身ごもっているとしたら……。たった一夜でも、子どもができることはある。アデラが何よりの証明だ。

「そうかもしれませんが、お嬢さんと結婚したいという気持ちは、富や地位とはなんの関係もないんです」

「なかなかの殺し文句だな」

「本音です」ジョナサンは相手のまなざしを正面から受けとめた。「できることなら、数週間のうちに静かな式を挙げさせていただきたい。結婚特別許可証を申請しておきます」妊娠の可能性をかんがみれば、彼女も同意してくれると思われた。緊張をやわらげるため、にこりとしてみせる。「セシリーには、自分はあまり忍耐強い男ではないと言ってありますから」

書き物机の向こう側で、公爵がため息をついてこめかみをさすった。「それに息子の話では、ふだんあれほど思慮深いセシリーが、きみのこととなるとすっかり冷静さを失うらしい。先日もふたりきり、付添人《シャペロン》もつけずに社交行事をぬけ出して、長いあいだ戻ってこなかったと聞くぞ。もし誰かに見とがめられたら、ひどい醜聞になっただろうな」

否定できるものならしただろうが、実際、公爵の言うとおりだった。「お嬢さんの品位を故意に汚したりすることは、絶対にありません」

「それは警告か、あるいは所見か？」公爵が片手を挙げて押しとどめた。「いや、答えなくていい。もしきみの提案を受け入れたら、あれの祖母はかんかんになるだろうが、そうするほかないだろうな。実際にとりかかってみると、家同士が決めた結婚のほうが、好きあった男女をめあわせるよりもよほど簡単なのがわかった」

「ご苦労はけっして無駄にしません」ジョナサンは勝ちほこった顔をするまいと心がけた。セシリーの父の説得にはもっと手こずるだろうと思っていた。

ブランデーを飲みほして立ち上がる。「貴重なお時間をありがとうございました。書類がそろったら、こちらに送ってください」

「手配しておこう。ああ、それから……」公爵が分厚いクリーム色の封筒をとり上げた。「これを渡すよう頼まれていたのを思い出した。わたしの母からだ。公爵領でのパーティに招待したいらしい。きみの家族全員をだ。因果応報とでも言うべきかな。先代公爵夫人から、孫娘をそそくさと結婚させられることへの不満をたっぷり聞かされることだろう。わたしの母のことだ、まちがいない」

家族全員を？　これは期待できそうだった。キャロラインとエリザベスはめいめい好青年を見つけてうまくやっているようだが、まだリリアンのことが心配だったから。ジョナサンは答えた。「もちろん、喜んでお受けします」

「パーティから帰宅したあともそう感じられるかどうか、見ものだな。わたしは欠席させてもらう」公爵がひと呼吸おいてブランデーグラスを手にとった。「ついでに言っておくが、わたしは庭を一望できる部屋で寝起きしていて、しかも目ざめが早い。けさがたは、品評会で賞をとった薔薇を踏みつぶさないでくれて助かったよ。庭師によると、地面に足跡も残っていなかったそうだ。いったいどうやるのか、そのうち教えてくれ」

ジョナサンは内心で悪態をついた。セシリーが眠ったらすぐに帰るべきだとわかっていながら、彼女を腕に抱き、しなやかな重みや、むき出しの胸板にあたるかすかな寝息を楽しんでしまったのだ。ここは〝沈黙は金〟を地でいこうと、何も言わずに眉をぴくりと動かすにとどめる。

「もし、きみが娘との結婚を真剣にとらえていなかったら、もっと腹を立てるところだぞ」父親のおだやかな声が、逆にそら恐ろしかった。「娘はきっと歓迎したのだろう。それもあって、夜明けの決闘に呼び出すのをやめて、この書斎に呼んだのだ。娘をしあわせにしてくれるなら、昨夜の件は帳消しにするが、どうか本気で努力してほしい」

公正なあつかいを受けたことで逆に良心が痛んだが、ジョナサンはおとなしく頭を下げた。

「どうか、信じてください」

「そうさせてもらおう」エディントン公爵が言い放つ。「あの子を心から愛しているからな」

「ぼくもです」そう言いのこして、ジョナサンは退出した。

万感の思いがこもったひと言だった。

心の底から出たひと言だった。

客間に入ってきた婚約者は、獰猛な虎がしのび寄るようすを髣髴《ほうふつ》させた。ほんものの虎を見たことはないので、本で見た大きな猛獣が近づいてくるところを漠然と想像するほかなかったけれど。

でも、きっと似ているにちがいない。大柄な体は客間が狭くるしく思えるほどだし、荒々しいたたずまいは洗練された調度とまるで相容れないし、いかにも異国然とした風貌は、白のサテンを張った壁や優美な家具からくっきりと浮き上がっている。室内に進み出たところで、ジョナサンは祖母と姉がいるのに気づいて足を止め、苦笑に口もとをゆがめた。「ごきげんよう、ご婦人がた」

彼の口には魔力がある。セシリーははっきりと覚えていた。あのぬくもりが、唇や……ほかのさまざまな場所に押しあてられ、レディらしからぬ反応を次々と引き出したことを。でも、いまそんなことを考えたら顔が真っ赤になりかねないので、自分を制して立ち上がり、すまして片手をさし出す。「ようこそ、伯爵」

一分の隙もない上品さで手をとり、おじぎしながらも、ジョナサンはどこか危険な匂いをただよわせていた。顔を上げた彼に、独特な力強いまなざしで見つめられると、セシリーはみぞおちのあたりが熱くなるのを感じた。「レディ・セシリー、どうやらぼくらは正式の婚約を果たしたようだ」

「ということは」祖母が威厳たっぷりに言う。「今週末は来ていただけるのね?」

どんなに急だろうと、自分の鶴《つる》の一声であらゆる客が万難を排して片田舎の屋敷に駆けつけるはずだと信じられるのは、世界広しといえども祖母しかいない。とはいえ、ついけさがたもいくつか出席の知らせが届いたことをセシリーは知っていた。先代エディントン公爵夫人の呼びかけは、社交界を動かすのだ。

ジョナサンが、おべっか使いの廷臣さながらにうやうやしく頭を下げたが、黒い瞳には、相手に拒否されるなど考えもしない高飛車な物言いをおもしろがるような光がひそんでいた。

「もちろん出席させていただきますとも、奥さま」

「レディ・リリアンにも、ぜひおいでいただきたいわね」

あの目の光……まちがいなく、彼は無遠慮な命令をおもしろがっている。「妹も、喜んでおじゃまさせていただきます」

「よかったわ、行き遅れがわたしひとりじゃなくて」エリナーが例によってずけずけと言った。「お祖母さまの命令はともかくとして、ぜひいらしてとお伝えくださいな、伯爵。仲よくさせていただきたいわ」

さすがのジョナサンも答に困ったようだが、姉の言葉が自己憐憫などでないことをセシリーは知っていた。ただ、ありのままを口にしたまでだ。助け船のつもりで、セシリーはジョナサンに言った。「少しお庭を散歩しましょうよ。太陽も出てきて、いいお天気ですもの」

「それに、いろいろふたりで相談したほうがよさそうだ」ジョナサンが腕をさし出しながら、感謝のしるしに口もとをほころばせた。

「すぐ戻っていらっしゃいな」祖母がぴんと背すじをのばして釘を刺す。「まだ結婚していないんですからね」

きびしい口調とはうらはらに祖母の瞳が潤んでいるのに気づいたセシリーは、歩みよって抱きついた。「わたしたち、思慮深さの見本みたいにふるまうわ。心配なさらないで」

「それは、それは」

部屋を出ていきぎわに、祖母が袖口からハンカチをとり出すのが見えた。

「思慮深さの見本？」掃除の行きとどいた長い廊下を通って、裏庭に通じる両開きの扉に向かいながらジョナサンがくり返した。「そんなことが可能とは思えないな、お嬢さん」わずかに声を低めて続ける。「ゆうべを思い出すといい。だからこそ、きみの父上に頼みこんで、婚約期間を最小限にして結婚特別許可証をとる案を認めてもらったんだ。そうすれば、きみが大仰な披露宴を計画する暇もないだろうから」

彼が開けてくれた戸口をぬけて、あたたかな午後の日ざしの下に出ていくと、浮きたった気分はたちまち不安へと移りかわった。すべてがめまぐるしく移りかわっていく。やっと、彼とほんとうの夫婦になるという心がまえができたところだった。ドゥルーリー子爵との婚約を回避するために計画を立てたときは、こういう結末が待っているとは思いもしなかった。ジョナサンと結婚したくないわけではないけれど、こんなに展開が早いと、少しおじけづいてしまう。でも、彼の言うとおりだ。ふたりはすでに一度、思慮をかなぐり捨ててしまった。そもそも、気まぐれな未来の花婿に〝思慮深い〟などという概念がそなわっているかも疑問だった。

頭上では、真っ青に晴れわたった空に白い雲がうっすらとたなびき、灌木《かんぼく》の葉はまだ雨に濡れているものの、吹いてくる風はさわやかであたたかかった。セシリーはすぐには答を返さず、ジョナサンもことさらに催促せず、無言で石畳の小道を歩くふたりの足音と小鳥のさえずりだけがあたりにひびいていた。花々は雨のしずくを抱いたままあざやかに咲きほこり、甘い香りをふりまいている。やがてセシリーは言った。「豪華な結婚式を夢見たことはないわ。そういう女性が多いのは知っているけれど、実を言うと舞台の真ん中で注目を浴びるのは苦手なの。だから、こぢんまりした身内だけの式のほうが、ずっと好ましく思えるわ」

「意見が一致してよかった。ぼくのほうは、迅速《じんそく》を第一に考えている」

かすれをおびた声に、セシリーの肌はほんのりと上気した。まるで彼がふれたように。実際は、上着の袖に軽く指先でつかまっているだけなのに。

言いよどんだのを見て、彼の瞳が熱をおびた。「ぼくにとっても、一生忘れられない夜だったさ。で、ゆうべのあとでは、なんだって?」

なぜ、そんなことを口に出してしまったのかしら？　姉のエリナーも顔負けだ。けれど、慣習やめんどうな儀礼にとらわれないジョナサンの前だと、ふしぎなくらい自分らしくいられる。そこも彼に惹かれた理由だった。

「ゆうべのあとでは、あまり長いこと待てそうにないの。わたし、ふしだらな娘かしら？」

「いや」ゆるゆると、あくまで男っぽい笑みが広がった。「それを聞いて、ますますきみがほしくなった。困ったな。今週末、どうやってやりすごせばいい？　きみの寝室が見つけやすい場所ならいいが。そうそう壁をよじ登ってもいられないからな」

スカートが薔薇の低い枝をかすめて、勢いよく水滴が飛びちったが、セシリーは気にとめなかった。「そこは、なるべく思慮深く手はずを整えましょう」

「どうだろうな」ジョナサンが皮肉る。「けさ、ぬけ出すところを父上に見られていたらしい」

セシリーはたじろいだ。寝室に紳士を──ジョナサンがそのくくりに入るかはさておき──引き入れ、明け方までいっしょにいたことを、厳格な父はどう思っているのだろう？

「姉も知っていたわ。扉の前まで来て……あなたの声を聞いたみたい」

「どうせこっそり会えないのなら、結婚してしまったほうが好都合だな」枝の生いしげった石楠花《しゃくなげ》の木の横でジョナサンが足を止め、セシリーを抱きよせた。彼のキスは甘く、長く、禁じられた快楽の記憶を呼びさました。

ジョナサンは慣習どおりの花束を贈らないし、詩を捧げもしない。そもそも詩を書いているところなど想像もできないけれど、彼にはえもいわれぬ情緒があることに、セシリーは気づきつつあった。そして、官能も。

その気になれば、洗練をきわめた貴族のようにもふるまえるけれど、中身は絶対に染まらない。

都会風のあか抜けた英国紳士などほしくない。

彼がほしかった。

セシリーはキスを返した。唇が離れたあとでささやく。「寝室にしのび込んだのは、わたしじゃないわ」

「声を出したのはきみのほうじゃないか。ぼくが……」

「もう、じゅうぶんよ」セシリーはさえぎり、ふたたび唇を重ねた。性急に。

「いや、ちがうな」唇ごしにジョナサンがささやく。「じゅうぶんなものか。ぼくらにかぎって〝じゅうぶん〟はありえない」

腕に力がこもり、セシリーはぐっと引きよせられた。彼の熱さに心動かされつつ、ぴったりと押しつけられた彼の体がたかぶっているのを感じる。「思慮深くふるまうとお祖母さまに約束したばかりなのに。近くに庭師がいなければいいけれど」

「ぼくは何も約束していないからな」ジョナサンが言うなり、ふたたびむさぼるようなキスをする。

けれど、現実は現実だった。さすがに公爵屋敷の庭で体を重ねるわけにはいかない。熱に浮かされたようなひとときが過ぎ去ったあと、セシリーは屋敷へ戻ろうとうながし、ジョナサンはしぶしぶ従った。

週末ががぜん、楽しみになってきた。

22

ありえない話だが、どうやら自分は……緊張しているらしい。

そう気づいたときは笑いと自嘲の念がこみ上げてきたが、自己弁護をするなら、愛娘と、もうすぐ妻になる女性とが仲よくできるかは、とても重要だった。アデラは母親を知らない。これまでひとり占めしてきた父の関心を他人と分けあう段になったとき、喜ぶか、はたまた小さな心に影を負ってしまうかは判断しかねた。生みの母がまったく子育てに関わろうとしなかったので、ジョナサンが母親のぶんまで愛情をそそいできたのだ。

期せずして母親役を押しつけられたセシリーにも、少なからぬ負担がかかるだろう。ただでさえ、今週末の催しには女性が山ほど参加する。誇り高い先代公爵夫人、妹が三人、そしてまもなく義姉となるエリナー……。

男の神経をすり減らすには申し分ない状況だ、とジョナサンは内心でうめいた。ちょうど馬車が速度をゆるめ、停まるところだった。

馬車の扉を開けて——召使いが出てくるまで待つことはめったにない。ほんとうは待つべきだとわかっているが、身分などどうわべの飾りにすぎず、人間の中身には関係ないと考えていた——アデラをかかえ下ろしてやると、娘の顔は、ようやく旅が終わった安堵と、壮大なエディントン公爵領を目にした喜びにぱっとかがやいた。屋敷はエリザベス朝式に左右に棟の開いた灰色火山岩《グレイストーン》造りで、階段の両脇には噴水がしつらえられ、広大でみごとに手入れされた庭園が広がり、優雅な弧を描く車回しの一端には、公爵家の紋章が入った柱廊《ポルチコ》がのびていた。

「パパのうちも大きいけど」娘が小声で言う。「このおうちのほうが、もっと大きいみたい」

リリアンが選んでくれた女の子らしいピンクのドレスを着て、黒髪をひとつに結んで、目をまんまるに見はったアデラは、いつにもまして愛くるしかった。

「王宮も、ここまで大きくはないかもしれないな」ジョナサンはふくみ笑いし、小さな手をとった。「だが、家なんてものはしょせん、石ころと木ぎれのかたまりだ。たいせつなのは、中にいる人間だよ」

その言葉に応えるかのように、正面扉が開いてセシリーがあらわれた。ほっそりした体を、青いサテンのリボンでふちどりした象牙色のモスリンに包み、金髪を軽くシニョンに結っている。

〝待っていてくれたのか……〟

ジョナサンは笑顔になった。スカートをつまみ上げ、金髪に日光をさんさんと浴びながら大急ぎで階段を下りてくる姿に、われ知らず胸が詰まる。「心配していたのよ」少し息を切らしながら言うセシリーの視線は、ジョナサンではなくアデラに向けられていた。「妹さんたちは一時間も前に着いたから」

「ああ、われわれは何度も停車をせまられるから、妹たちには別の馬車で行ってもらったんだ」ジョナサンは彼女の手をとってくちづけ、ほんの少しだけ長く唇をとどまらせてから、顔を上げた。「レディ・セシリー、こちらはレディ・アデラ」

アデラがちょこんと膝を曲げて礼をすると、セシリーがやさしく声をかけた。「お会いできてうれしいわ」

彼女の目が、もう婚約のことを話したかと無言で問いかけていたので、ジョナサンはかすかにかぶりをふった。馬車の中に手をのばし、座席にまるくなっていた小さな毛玉をすくい上げる。やんちゃざかりの子犬は、道中さんざん騒いだあげく、馬車が車回しにさしかかったとたん眠りに落ちたのだった。「こいつのせいで」そっけなく告げる。「何度も停車をせまられたんだ」

子犬が興奮気味に小さく吠《ほ》えた。足もとにまとわりつかれたアデラがきゃっきゃと笑い、えくぼを浮かべてセシリーに紹介した。「この子、アドニスっていうの」

「まあ……そうなの」セシリーがいまにも笑いだしそうな顔で、海のものとも山のものともつかない雑種犬を見やる。

「ギリシャの神さまの名前よ」五歳児ならではのひたむきさで、アデラが続ける。「リリーおばちゃまといっしょに読んでるご本に出てきたの」

「そうね」口もとをゆがめつつも、セシリーがまじめくさって答えた。「とっても美男子だから、ぴったりの名前だわ。おうちに入る前に、お庭を散歩させてみましょうか？」

「パパが、うまやに入れておかなきゃだめだって」

ジョナサンは懇願のまなざしから目をそらした。車中で自分が強いられた苦労は、アドニスが藁《わら》の寝床で眠る不自由をはるかに上まわるはずだ。「家の中には入らせないという条件で、こいつを連れてきたんだ。絹張りの長椅子や高価な敷物の上で犬が眠るのを公爵は許してくれないだろうし、だいぶ警戒がゆるんできたとはいえ、犬の粗相《そそう》をひっきりなしに詫びるのはごめんだ」

「歩みよりの余地はあるかもしれないわよ」セシリーが子どもに手をさし出した。「さあ、行きましょうか？」

思いのたけをこめた視線を交わしたあと、セシリーとアデラが跳ねまわる子犬を連れて庭園へ向かうのを見送りながら、ジョナサンの胸には、なかなか悪くない催しになりそうだという思いが去来していた。

なんてお粗末で、わびしい催しだろう。

ちがう、お粗末でわびしいのはわたしだわ。そのほうがぴったりくる。

別に、週末のパーティに過剰な期待をしていたわけではない。昨シーズン、一時は手が届くかに思えたあこがれの星が、みるみる空の彼方《かなた》へ遠ざかってしまうさまを、エリナーはまのあたりにしたのだから。けれど、なさけないほどロマンティックな胸の隅で、きょうこそ何かのはずみでうまくいけばいいのに、と祈っていたのだ。

いまのところ、エリナーにとっては最悪の状況だった。

まずひとつめに……エディントン領屋敷の横手にあるテラスに腰かけたエリナーは、レモネードを飲みながら考えた。イライジャ・ウィンターズは今回のパーティに出席しそうな気配がない。昼食の前あたりから馬車が相次いで到着したというのに、いまはもう夕方近くだ。当人を責めるつもりはないし、彼が招待されているか祖母から訊き出すこともできなかった。一度だけ、招待客の顔ぶれをさりげなく確認してみたところ、わたしが重要と思う人物はすべて呼んであるわ、という謎めいた答が返ってきた。

気落ちすることばかりだったが、セシリーがあれほど幸福そうなのだから、エリナーの憂《ゆう》鬱《うつ》ごときはどうでもいい。午前中はずっと、婚約者をどんな服装で出迎えればいいかと悩むセシリーにつきあって、せいいっぱい姉らしい助言をした。いままでずっとお洒落に無頓着だった妹が、着替えひとつで大騒ぎするさまは、なんともほほえましかった。とはいえ、伯爵はセシリーが何を着ようと変わりなく、うっとりしているように見えたけれど。

いや、うっとりという表現は、野性味あふれるオーガスティン伯爵には似つかわしくない。彼はもっと……もっと……。

「同席してもかまわないだろうか？」

エリナーははっと目を上げた。

結局のところ、ドゥルーリー子爵は来る気になったようだった。

金髪をうしろになでつけた顔は一見きまじめにも思えるが、青い瞳にはいつもの茶目っ気をやどしている。クラヴァットをきっちりと結び、焦茶色の上着に黄褐色の革ズボンを合わせ、筋肉質の脚をぴかぴかのへシアンブーツにおさめている。あわてて立ち上がったエリナーは、なさけないことにレモネードをドレスの裾にこぼしてしまった。

彼の前だと、いつもこういう失態を演じてしまう。自分にしか被害がおよばなかったのが、せめてもの救いだ。「まあ」

「すっかり遅くなってしまった」ドゥルーリー子爵が近くの椅子を示す。「座ってもいいかな？　ほかの人たちはみんな、昼寝中か、アーチェリーをしているか、乗馬に出ているようだから」

彼もレモネードのグラスを手にしていたが、ほのかな香りから判断するに、ウイスキーを少々たらしてあるようだった。

まったく、祖母は一流の接待役だ。

「もちろん。どうぞ」有望な独身貴族との同席をことわったりしたら、祖母に首をはねられてしまう。

まして、相手は彼だもの……。突然、エリナーの心臓はめまぐるしく打ちはじめた。

「アーチェリーはどうにもきらいでね」子爵が、ガラス張りのテーブルに面した向かい側の椅子に腰かけ、ブーツの足首を重ねた。「せっかくの午後を眠りほうけたくはないし、かといって外を出あるく気分にもなれない」

「いらしていたこと、知らなかったわ」

子爵が照れたように笑った。「仕事で遅くなったんだ。実は、いっそ来るのをやめようかと思ったくらいさ」

「お気持ちはわかるわ」エリナーは広大な庭園に目をやった。大きく枝を広げた樹木や、きれいに刈りこまれた芝生は、小さなころから見なれた風景だ。「田舎のパーティなんて退屈ですものね」

なんてまあ、気のきいた言葉かしら。彼がたちまち恋に落ちること、まちがいなしね。

子爵の端整な顔はおだやかだった。「まあね。だが、そういう意味で言ったんじゃないのはわかっているはずだよ」

「ええ」

いやだわ……もっとうまいことを言えればいいのに。もっともわたしの場合は、何も言わないのがいちばんだけれど。

それとも、逆かしら？　彼が話しかけにきてくれたことで、エリナーは少し元気づいていた。しかも、遠路はるばるこのパーティに駆けつけてくれたのだから。たとえ祖母の呼びかけによる社交界垂涎《すいぜん》の催しでも、今回ばかりはあまり気が進まなかったはずだ。なにしろ出席者全員が、ジョナサン・ボーンにセシリーを奪われたことを知っている。

もしかすると、誰かにぐちを聞いてもらいたいのだろうか。エリナーはざっくばらんに言った。「わたしだって、できれば来たくなかったくらいだもの。あなたがいらっしゃるなんて、おどろいたわ」

子爵が金褐色の眉をぴくりと動かした。「そのおどろきを口にするのに、ずいぶん時間がかかったじゃないか。ぼくが来てどれくらいたつ？」時計をとり出し、芝居がかった身ぶりで眺めてみせる。「一分くらいかな？　遅すぎるんじゃないか？」

嫌味かしら？　エリナーにはわからなかった。ちがう。彼はけっして嫌味を言ったりしない。それに、唇の隅が少しだけゆるんでいる。「あら探しみたいに聞こえたらごめんなさい。わたしはただ……」

「あら探しをするには、きみはやさしすぎる」彼がさえぎった。のんびりと椅子にもたれ、両手を肘掛けに乗せて、庭園の芝生に長い影を落とす樹木を眺めている。「きみはただ、正直なんだ。まったく別のことだよ、エリナー」

嫌味ではなかった。ほめ言葉だ。かわいらしく赤面する初々しさなど失ってひさしいと思っていたのに、名前を呼ばれただけで、エリナーの頰はふしぎなほてりをおびていた。

「ありがとう」

彼はこちらに目を向けず、のどかな田園風景に目を奪われているようだった。アーチェリーの勝抜き戦は西側の芝生でおこなわれており、だいぶ離れているので、参加者の姿はおぼろげにしか見えない。「甘いと思われるかもしれないが、きみの妹のおかげで、理想というもののはかなさを知った気がする」

どういう意味かと問いただしたいところだが、エリナーは必死で思いとどまった。兄や父を見ていれば、男性が自分の心境を語りたいとき――めったにおとずれない――は、よけいな茶々を入れないのがいちばんだとわかる。沈黙は金、だ。

「セシリーが美人なのはもちろんだが、加えて控え目なところが、きっといい妻になってくれそうだと思えたんだ」

どう答えていいかわからなかったので、エリナーは黙っていた。レモネードを飲んでいるのに、口の中ががらがらだった。

「だが」ドゥルーリー子爵が落ちついた声で言った。「どうやらまちがっていたらしい。セシリーが、ぼくが思ったようなおとなしい娘ではなかったのは確かだ。つまり、あの求婚は最初から欠点だらけだったんだ。自分で思っていたほど、人を見る目はなかったということだよ」

おとなしい娘が好みなら、自分にも望みはないと思ったので、エリナーは素人《しろうと》のアーチェリー大会が気になっているふりをした。「わたしたちが理想と考えるものはたいてい、現実ではない幻想のたぐいじゃないかしら。人間は生まれつき欠点だらけの生き物だけれど、だからこそ気まぐれでおもしろいわ。行動の予想のつく人間なんて退屈でしょう？　男の人が品のいい奥方をほしがるのはわかるけれど、型にはまった人間になれというのは、退屈このうえない人生を押しつけるのと同じよ」

たいした長広舌だったが、言ってしまうと気持ちが楽になった。

本気でそう思っていたからだ。

芝生の上に小鳥が舞いおりて、ぴょんぴょんと跳ねまわったあとで飛び去るのを、ふたりは、自然の驚異に打たれたかのように見まもった。「きみの言うとおりだ」ようやく、子爵がゆったりと口を開く。「内省など似合わないと思っていたが、近ごろよく自問自答をするようになってね」

「たとえば？」図々しい問いかもしれないが、思いかえせば、もともとここに座っていたのは自分で、彼のほうから近づいてきたのだ。

イライジャがこちらを見た。まっすぐ。痛いほどまっすぐに。「たとえば世間の価値観がどれくらい自分にとって重要か、かな。礼儀正しいのはおおいにけっこうだが、結局のところ、実りある関係というものは一対一の人間で決まるものであって、周囲は関係ない。もちろん他人の意見に合わせたい気持ちもあるさ。流れにさからうのは勇気がいるからね」

こんなとき、自分の意見をしばらく抑えておければいいのだろうが、エリナーにそうできるはずもなかった。「その気持ちもわかるわ」

「どうやら、今シーズンは道を誤ったのではないかと思ってね。昨シーズンも」

訊けるかしら？〝昨シーズンというのは、わたしに関してのこと？　せっかく親しくなりかけたのに、あなたが突然冷たくなって遠ざかったこと？〟

無理だ。そこまでは図々しくなれない。

それとも、なれるかしら？

どうせ、もう失うものなんてないでしょう？

「去年、わたしは何を言ってあなたの気分を害したの？」ここでひと息入れてから、早口で続ける。「もし勘違いで、わたしにぜんぜん興味がなかったのならごめんなさい。でも、わたしにはあるように思えた……あってほしいと思ったの。なのに、あなたはいきなり口をきいてくれなくなって、極端に礼儀正しくふるまいはじめた。何かあったんでしょう？　実を言うと、あれから毎日のように理由を考えているけれど、どうしてもわからないのよ」

　答はなかなか返ってこなかった。エリナーはふるえる手を膝に押しつけてなだめ、どんな答が返ってきても関係ない、と自分に言いきかせた。きらわれてもしかたないような言葉をぶつけたのだから。なぜ自分がこんな行動に出たのか、分析したらおもしろそうだが、一度あいた穴がそれで埋まるわけでもない。

　ドゥルーリー子爵がレモネードをひと口飲み、咳払いをした。「口に出して言うのは、はずかしいな」

　はずかしい？　予想外の言葉におどろいたエリナーは、まじまじと相手を見た。

「ある晩きみは、ジェーン・オースティンの小説のたくみな英国社会描写について、実に奥深い考察を述べたすぐあとで、改定されたばかりの穀物法について、専門的な情報を織りまぜながらとうとうと論じたんだ。それでぼくは、文学も政治も中途半端にかじっているだけの男では、話をしてもさぞ退屈だろうと思ってしまった」

　こんな答が返ってくるなんて、夢にも思わなかった。

「自分はきみが毛嫌いする、救いようのないうすのろなのかもしれないと思ってね」

考える前に口が動いてしまった。「毛嫌いするのは、セシリーも同じよ」

「教えてくれてありがとう。ほかの男を選んだということは、きみの言うとおりなんだろう」子爵がほろ苦く笑ってみせた。「おかげで、おのれの生きかたを見つめなおすいい機会になりそうだよ」

「で、どんな答をお出しになったのかしら、子爵？」

「その質問がくると思ったよ。なぜわかったのかな？」

「なぜって、わたしのあけすけな物言いをご存じだからよ」自虐まじりとはいえ、これも心の内そのままだった。

それでも、彼は答えてくれた。「そうだね」ここで言葉を切る。「自分は女性に好かれると思っていた。好かれるよう努力していたからね。外見も見苦しくはないし……」

「見苦しくないどころじゃないわ」勢いこんで言ったあと、エリナーは真っ赤になった。

熱心な反論に、子爵がほほえむ。「ありがとう。それはともかく、礼儀正しくて見た目がいいぶんにはなんの損もないんだが、ぼくはどうしようもなく保守的だし、知識や関心も、考えてみると実に薄っぺらだ。何に対しても熱くなれないんだよ」

「わたしは、すべてに熱すぎるんだわ」エリナーは顔をしかめた。「どちらも似たり寄ったりだと思うけれど」

「まったくだ。同意するよ。そんなわけでぼくは、一連の取り組みはすべて的はずれだったという結論に至った」

「一連の取り組み？」

「賢い結婚をするための、無駄のない取り組みさ」

答を聞いたエリナーは、これまでずっと見つめていた上靴の先から目を上げた。まだ頬がほてっていた。「賢い結婚なんてものがあるのかしら？　言葉の定義から見つめなおす必要がありそうよ。賢いロマンスなんてありえないわ。たとえうわべはロマンスに見えても」

「ロマンスの話じゃないさ」子爵がレモネードをぐいと飲んでつぶやいた。「ぼくが言ったのは、男性と女性の組みあわせだ。それなら成立するだろう？　少なくとも、ぼくが属していると思いこんでいた世界では」

「属していると思いこんでいた？」エリナーは訊きかえした。

「男が一定の年齢になったら、妻を選ぶ頃合だと判断して、屋敷に子ども部屋を用意する世界さ。それが爵位と家名にともなう責任だと考える世界さ」

「男性が〝妥当〟と考える資質がなんなのか、知りたくて死にそうだわ。だって、いまだに結婚できない以上、わたしにはその資質が不足しているんでしょうから」

そのとき、ふたたびあれが起きた。彼の視線がちらりと、ほんの一瞬、下を向いたのだ。

「不足なんてとんでもないさ、レディ・エリナー」

「胸の話をしているんじゃないのよ」

身も蓋もない物言いを、なんと彼は笑ってくれた。「ぼくもさ。ただ、気にさわったのならあやまるよ。その青いドレスがあまりにも似合うから、つい見とれてしまったんだ」

見とれていたのはほんとうにドレスかしら、と追い打ちをかけたいのを、エリナーは必死でがまんした。「あやまる必要なんてないけれど、そのお話はもっと聞きたいわ。賢い結婚をめざすのはまちがいだとわかった、そうおっしゃったわね。だとしたら、どうやって難題を解くつもり？」

彼がエリナーの目を覗きこんだ。「きみが言うように、もし賢いロマンスというものが存在しないのなら、いっそ理屈を投げすてて、自分を楽しませてくれる女性、容姿を魅力的だと思える女性、慎み深かろうとそうでなかろうと、いろいろな話のできる女性を探そうと思う。ものごとに熱くなる方法を教えてくれる……そういう女性さ。誰か心あたりはないかな、レディ・エリナー？」

婚約が決まると、なにかと得なことが多いのは確かだった。田舎ののんびりした雰囲気もあるだろう。ジョナサンと午後の乗馬に、完全にふたりきりで出かけられたのだ。

ああ、なんて楽しいの……あたたかな日ざしを浴び、澄んだかぐわしい空気を吸いこみ、牧草地や森林ののどかな風景を眺めながらセシリーは思った。これまで許されなかった自由をやっと手に入れられたのだから。最初は乳母、次は代々の住込み家庭教師、そのあとは付添人《シャペロン》。物心ついて以来ずっと、他人に行動を見はられてきた。「すてきだわ」

「すてきだよ、きみは」同行者が低い声で答えた。なめらかな黒髪を日光にかがやかせ、脱いだ上着を無造作に鞍にかけ、クラヴァットをはずし、くつろげたシャツの襟もとから赤銅色の胸板をちらりと覗かせている。二頭の馬は首を並べて、ふだんは牧草地の牛たちが通る広々とした道を進んでいた。

「うれしいわ。でも、わたしが言ったのは自由のことよ」

「ぼくも都会は好きじゃない」

「そういう意味じゃないわ」

いぶかしげな表情からして、彼には理解できないのだろう。

男性が、生まれながらに与えられた特権に気づかないことには慣れっこなので、セシリーは説明した。「これまでなら、あなたとふたりきりで乗馬になんて出かけられなかったのよ」

黒い瞳が不穏なきらめきをおびた。「ぼくが羽目をはずすと困るからか？」

「でも、もうじきわたしの旦那さまになるということで……」

「ああ、もうじきだ」

「許されたのよ」セシリーは言いおえた。

「つまり、少しくらい羽目をはずしてもいいということかな？」

「子どものころ、人の言うことをまるで聞かなかったでしょう、オーガスティン伯爵」とセシリーは笑みをふくんでたしなめた。「そんな意味じゃないわ。結婚を申し込んだあなたの高潔さを信じて、付添人《シャペロン》ぬきで乗馬に出かけてもいいということなのよ」

「高潔とは、実にあいまいな言葉だと思わないか？　あいにく、イングランドで言う高潔と、ぼくの高潔とはちがう」セシリーのスカートに脚がふれるほど近くまで馬を寄せてきたジョナサンが、前方の曲がりくねった川を見やった。澄んだ水が、ゆったりと流れている。

そう、彼は高潔だ。生まれがどうあれ、わが子を絶対に見捨てない男性。娘を心から愛している。セシリーは言った。「アディはかわいいわね」

「たいていはね」ジョナサンが寛大に笑ってみせた。「いくら子煩悩《こぼんのう》な父親でも、あの子を完璧とまでは言えないさ。だが、あのすなおな人生観には学ぶところが多い。アディがもらいうけた雑種犬は、世界を慈悲に満ちた場所だととらえているあかしだよ。あいつがきょうだいのなかでいちばん小さくて、見た目も悪かった。まさしくひと目惚れさ」

セシリーはつとめて軽く言った。「わたしも、ひと目惚れはあると思うわ」

答えるかわりに、ジョナサンが澄んだ流れを目で示す。「泳げるかい？」

よくもまあ、そんな質問を……。良家の子女は、水泳などまず教えてもらえない。おそらく、水に入ってもおぼれないような軽装で人前に出ることが許されないためだ。

例によって、未来の夫は慣習などおかまいなしだった。

セシリーはしばらく迷ったあと、どうせ慣習におかまいなしの夫なら、答を聞いてもあきれたりしないだろうと判断した。「いままで誰にも言わなかったけれど、ロデリックに教わったわ。エリナーが、わたしたちにも教えてと頼みこんだの。一度何かを身につけたいと思ったら、姉はとても頑固なのよ」

ジョナサンがゆっくりと、誘いこむように唇の隅をつり上げた。「だったら、人目につかない場所を見つけよう。気候もいいし、だいぶ前から水が恋しくてたまらなかったんだ。故郷では毎日のように泳いでいた。ぼくが生まれ育った場所は湖の近くだったと、もう話したかな？　とても澄んでいて、深かった」

「髪の毛が」セシリーは間の抜けた答を返した。まだ経験は浅くても、彼の目が欲望に燃えているのはわかった。「乱れた身なりで屋敷へ戻るわけにはいかないわ。祖母が卒中の発作を起こしかねないし、あれだけ大ぜいお客さまがいるんだもの、きっとかんかんに怒るわ」

誇張ではなかった。なのに、なぜ惹かれるのかしら？

「髪が濡れないように気をつけておくよ」

なおもセシリーは抵抗した。「ジョナサン……そ……そんなの無理だわ。まだ明るいのに」

ジョナサンが土手に馬を止め、ほればれするほどあざやかな身のこなしで鞍を飛び下りた。

「明るければ」セシリーの馬の手綱をとりながら言う。「なおさら楽しいじゃないか」

23

自分は運命に挑んでいるのか？　セシリーの細腰を抱き、馬からかかえ下ろしながら、ジョナサンの心ははやっていた。結婚しようと決意した時点で、すっかり落ちついたかと思ったのに。

面倒なことは何もない。彼女は自分のものだ。ほしいと望み、手に入れた。彼女は体を開き、自分もこれまでとはちがって遠慮なく彼女に子種を与えるだろう。アデラの誕生以降は、関係した相手を不用意に身ごもらせないよう気をつけてきた。

ジョナサンの考え――ジョナサンが信ずる神の考え――では、ふたりはすでに結ばれている。今後どんな儀式がおこなわれようと、すでに結ばれた絆《きずな》に比べれば、さしたる意味はなかった。

彼女のなめらかな頬を指先でなぞって話しかける。「きみは、ぼくのものだ」

「まるで乱暴な山賊みたいな口のききかたね」きつい口調で答えながらも、セシリーは乗馬服のボタンをはずしはじめていた。「でも、そこまで熱心に説得されたら、わたしも根負けしてしまうわ」

大胆な英国淑女への好感は高まるいっぽうだ。「天気はいいし、まわりには誰もいない」ジョナサンもシャツのボタンをはずしにかかった。「それに、思いかえしてごらん。説得好きなのはぼくだけじゃない。馬車が故障したあの夜、近づいてきたのはきみのほうだろう」

黄褐色の瞳をきらめかせ、セシリーが濃紺の乗馬用上着を脱いだ。「あの夜は初めてのキスを奪われたんですもの。おあいこよ」

「従弟の忠告もかえりみず、不用心にも、ふたりきりで話したいというきみの頼みにいそいそと応じたんだったな」ジョナサンのシャツが草むらに着地した。

「つまり、似た者同士ということね」スカートを地面に落としたセシリーが、半長靴を脱ごうと身をかがめた。

そんなふうにほほえまれると……われを忘れてしまう。

彼女の言うとおりだった。ふたりきりになったときの無鉄砲さは、とてもよく似ている。これほど男女の愛に直結した要素があるだろうか。

自分は意外とロマンティックな人間なのかもしれない。彼女が誘惑にあらがえないように、とても惹かれるからだ。

切りたった山脈や峡谷といった劇的な景色はないにせよ、きょうのように晴れた日のイングランドには、独自の魅力が感じられた。空は澄み、牧草は青々と茂り、川はゆるやかに流れ、水音が静かに誘っている。庭園の周縁は屋敷からだいぶ離れているので、いくら大ぜい客がいても、見られる心配はないと思えた。近くの岩に腰かけて性急にブーツを引きぬき、無造作に投げる。二頭の馬は、手綱をだらりと引きずったまま土手の若草をはんでいた。

彼女が必要だった。ほしかった。「セシリー」ジョナサンはささやいた。シュミーズ一枚のなまめかしい姿に、いましがたの約束を反故《ほご》にして、几帳面に結ったシニョンをほどきたくなる。豊かな髪が両手にさらさらと流れおちる感触、こちらの顔にかかったときの香りを満喫したい。とはいえ、あとのことを考えれば、なるべく慎重にふるまわなくては。

奔放な情熱はおおいにけっこうだが、祖母に関してはセシリーの言いぶんが正しかった。いま先代公爵夫人を怒らせてはまずい。

〝焦るなよ……〟

セシリーが降伏したのはまちがいない。十歳年上ではるかに経験豊富なジョナサンは、うっとりと身をゆだねるようすひとつで、彼女がこの誘惑に勝てないと見ぬいていた。

「おいで」低い声でうながし、両手をほっそりした肩に乗せて、レースの襟あきから胴着のリボンまですべらせる。リボンをほどいて胸もとをはだけると、こんもりとした乳房――大きすぎず絶妙に女らしいふくらみと、初めて情熱をぶつけ合ったあの夜にたっぷり味わい、愛撫した薔薇色のいただき――があらわれた。

あの夜を境に、人生が変わったのだ。

乳房の白さと、それを包みこむ自分の手の浅黒さが妙に淫靡《いんび》で、ジョナサンは早くもいきり立ち、ズボンがきゅうくつでたまらなかった。「きみがこわくてたまらないよ、レディ・セシリー」

思わず口にした感想にびくっとした彼女が、真意を問いただすように目を見ひらいてこちらを見上げる。

答えるかわりにシュミーズを肩から引き下ろすと、彼女が息を呑み、あわてて戻そうとした。「ジョナサン！」

ジョナサンはにやりとした。「裸で泳いだことがないのか？」

「あたりまえでしょう！」

地面に落ちた下着を拾い上げるより早く、ジョナサンは彼女を抱き上げ、ズボンを穿《は》いたまま川に踏みこんだ。裸身のぬくもりが肌につたわり、冷たい飛沫《ひまつ》を肌に浴びた彼女があげるかすかな声が耳をくすぐる。

さっきの言葉は、ありのままの心境だった。自分以外の人間に深く心を寄せると、いつでもこわくなる。アデラはときおり子ども特有の不調をきたすが、熱を出したり具合の悪そうな顔をしたりするたびに、ジョナサンは恐慌に襲われるのだった。

愛は危険をともなうものだ。幼くして母を亡くしたときは悲しみに胸がつぶれそうだった。父が世を去ったときは、すでに成人して人生経験を重ねていたが、喪失《そうしつ》のつらさはまるで変わらなかった。セシリーを抱きしめると、骨格や肉づきのはかなさについ不安を誘われ、何があろうと彼女を守ろうという決意がこみ上げてきた。

ふたりは家族になる。そのことがたまらなくうれしくもあり、こわくもあった。

「ジョナサン、わたし……」

まだ口に出して説明はできない。自分はいま少しずつ、人を深く愛するという状態に慣れつつあるところだ。そして頭上には紺碧《こんぺき》の空が広がり、水は心地よく、自分たちはふたりきりで肌を寄せあっている。いまは、不器用に心境を語るよりも愛しあいたかった。「ほんとうに泳げるかどうか、見せてくれ」ことさらにふざけた口調でセシリーの言葉をさえぎり、裸身を水中にひたす。腰ほどの深さしかない箇所だが、念のために手は放さなかった。「お行儀のいい英国淑女がそんな技術を身につけているとは、どうしても思えないんだ」

視線が人を殺せるなら、ジョナサンは息絶えて倒れていただろう。白い乳房を水にたゆたわせ、髪をきちんと結ったまま――ほんとうはほどいたほうが好ましいが――こちらをにらみつけるかわいらしい姿に、ジョナサンは笑いくずれた。

「だったら疑いを解いてさしあげるわ、伯爵」

セシリーは泳ぎはじめた。冷たい水が肩にかかると、子ども時代の思い出がよみがえった――ロデリックとエリナーの三人で、言いつけをやぶってこっそり泳ぎに出かけた日々が。いまと同じだ。ジョナサンが岸に上がってズボンを脱いだあと、勢いよく水に飛びこみ、すぐ近くに寄ってきたときは、思わず息を詰めてしまった。

黒い頭が水面に浮かび上がる。目にかかった髪をはねのけた彼が、少年のように白い歯を覗かせて笑った。「英国式の週末パーティがすべてこんなふうなら、手もとに届いた招待すべてに応じるんだが。裸の美女と水中でたわむれながら過ごす夏の午後ほど楽しいものはないからな」

水を掻きながら、セシリーはこわい顔をしてみせた。「裸の美女は、ひとりだけにしていただきたいわね」

「ひとりだけにしよう」静かな答が返ってきた。

なぜか、その言葉は信じられた。ひとつには、彼の目がふと真剣になったから。ひとつには、彼がやさしく腕をさしのべたから。長身のジョナサンは川底に足がつくので、浮かんだままのセシリーはなんなく引きよせられ、力強い腕にすっぽりとおさまった。「わたしだけ？」

「きみだけさ」ジョナサンがうなずき、キスをした。

セシリーにとっては初めての経験ばかりだった。すべてを呑みこむ欲望の力。みだりに他人にふれてはいけない、肌を見せてはいけないと教えられ、枠からはみ出したものはたちまち抑えられ、隠されてしまう環境で育ったあとで知った、肉親以外の相手との自由なふれあい。いま、まばゆい陽光のもとで恋人の腕に抱かれ、力強い硬直が腹部にあたるのを感じながら、セシリーは、禁じられたひとときの幕間《まくあい》劇に心躍らせていた。

期待は裏切られなかった。

彼の手が臀部を包みこんでもち上げると、セシリーは目をとじた。彼がもっとも適した角度を探したあと、開いた腿のあいだに熱いものをあてがい、侵入を図る。冷たい水と焼けつくような欲望の対比が、いやがうえにも興奮を高めていた。

その瞬間、すべての思考がぴたりと止まった。

彼が動くのにあわせて、セシリーも腰をくねらせる。彼の両手が臀部を支え、つかみ……

セシリーは目をとじたまま上半身をのけぞらせ、つらぬかれるたびに高まってゆく快感にわしづかみにされていた。もちろん、水の中で愛しあうのは初めてだ。寝室にジョナサンがしのび込んできたあの夜、初めて男性を知ったのだから。

あのときとはちがった。ちがうに決まっている。ここにはぴったり閉められたカーテンもなければ、覆いをかけた家具もない。規律もない。ただ自分と、野生の獣《けもの》のようなオーガスティン伯爵だけが、午後の日ざしが降りそそぐ川の中で、裸でからみ合っている。

あまり深く考えすぎると、このすばらしいひとときが台無しになりそうだったし、事実、彼が踊り手のように小気味よくくり出す前進と後退の動きは、すばらしいのひと言だった。甘美のきわみ。

もっと荒っぽい言葉のほうがふさわしいのかもしれない。常日ごろジョナサンが見せる奔放さからすると、〝甘美〟ではものたりなく思えた。つながったまま、彼の唇がこめかみをかすめる。「きみが必要だ」

セシリーは濡れそぼった黒髪に指をさし入れた。「さっきも、そう言ったわね」

「まだ、わからないのかい？」深くつらぬかれる感触とともに、言葉の意味がわかった。

彼の首すじにしがみついて、大きく息を吐く。神経のすみずみまで火がつき、全身がうずいていた。「いまはまだ、はっきりとはわからないわ……ジョナサン、どうか……お願い……手伝って」

やがて、やわらかな夕風と彼の愛撫、つながった箇所の感覚、おだやかな川の流れがひとかたまりの愉悦となって押しよせてきた。ジョナサンにきつく抱きしめられたセシリーは、陶然と身をふるわせ、鮮烈な快感に息もできなかった。

感きわまって泣きだしそうだった。

愛しているわ、と声に出して言いたかった。けれど、ともに身をふるわせながら、セシリーは唇を噛み、彼の喉もとに顔をうずめて、よき妻になるということを考えていた。

よき伯爵夫人。よき母。

レディ・オーガスティン。

いいえ、〝野蛮な伯爵夫人〟がいちばんいいかもしれない。

彼の腕の中、やさしく水の流れを背中に感じながらしばしのときが過ぎた。けれど、いつまでもこうしてはいられない。やがて彼が顔を上げ、分身を引きぬいたが、まだ抱擁は解かずにいてくれた。にっと笑って言う。「昼間に愛しあいたいと言いはった意味が、これでわかっただろう？」

「何度くらい、こういう経験があるの？」ミセス・ブラックウッドがはずかしげもなく体を押しつけるのを見たときは嫉妬にかられたが、彼と婚約したいまは、占有欲というより純粋な好奇心から、彼の過去を知りたくなっていた。それに、あれほど熱いひとときの余韻《よいん》を味わいながら不機嫌になるほうがむずかしい。目の前には笑顔の彼がいて、漆黒の髪を日光にかがやかせ、さえざえと黒い瞳の奥に、さも愉快そうな光をやどしていた。

「初めてさ」

きっと、疑いがありありと顔に出ていたのだろう。

「愛しあうのが、だよ」ジョナサンがやさしく説明し、抱きしめた両手に力をこめた。「もちろん、きみの前にもそれなりに経験はあったさ。だが、〝生娘〟という言葉の意味は、肉体の純潔だけを指すわけじゃない。きみとは、愛を交わしている。そこがちがうのさ。だから、初めてと言ったんだ」

セシリーが望んだとおりではないけれど、かなり近い言葉だった。

そよ風が水面を波立たせ、顔をなぶる。セシリーの中には、こんなふうに明るいところで抱きあう大胆さを信じかねる気持ちと、これだからこそ、ジョナサンに恋したのだと納得する気持ちとが同居していた。予想どおりの人生は安楽なのかもしれないが、自分には少し伝統をはずれた結婚生活のほうが向いているように思えた。

あぶなっかしい魅力にあふれた男性との結婚生活が。

とはいえ、ひとまずは表面だけでもおとなしくふるまう必要があった。「もう、戻らないと」セシリーはジョナサンの顎に無邪気なキスをした。ゆったりと満たされた気分で、彼の首に腕をからめ、水中をたゆたいながら。

「そうだな」ジョナサンがうなずき、こめかみに唇を押しあてた。「そろそろアディが探しはじめるかもしれない」

「それに、アドニスもあなたを恋しがっているはずよ」セシリーはからかった。「アディから聞いたわ。ここに来るあいだずっと、あなたの膝に乗っていたんですってね」

「ひどいやっかい者だよ、あいつは」ジョナサンが思いきり眉をしかめたが、うまくいかずに笑いだした。「元気のよすぎる奴らはともかくとして、妹たちも、あまり外出が長びいたら不審に思うだろう。もちろん、きみの祖母どのも」

「手足に力が入らなくて、水から上がれないわ」

「運んでやろう」

「これが、愛なの？」

言うべきではなかっただろうか？　かもしれない。でも、ふたりは婚約した恋人同士なのだし、いっしょに過ごした牧歌的な午後は、まるで恋愛小説のようだった。太陽と、水面と、快楽と……。

「きみに定義してもらおうと思っていた」セシリーを抱いたまま水中を歩きながら、ジョナサンがふいに表情を引きしめた。「ぼくにとっては、めったにない経験だから」

彼のほうがはるかに経験豊富なはずなのに。「わたしだってそうよ」

「そうでないと困る」彼の声が不機嫌そうにしわがれ、顎の筋肉が引きつった。「きみは、ぼくのものだ」

「さっきも言ったわね」議論するつもりはなかった。ただ、占有欲の裏に、もっと深い感情がひそんでいそうに思えたのだ。

セシリーの重みなどものともせずにやすやすと土手を上ったあと、ジョナサンがふっと笑った。「ずいぶん傲慢な言いかたになってしまったな。言いなおそう。この週末、誰も殺したくはないんだ」

「少しは野蛮さが薄れたわね」セシリーはまじめな顔を保とうと苦心した。「祖母はさぞかんかんになるでしょうね。公爵家の敷物を血で汚されでもしたら」

「そういう意味で言ったわけじゃないが、まあ、確かにそうだろうな」ジョナサンがセシリーを草の上に立たせ、引きしまった肉体に水滴をつたわらせながらシャツに手をのばす。「これで体を拭くといい。上着をはおってしまえば、みんな気づかないだろう」

みんなが気づかないわけがない。濡れたシャツのせいではなく、ふたりは意味ありげな視線を交わさずにいられないだろうから。手がふれただけで、息を呑まずにいられないだろうから……。

〝そうよ、これが愛なんだわ〟

そして自分は、まもなく夫となる男性とふたり、裸で、暮れなずむ空が深紅色に染まるのを眺めている。上質の亜麻布を受けとり、ふくらはぎを拭きながら、セシリーは冗談と本気をないまぜにして言った。「あなたはほんものの洒落男ね、オーガスティン伯爵」

「それはどうかな」ジョナサンは裸を隠そうともせず、セシリーが拭きおわるのを悠然と待っていた。シャツを受けとり、ズボンを引き上げる彼の目が、揺れる乳房にじっとそそがれる。「まっとうな紳士は、婚約者を昼下がりの逢引きに誘ったりしないだろうから」

「どんな時間の逢引きでもよ」セシリーは訂正した。

「髪型はくずれなかっただろう」浅黒い長身を薄れゆく夕日に照りはえさせながら、ジョナサンが悪びれずににやりとした。「そこは評価してほしいな」

セシリーは気分がはずんでいたので、裸で屋外に立っているというはずかしさをさほど感じずにすんだ。地面に落ちたままのシュミーズを拾い上げる。「忘れないでおくわ」

「こんな午後を、忘れることができるかい？」彼の声は低く、浮ついたところはどこにもなかった。

セシリーは小さな声で、心から答えた。「いいえ、けっして」

24

「やはり、伯爵位の威力はあなどれないのかもしれないな」

リリアンは従兄の顔を見た。「そうかしら？」

夕日のあたるテラスに並んで腰かけていたジェームズの、せいいっぱい無頓着そうなふるまいに、リリアンはだまされなかった。「別に目新しい話じゃないだろう？」

「そうね」

「だが、あのふたりはちがうらしい」

「男性の財産や身分がめあてで結婚するわけではない、そういう意味ね？」

ふたりは子ども時代から仲よしで、お互いをよく知っていた。ジェームズは、父の末弟の息子だ。同じ屋根の下で大きくなり、同じ財産を分かちあい、歳も近い。「世にもめずらしい恋愛結婚というやつらしいよ。ジョナサンにそんな素地《そじ》があるとは思いもよらなかったが、なにしろ相手は美人だし、血統のよさも文句のつけようがない」

「それにひきかえ……」

「ジョナサンのほうは若干ほかの血が入っているが、レディ・セシリーは気にしないらしい。父親も、結婚を認めたということは、そうなんだろうな」

「娘を愛しているから、本気だということがわかったんでしょう。ジョナサンをそこまで望むというのなら、手に入れるべきだわ」リリアンは夕闇の中で黒っぽく映る木々に視線を転じ、自分をこよなく愛してくれた亡父に思いを馳せた。愛情ゆえに、アーサーの件も理解してくれた父。おのれの体面とリリアンの評判を守るためだけの結婚を強いたりしなかった父。駆落ちが失敗に終わったあと、父は腕の中でたっぷり泣かせてくれ、そのうえで将来を決めさせてくれた。

芝生に長い影が落ち、虫の音が聞こえはじめた。「ジョナサンは、一族のご多分にもれずとても個性的な男だが、ぼくには彼が理解できるよ。最初は少しだけ偏見があったが、何年か前、実際に会ってからはそれもさっぱり消えた。いまでも、あの精霊信仰だけはわからないが、まあ、向こうも別に理解してくれとは言わないからね。英国国教会に改宗したくないというのなら、それでかまわないと思う。ジョナサンの長所は、自分の価値観を他人の意見や慣習とは切りはなして考えるところだ。ただ自分らしく生きているんだよ」

リリアンは兄にもらい、いまはドレスのポケットに入れてあるつややかな石のことを思い出した。ふだんは迷信などに頼らないが、いまはなぜか、もち歩くくらいかまわないという気になっていた。

兄への反感は、宗教や政治観とはまったく関係ない。ただ、亡くなった父が彼の母親をこよなく愛したという事実だけだ。イングランドの伯爵が伝統を踏みにじって、フランス人とインディアンの血を引く女を娶るなんて……。もしかすると、母の痛烈な非難に影響されていたのかもしれない。「ジョナサンと初めて会うときは、どんな野蛮人かと心配していたのよ、わたし」

ジェームズが屈託ない笑い声をあげた。「あながち的はずれでもないさ。きみの兄貴は、その気になれば礼儀作法なんて平気でかなぐり捨てる男じゃないか。前も……」

従兄が言いよどんだので、リリアンはいぶかしく思って顔を見た。

「忘れてくれ」ジェームズが言葉をにごし、表情を引きしめた。「レディの耳に入れるような話じゃない。ただ、きみたち兄妹の距離が少しでも近づいたのならうれしいよ。ジョナサンは心からきみの将来を心配しているし」

「わかっているわ」でなければ、自分などが社交界きっての大物、先代エディントン公爵夫人の庇護《ひご》下に入れてもらえるわけがない。「きょうの午後だけで、ずいぶん大ぜいの独身男性に紹介されたわ。爵位持ちもいたし、財産持ちもいたけれど、ふたつを兼ねそなえた人はいなかった。先代公爵夫人は、評判のかんばしくない娘にできるかぎりの良縁を世話してくださるつもりなんでしょう。わたしの結婚持参金が必要な男性や、どうしても貴族の娘を娶りたい男性なら、少しばかりかがやきが鈍《にぶ》った娘でも、気にしないものね」

「ジョナサンは、きみのためによかれと思っているんだよ」

「わかっているわ」

リリアンはもう少しで――ほんの少しのところで――笑いそうだった。

「かがやきが鈍ってなんかいるものか。馬鹿を言うんじゃない」ジェームズがつぶやき、ワイングラスに手をのばした。「もしそう考える人間がいたら、そいつは愚か者だ。きみとセブリングとのことは遠い過去だし、正味の話、男は女ほど醜聞を気にしないものだよ」

それには同意しかねた……少なくとも、全面的には。社交界への復帰をためらった理由のひとつは、あのころ女性に白い目で見られただけでなく、男性の目も変わってしまったからだ。もしかすると自分の思いちがいで、実際はジェームズが正しいのかもしれないが、ある種の偏見は確かに感じられた。すでに純潔を失ったと勘ぐられたことで、リリアンをとりまく世界はがらりと変わってしまったのだ。

「気をつかわなくてもいいわ。でも、ありがとう」実際のところ、ひさしぶりに人前に出て、このあとに正式の晩餐会を……感じがよくて詮索したがりの紳士がたとの対面を控えているわりには、気持ちが楽だった。

「礼はいらないよ。まごうかたなき真実を言ったまでだ」

「世間の人は、あなたほどやさしくないもの、ジェームズ」これも真実だった。父が亡くなったあと、ジョナサンが到着するまでのあいだ、なにかと世話を焼いてくれたのはジェームズだ。兄に知らせが届き、訪英の準備が整うまでには何カ月もかかった。悲嘆と喪失感だけで手いっぱいだったあのころ、もしジェームズが助けてくれなかったら、もっとひどいことになっていたにちがいない。

「リリアン、自分を過小評価してはいけないよ。他人のことも」ジェームズの声はとても静かだった。「生きていれば、ときには心の狭い連中に苦しめられることもある」

リリアンにしてみれば、身に覚えがあるどころではなかったが、ジェームズの言いぶんにも一理あった。「おかげさまで、それだけはいやというほど学ばされたわ」

「もし侮辱する奴がいたら、ぼくかジョナサンがいつでも相手になる」

「ありがとう」

「そんなわけで、この催しのあいだは少し気楽にかまえてみないか？　ここに来た男連中はたいてい知り合いだ。よさそうな相手がいたら、なんなりと相談に乗るよ」

「やってみるわ」リリアンはふと好奇心にかられた。ジェームズは外見もいいし、爵位はなくても――ジョナサンの結婚が決まったので、いずれ跡継ぎも生まれるだろう――ボーン家の一員だ。少しばかり家名に傷がついても、まだまだ評価は高い。「あなたはどうなの？」

「ぼくが、何をどうだって？」

「奥さまを探してはいないの？」

ジェームズが、ロンドン塔のてっぺんから飛び下りろとでも言われたような顔をした。

「いや。いいや。探してなんか……いいや、そんなまさか」

「〝いいや〟は一回でじゅうぶんよ」リリアンはやんわりとたしなめた。「ただ、あなたが知り合いの紳士がたを押しつけるつもりなら、こちらも同じことをしようと思っただけ。上流社会には、すてきな旦那さまを見つけたい娘さんが山ほどいるわ。このパーティにも何人か招待されているはずよ」

「ぼくは押しつけたりしないよ」

「そうなの？」

ようやくジェームズもいつもの調子をとり戻し、いたずらっぽく笑ってみせた。「しないさ。もしお望みなら、知り合いを押しつけたりしないと誓ってもいいが、他人については断言できないよ。先代夫人はなかなか手ごわいから」

まったく、そのとおりだった。

はたして上流社会のきびしい目に耐えられるか、リリアンには自信がなかった。さんざんいやな思いをしたあとだったから。「ちゃんとやっていけるかしら」小さな声で打ち明ける。新品の優雅なドレスの下で軽く重ねた足首が、緊張にふるえていた。

「あのお上品な人たちの輪に、どうすれば何ごともなかったような顔で戻れると思う？」

ジェームズが、男性特有の悦に入った笑みをたたえた。「多大な影響力を誇る先代エディントン公爵夫人の助けがあれば、だいじょうぶさ」

リリアンは愛想よくほほえみながら、反撃の言葉を探した。「週末が終わって帰るまでには、かならずあなたにも痛い目を見せてあげるわ。せっかく若い娘が大ぜい来ているんだから、わたしといっしょに苦しみなさいよ」

ジェームズが真顔でうめいたので、少し胸が晴れた。

豪華な晩餐のあと、招待客はいくつかのグループに分かれた。テラスでシャレード（ふた組に分かれておこなうジェスチャーゲーム）に興じる者、音楽室に集まって、スコットランド民謡をピアノでおどろくほどみごとに弾きこなす若い女性の即興音楽会に耳をかたむける者。男性は年代物のポートワイン、女性はシェリーを手に……。

「少し話をできるだろうか、レディ・セシリー」

女性の輪の隅に座っていたセシリーは目を上げ、びくっとした。「ドゥルーリー子爵」つかえないようにするのがせいいっぱいだった。

「しばらく話をさせてほしい。もし、婚約者どのが気分を害して、薔薇園で対決しろと言ってくるのが心配なら、ことわってくれてかまわないが」

周囲はいっせいに笑ったが、セシリーは、心から愉快そうな表情を浮かべている子爵をひそかに賞讃し、友好的な態度でゴシップを散らそうとしてくれたことをありがたく思った。

請われるままに立ち上がろうとしたとき、子爵が小声で言った。「ほんの数分でいいから、ふたりきりになりたいんだ」

婚約の件は知っているはずだ。先ほど晩餐の席で祖母が発表したから。だとしたら、ことわる理由がない。セシリーは席を立ち、子爵にうながされてテラスへ向かった。ふたりの退場を室内の全員が見ていたが、ロンドンにいるときよりは詮索されずにすみそうだった。

「衆人環視の的といったところだね」外に出るとすぐ、子爵が足を止めて苦笑を漏らした。背後の暗闇には庭園が広がり、田舎の夏特有のつんとした芳香がただよってくる。屋敷を囲むようにずらりとランタンが灯してあるので、ふたりの姿は丸見えだった。「心配しなくていい。少し話につきあってほしいだけだから」

「人目にさらされるのにも、だいぶ慣れてきましたわ」セシリーは弱々しくほほえんだ。

「ジョナサンはどこでも注目の的ですもの。もし結婚したら……」

「実際に、結婚するんだろう？」ドゥルーリー子爵が訂正した。「そう、結婚したら、世間の目に慣れる必要がありそうだね。ぼくからも、おめでとうを言わせてほしい。とてもしあわせそうじゃないか」

子爵のまなざしには誠実さがあふれていた。皮肉なことに、紹介されて以来初めて、お互いの胸の内を理解できたのかもしれない。そのままいくらでも、あたりさわりのない会話を続けられそうだったけれど、子爵がわざわざテラスに呼び出したのはセシリーの結婚について話すためではない、と思いたかった。

実のところ、そうでないのを知っていた。

「ほんとうにしあわせですわ」答えたあとで、セシリーは思いきって続けた。「きょうはエリナーと楽しいおしゃべりをなさったそうね」出すぎた物言いかもしれないが、進展があったのはまちがいない。晩餐に向けて着替えをしているとき、姉は浮かれるとまではいかないけれど、この数週間になく明るかった。いつもは襟ぐりがあきすぎだときらっているエメラルド色のドレスを、セシリーのすすめに従って身につけたほどだ。姉に黙って女中にこのドレスを荷造りさせたことで、とがめるような視線が飛んできたものの、その甲斐はあったと思えるほど、姉は晩餐の席で熱い視線を浴びていた。

ドゥルーリー子爵が深々と息を吸いこみ、決然とした顔になった。「きみの姉さんと交わした会話を、自分が深読みしすぎているのではないかと、少し心配でね」

ほんとうに、進展があったんだわ……。

男女の縁をとりもつのは生まれて初めてだが、いまのところ首尾は上々だ。セシリーはあからさまに喜ばないよう細心の注意を払った。「今夜のエリナーはとてもきれいだわ。そう思われるでしょう？」

「ああ」子爵がうなずいた。優美な正装にきちんと整えた金髪、おだやかなたたずまい。

「それに、頭もいいし」

「そこにも同意するよ」

「心根もやさしいし」

とうとう子爵が相好をくずした。「姉さん思いなんだね、レディ・セシリー」

「人間誰しも欠点はいくつかあるけれど、姉はきっといい奥さんになる、そう申しあげているだけよ」

「つまり、ぼくの勘違いではないと考えていいのかな？」

エリナーから胸中を打ち明けられたいまは、遠回しの問いにも自信をもって答えられた。

「とても勘が冴えておいでですのね、子爵」すましてほほえむ。

「そんなこと、めったに言われないよ」子爵がものうげに答える。「むしろ、自分の鈍感さを気に病んでいるんだ。だが、率直に話してくれてよかったよ。そろそろ、中に戻ろうか」

「ええ、そうしましょう」

数分後、近くにやってきたジョナサンは、はたしてもと求婚者候補の首を引きちぎりたい衝動をこらえているのかどうか、ゆったりと話しかけてきた。「きみは感情が顔に出すぎだな。その得意そうな笑みを、少しは隠そうとしたほうがいいぞ」

セシリーは上目づかいに相手を見やり、品よくほほえんでみせた。「子爵はただ、婚約を祝ってくださったのよ」

「そうか？　ずいぶん熱心に話しこんでいたじゃないか。そのほかには？」

嫉妬しているのかしら？　意外だった。川であんなひとときを過ごしたのだから、こちらの愛を疑う必要などまるでないはずなのに。

「エリナーについて訊ねられたわ」

「ということは、作戦成功か？」ジョナサンがにっこりした。田舎のパーティなので、長い黒髪をほどいて肩にたらしている。くつろいだ格好は彼に似合っていたし、きゅうくつなクラヴァットをはずしたことで、より自由にふるまえているようだ。日が落ちたら少しは羽をのばしたい、という若い男性の好みをわきまえた祖母の寛容なはからいだった。

もっとも、さっき川で見せたような羽ののばしかたではないけれど……。

「まだ確定ではないけれど、見こみはじゅうぶんよ」

「たぶん、そういう話をしているんだろうと思ったよ」

「なんでもお見とおしなのね、オーガスティン伯爵」セシリーはからかった。室内の全員が耳をそばだてているのを感じる。

ジョナサンがこちらに顔を寄せた。こめかみにあたたかい息がかかる。「かもしれないな。

初めてきみを見た瞬間に、魂の結びつきを感じたから」

ふいにふたりは、純英国式の風雅な客間からどこか彼方へ飛び去ってしまった。

彼といると、そうなってしまう。

ささやきひとつで。

25

晩餐のテーブルはさんざんだった。右側に座ったサー・ノーマンという准男爵は馬の話しかせず、左側に座った若者はひっきりなしに咳払いをして、エリナーを一瞥だにせず、皿に顔をうずめるようにして六皿のコースを平らげた。祖母にしてみれば、孫娘を冴えない席につかせたつもりはなく、もはや初々しく恥じらう段階を過ぎた娘にはちょうどいい組みあわせだと判断したのだろう。

いっぽうドゥルーリー子爵は、とても魅力的な女性に挟まれていた。片方は物静かなデビュタント、もう片方は若く美しい未亡人で、すきとおるような象牙色の肌と鳶色《とびいろ》の髪を武器に、あからさまに色目をつかっている。エリナーは幾度となく、このまま中座して二階に上がり、泣こうかと思った。

いいえ、泣いたりしないわ。どんなにつらくても、自分は涙にくれるたちではない。むしろ二階に上がって、寝室の壁を思いきり蹴ったほうがいいかも……たぶんつま先が腫《は》れあがるだけで終わるだろうが、じっと座って、子爵がほかの女性にほほえみかけたり笑い声をあげたりしているのを見せつけられるのは、まるで拷問《ごうもん》だった。

けれど、彼が美貌のミセス・カークパトリックにどれほど魅了されているように見えようと、いまあきらめるのは早計だ。

それもあって、ようやく会がお開きになったあと、エリナーは妹の寝室を訪れた。部屋着の裾を引きずってそわそわと室内を行きつ戻りつしながら、午後にドゥルーリー子爵と交わした会話の一部始終を話して聞かせたのだ。

独演会が終わると、セシリーがにっこりした。目がきらめいている。「誰に求婚するか、子爵ははっきり言ったの？　それともこちらから訊いてみた？」

エリナーはくるりと背を向けた。「そんなこと訊けるわけないでしょう、セシリー」

妹の黄褐色の目が物思いに沈んだ。「出すぎた真似に思えるかもしれないけれど、やっぱり子爵は何か伝えたがっているんだと思うの。出すぎた真似をするのも、そう悪くないわよ。自分からジョナサンに結婚を申し込んだわたしが言うんだから、まちがいないわ」

このセシリーが、世間では控え目だと思われているなんて……。さすがのエリナーも唖然とした。「そうだったの？」

化粧台の前にちょこんと腰かけ、長い髪をたらしたセシリーが、口もとをほころばせてうなずいた。「うまくいったのは、言わなくてもわかるでしょう？」

全身からあふれ出んばかりの幸福感を見ればあきらかだった。とはいっても、まさかいきなりドゥルーリー子爵――ほんとうは、より親しみやすいイライジャという名で呼びたかった――のところへ行って、自分は女として好ましいか、などと訊ねるわけにはいかない。

あたりまえだ。無理に決まっている。

考えたくもないほど破廉恥だった。レディらしくない。よくも悪くも型やぶりなオーガスティン伯爵が相手なら効果があるかもしれないが、イライジャは典型的な英国紳士だ。セシリーの上品なたたずまいだけを見て、従順でおとなしい――実際はどちらでもないのに――、妻にうってつけの淑女だと思いこんだのは、彼自身がそういう女性を求めていたからにほかならない。

それでも……午後に言われた言葉が心によみがえった。

〝自分を楽しませてくれる女性……なんでも話のできる女性……〟

「話をしてみるわ」勢いこんでみたものの、考えただけでどきどきした。「でも、なんて言えばいいのか思いつかない」

「お姉さまが？」セシリーがおもしろそうな顔になった。「めずらしいわね」

エリナーは妹をにらんだ。「意地悪はやめてちょうだい。初めて会ったときからあこがれていたなんて、言えるわけがないでしょう」

「あら、なぜ？　どうせ、もう気づかれているわよ」セシリーが淡々と述べる。「それから、どうか自分らしさを出してちょうだい。相手は素顔のお姉さまに惹かれたのよ。今シーズンずっとまとっていた、物静かな仮面にじゃないわ」

「去年は自分らしさを出したあげく、彼をおじけづかせてしまったんだもの」エリナーは反論した。

セシリーが静かにほほえんだ。「子爵はもうそこを乗りこえたと思うわよ。それにさっきの話だと、向こうが勝手におじけづいてしまったように聞こえたけれど。お姉さまに対する印象じゃなくて、子爵が自信をなくしたせいだったんでしょう」

そう言ってもらうと、気分がすっと軽くなった。エリナーは深呼吸をひとつした。「そうだといいけれど」


ノックはごく小さな音だったので、初めは空耳かと思った。もう一度音がしたとき、イライジャ・ウィンターズは時計に目をやり、眉をしかめた。従僕を下がらせたあとはずっと、月明かりのバルコニーで、公爵家秘蔵のブランデーをなめながら物思いにふけっていたのだ。なぜ、このパーティの招待を受けてしまったのかについて。うるわしのレディ・エリナーについて。苦手な要素をすべてそなえた女性に、なぜ惹かれてしまったかについて。

午後にも本人に打ち明けたとおり、自分でも、何が望みなのかわからなかった。ようやく酔いが回って眠れそうになり、床に入る準備をしていたところなので、ノックが聞こえたときは上半身裸だった。

こんな時間に、いったい誰だ？

部屋着をはおりたいところだが、あいにく近くに見あたらなかった。ボスコはいったいどこに置いたのか……。正直なところ、したたかに酔ったいまはどうでもよくなっていた。礼節を気にする人間なら、こんな時刻に部屋を訪ねてくるはずがないからだ。

ぞんざいに扉を開けると、さんざん思いを馳せた相手がそこに立っていた。金褐色の髪をほどいて華奢な肩にふわりと広げている。まとっている象牙色の薄物が、かわいらしさと初々しさを感じさせて……。

　ためらいがちな瞳にも、同じ風情がただよっていた。

「何をしてる？」イライジャはしゃがれ声をしぼり出した。屋敷の家族棟からこの客用寝室へ来るまでに、誰かに見とがめられなかったのだろうか。

「あなたと話をし……」

　イライジャは相手の腕をつかみ、はっと息を呑むのもおかまいなしで室内に引っぱりこんだ。戸口で話しているところを、廊下を通りかかった人間に見られてはたいへんだ。「頭がおかしくなったのか？」

「ええ、きっとそうだわ」愛らしい葛藤を覗かせてエリナーがつぶやく。「でなければ、こんな夜ふけに扉を叩いたりしないもの」

　ふたつの事実が、にわかに意識された。

　いまの自分が裸同然だということ。

　エリナーも裸同然だということ。

　おまけに、ふたりとも平常心を失っている。彼女は寝室の扉をノックし、自分は引き入れてしまった。あんなにブランデーを飲んだせいだ。若い娘が寝室にいるという間の悪さを考えるべきなのに、目の前のなやましい姿から視線を離せない。肌がうっすらと透けて見えるナイトドレスの前には、さっき晩餐の席で着ていた、豊かな胸と腰のくびれ、臀部の張りを強調するエメラルド色のドレスさえもかすむほどだ。

これまでのエリナーが魅力に欠けていたわけではない。ただ、その魅力にどう反応すればいいかわからずとまどっていたのだ。妹のセシリーはちがう。彼女とは、初対面のときから気が楽だった。好意はおぼえても、胸が騒いだりはしない。しかもはかなげな美人で……。

けれど、姉のほうはまるで予想がつかない。いまも、はだしにナイトドレス一枚で自分の寝室に立っている。「なぜ、ここに来たのかな？」イライジャはブランデーに酔った声で訊ねた。「考えなしどころでないのは、わかっているだろうに」

もしかすると、酒だけではないのかもしれない。彼女がすぐ近くに立っているせいだ。ひとつだけ灯ったランプの光を受けて、長い髪が蜂蜜のようにとろりとして見えた。いまにももちまえの慎重さを忘れて、なめらかな感触を手で確かめてしまいそうだ。

そのほかにも、穏当ならざる願望が次々と湧きおこってきた。

「話がしたかったの」エリナーが大きく息を吸いこむと、豊かな胸がなやましく上下した。

時を同じくして、彼女の目がこちらの胸板に釘づけになった。

こちらの視線をいやがっていないのなら、見つめられるのはいっこうにかまわなかった。お互いさまだ。

やっとのことで、理にかなった言葉が口から出た。「朝まで待って、朝食の席で話すわけにはいかなかったのかい？」

「わたし……」エリナーが言葉につかえて目をそらしたあと、背すじをのばした。「あなたを待っていたの」

イライジャはとまどって彼女をまじまじと見た。これは何かの幻覚だろうか。「ぼくを、待っていた？」

頬を真っ赤に染めながらも、エリナーは顔をそむけなかった。「もっとうまい言葉を思いつければいいけれど、そのとおりなの。昨シーズン中ずっと、あなたが目をとめてくれるのを待ちつづけ……」

「目はとめていたさ」イライジャははげしくさえぎった。良家の子女にこんな無礼をはたらくことはめったにないのだが。「嘘じゃない。きみには目をとめていた」

「だとしたら、あなたは心の読めない人だわ、子爵」

この二、三日思いなやんでいたうえに、ブランデーの酔いが回り、尋常ならざる時間――いや、どんな時間でも同じかもしれない――、目の前にははだしの女神がたたずんでいる。もしかすると、きょうの午後テラスに腰かけている彼女を見つけた瞬間に目が覚めたのかもしれない。ひとりで物思いに沈み、午後の日ざしに照らされる姿はどこまでも優美だった。

彼女がほしい。歯に衣着せない物言いは社交界ではきらわれるし、初めての社交シーズンで結婚が決まらなかった娘なのに……。

だが、それは彼女が待っていたからだという。自分だけを。男にとって、これ以上の殺し文句があるだろうか？

「こうすれば、はっきりわかるかな？」訊ねながら、ふたりを隔てる二歩の距離をいっきに詰める。

そして、キスをした。腕の中に抱きよせて顔を近づけたときには、相手にも意図が伝わっていたはずだ。エリナーはおどろきに身を固くしたが、うれしいことに、すぐさましなだれかかってきた。

〝野蛮な伯爵〟でなくても、長くはげしい抱擁はおのずと荒々しいものになった。しばらくたって顔を上げたイライジャは、衝撃の事実を知った。

ときには礼儀をかなぐり捨てたほうが喜んでもらえるらしい、ということを。

首すじにしっかりと腕をからめたエリナーが、こちらの目を覗きこみ、例によって率直に言った。「これで、はっきりわかったわ。どうか、もういっぺん説明してちょうだい」

26

朝だ。いや、まだ明けきってはいないが。日の出の少し前、空にはほんのりと赤い筋がいくつも走っている。ジョナサンがこんな時間に目ざめたのは、これまで人生の大半を屋外で送ってきたからだ。月や太陽の周期も熟知していた。

セネカに端綱《はづな》をつけ、鞍はつけずに馬にまたがる。巨馬は都会暮しにあきあきしていたらしい。うれしそうに横向きに跳ねるのを眺めながら、ジョナサンは腰を落ちつけ、手綱を手にとった。

ふたりとも、疾走したくてたまらなかったのだ。

周囲にはなだらかな牧草地と小道、曲がりくねった小川しかないので、愛馬に好き勝手に走らせることにした。人馬は小石を蹴ちらしながら長い車回しをぬけた。冷たい空気が顔を打つ。

これが幸福というものか。雄馬が低い石垣を力強く跳びこえるなか、ジョナサンはまだベッドで眠っている婚約者を思った。あたたかでなめらかな肌、枕に広がる乱れ髪。それに、あのかわいらしい笑み、歌うような笑い声、こちらを見つめてなごむ瞳……。

イングランドへ来たのは、恋に落ちるためではない。書類上のつながりしかなかった家族と親交を深めるためでもない。皮肉なものだ。あれほど気が進まないイングランド行きだったのに、亡父への愛情と責任感からこの国をおとずれたことで、ジョナサンの人生は変わってしまった。

そう、がらりと変わってしまった。セシリーに、アメリカ行きを無理強いするつもりはないと言った以上、今後の生活についても考えなおす必要がある。もしセシリーが故郷を離れたくないと言っても責めるわけにはいかない。自分がアメリカへ戻りたくてたまらないのもまた、故郷で慣れしたしんできた生活を続けたいという意思だからだ。

まっすぐな道に入ったので、馬はみるみる速度を増し、ジョナサンの髪をなびかせた。もし彼女を説得しきれず、いっしょに連れていけなかったら？

それでも、自分はアメリカへ戻るだろうか？

確信がなかった。

なんという難問だろう。

田園風景が勢いよくうしろへ流れ去り、空が本格的に明るくなり、セシリーと愛しあったあの川に、セネカが飛沫をあげて踏みこむ。ジョナサンは頃合を見て愛馬の向きを転じさせ、体のほてりを冷ますためにゆるやかな足どりで公爵屋敷へ戻りはじめた。

そのとき、さわやかな朝が一変した。

最初の弾丸は肩の真ん中をとらえた。予想だにしなかったすさまじい衝撃に、さすがのジョナサンもたじろいだ。不吉な銃声がひびくなか、何が起きたのかを理解したのは、焼けるような痛みが広がったときだった。奇跡的にふり落とされはせず、勢いよく駆け出す馬の背にしがみつくことができたが、それも束の間だった。二度めの襲撃におどろいたセネカが勢いよく跳ね上がったからだ。

〝二発撃たれたな〟痛みがじわじわと下のほうに向かっていくのを感じた直後、地面に叩きつけられた衝撃で息が止まりそうになった。その場に倒れたまま、さっさと動け、隠れ場所を探せ、と頭は忙しく指令を送っていたが、体が言うことを聞かない。ようやくほそぼそと息を吸いこみ、寝返りを打って四つん這いになることができた。一面、血の海だ。シャツが真っ赤に染まっているのは、二発めの弾丸も胴体にあたった証拠だろう。だが、傷の正確な位置がわからないほど、全身が燃えるように熱かった。右側に草むらと低木林が見えるが、はたしてそこまでたどり着けるかどうか。

〝まずいな。とてもまずい〟戦場でも二度負傷したことがあるが、今回のはもっとひどい。

立ち上がろうにも力が入らないおのれの体に歯嚙みしながら、もう一度ふんばりかけたとき、ブーツの足が肩の傷口をまともにとらえ、体を荒っぽくころがしてあおむけにさせた。世界が一回転する。

「この異教徒が。私生児が」

かすむ目で、ジョナサンは襲撃者を見上げた。小脇に銃をかかえているということは、きっとそうなのだろう。ぱっとしない男だった。少し流行遅れの服はくたびれかけ、顔は真っ黒に日焼けし、くしゃくしゃの黒髪に囲まれた顔が、凶悪にしかめられている。ジョナサン同様に黒い瞳が、見あやまりようのない憎悪をやどしているが、あいにく顔には見おぼえがなかった。

「やっとしとめたぞ、オーガスティン」

二発も撃たれて、返事をするのはむずかしかった。血がどくどくと流れている……どこもかしこも。

「ずっと見はっていたんだ。機会を待ってたのさ。おまえのお上品な従弟のこともだ。一年も尽くしたこのおれを、よくもお払い箱にしてくれたな。黙って消えるとでも思ったか？」

お払い箱……いったいなんの話だ？　かすむ頭を必死ではたらかせたすえに、ようやく合点がいった。ブラウンだ。ジェームズに解雇を指示した、鉱山のもと管理者だ。そいつがいま、銃を小脇にかかえて、ジョナサンにまたがるようにして立っている。

かがみ込んだ男からは火薬の匂いがした。その匂いが、ジョナサン自身の傷口からどくどくと流れる血の匂いとまじりあう。「ロンドンで大きなパーティがあったあと、おまえをしとめそこなったからな。あれ以来、あとを尾《つ》けていたんだ。ここのほうが人目がなくていっそ好都合だと思った。ロンドンじゃ、どこもかしこも人だらけだからな。おまえがひとりで馬を乗りまわしたがるのも知っていた」血も凍るような笑みを浮かべる。「ただ、きのうはあてがはずれた。ひとりじゃなかっただろう？　公爵の令嬢を、安い売女《ばいた》みたいに汚しやがって。素裸にむいて川の中に連れこんで、好き放題にもてあそびやがって。この件を公爵に話したら、娘の評判を守るためにたんまり口止め料をくれるだろうな。どうせおまえは死んだあとだが」

もし男に手ひどく脇腹を蹴られなかったら、自分はセシリーと結婚する予定であり、公爵からも正式に許可をもらったいま、そこまで非難されるいわれはないと反論しただろう。結婚前の羽目はずしに、公爵は多少機嫌をそこねるかもしれないが、セシリー自身は喜んで身をゆだねたのだ、と。

それに、自分はセシリーを愛しているのだと。

失神の一歩手前をさまよいながらも、生きのびるすべを必死で探しているのは、彼女への愛ゆえだ。セシリー、それにアデラ、妹たち、ジェームズ……彼らのためにも生きのびなくてはならない。

「ぼくは……」声を出すのはひと苦労だった。どうやら、銃創《じゅうそう》だけでなくあばら骨も折れたらしい。「オーガスティン伯爵だ。かならず……」

「馬鹿を言うな。おまえのどこが英国貴族なものか」男が軽蔑もあらわに吐きすてた。「おれにとっては、死んでくれたほうがずっと価値のある男だよ。銃は念のために二丁もってきた。もうじきおまえの従弟が探しにくるだろう。顔を合わせるのが楽しみだよ。あのすました坊やにも報復してやる」

そういえばジェームズも、ロンドンで誰かに襲われたと言っていた。それに、故意にこわされたと御者が主張していた馬車の車輪……なのに、自分たちは一連の事件をつなげて考えようとしなかった。

うかつだった……ジョナサンは激痛の靄《もや》のなかで思った。

またもや蹴りが、こんどはこめかみに入った。
やがて、目の前が真っ暗になった。

昼食会に遅れたら、祖母は機嫌をそこねるに決まっている。セシリーは何度めかに時計を見やり、婚約者のかわりに謝罪をこころみても無駄だとあきらめた。厩番によると、ジョナサンは朝早く乗馬に出かけたという。愛馬に鞍もつけず身軽に飛びのるなり、風のような速さで駆け去った、と少年は目をかがやかせて語った。そのわりに、なぜこんなに戻りが遅いのだろう？

ほどなく始まった昼食会で、一同は何くわぬ顔をしていたが、オーガスティン伯爵の不在が見すごされるはずはなかった。数時間後、芝生上でおこなわれるゲームにうわのそらで参加しているところをジェームズ・ボーンに呼びとめられたセシリーは、深い懸念に曇る顔を、鏡に映った自分のようだと思った。

「ジョナサンらしくないんだ」従弟が早口に言う。「そろそろ捜しにいったほうがいい。遠乗りに出るのはめずらしくないが、半日も帰ってこないのは初めてだし、ましていまは人の屋敷に招待された身だからね。何よりも、ここにはきみとアデラがいる。きみに恥をかかせたりはしたがらないだろうし、アデラとは毎日いっしょに朝食をとるんだ」

「何か事故があったとお思い？」この数時間、心配ないはずだと自分に言いきかせてきたセシリーは、いっきに胸が締めつけられた。

「ああ。そう思わないかい？」

「道に迷ったのかもしれないわ」

「ジョナサンが？」ジェームズがかぶりをふった。「目かくしをされても荒野を自在に歩きまわれる男が？　ありえないよ。いまの居場所はわからないが、迷っているのでないことだけは確かだ」

セシリーも同感だったが、もしそれを認めてしまったら、ほんとうに深刻な事態だということが実感されそうでこわかったのだ。

「たとえ緊急の用事が入っても、自分の荷物や、娘や妹たちを残して、誰にも言わずに発つことはありえない」ジェームズが気もそぞろなようすで髪をかきむしる。「あなたを無意味に心配させたくはないが、いやな予感がしててならないんだ」

セシリーはうなずいた。口の中がからからに乾いている。「どのあたりにいるかしら？」

「召使いをふたりほど頼んで、捜索を始めよう。ぎりぎりまで、騒ぎは起こしたくない」

セシリーは決意を固めた。じっとここで待っているなんてできない。「着替えをするまでお待ちになって。わたしも行きます」

「いや、それは……」

「行かせて」断固たる口調を聞いて、ジェームズがうっすらと降参の笑みを浮かべた。

「ジョナサンとは、似た者夫婦になりそうだね」軽くうなずく。「わかった、きみの馬にも鞍を乗せておこう」

ジェームズがきびすを返して厩へ向かったあと、セシリーは楡の木陰に腰かけてゲームを眺めていた祖母のところへ行き、手短に言い訳してから、レディらしからぬ早足で屋敷へ急いだ。女中を呼ぶ間も惜しいので、指のふるえをもどかしがりつつ大急ぎで着替えをすませる。車回しに行くと、ジェームズがセシリーの雌馬とともに待っていた。

セシリーに手を貸して馬に乗せながら、ジェームズが言った。「先に徒歩の召使いを何人かやって、庭園内の林を捜させている。ぼくらは村のほうへ南下しよう。誰かが姿を見ているかもしれないからね」

誰かがうなり声をたてた。

自分だ、とジョナサンは気づいた。重いまぶたを上げようとして上げられず、このまま気を失ったほうがいいのかと迷ううちに、ようやく目が開いた。

空だ。青い空。

踏みつぶされた草の匂い、木立でさえずる小鳥の声、さらさらと流れる水の音……。

いったい、ここはどこだ？　何が起きた？

頭がずきずきと痛む。体のほかの部分も。なかでも、腕をもち上げようとしたときの燃えるような痛みは、ふたたび失神しかけるほど強烈だった。

光と闇のあいだをさまよいながら、たえまない苦痛を、あえて意識しないようつとめる。

やがて記憶が戻ってきた。銃撃と、怨恨《えんこん》をたぎらせたブラウン、気を失うほど痛烈なひと蹴り……。

このけだるさこそがもっとも危険なのだと、うすうすわかっていた、あちこち腫れあがり、出血している状態で、このままなすすべもなく倒れていたら、いずれ自分は死ぬだろう。いまほど、生きたいと思ったことはなかった。

〝立ち上がれ、ジョナサン。あのくそ野郎に負けるな。アディのことを考えろ。セシリーのことを考えろ……〟

ふと、何かに日ざしがさえぎられた。セネカだ。小さな鼻息をたてながら、鼻面でジョナサンの脚を押す。巨馬が逃げなかったことはさほど意外でなかった。生まれてまもなく手に入れて以来、みずから調教してきた。しかし、馬は血の匂いを何よりもきらうはずだ。

奇跡的に、手綱はだらりとぶら下がっていた。

「もっと近く」ジョナサンはしわがれ声で言った。口の中にまで血の味を感じ、もつれた手綱をつかまえようと手をのばしながら、また気を失うのではないかと不安になる。

人間の言葉が伝わったのか、はたまた幸運のなせるわざか、セネカがひときわ首を下げたおかげで手綱が手にふれ、つかむことができた。手綱を頼りに、歯を食いしばってふらつく体を起こす。思いつくそばから母の種族の言葉でつぶやいた呪詛のなかには、英国紳士が顔面蒼白《そうはく》になるようなものもまじっていた。

なんとか立ち上がったあとは、面倒がらずに鞍をつけておけばよかったという後悔にかられた。弱りきった体で馬によじ登るのは七転八倒の苦しみだろう。セネカのたくましい体にもたれて、ゆっくりあたりを見まわすと、少し離れたところに倒木が目に入った。あれを使えば、あるいは……もっとも、そこまでたどり着ければの話だが。

けさがたなら数秒で駆けられた二十歩を、五分もかけ、へとへとになって進む。血がしみ込んで固まったシャツが、こんどは汗でじっとり湿っていた。丸太を足がかりにしてセネカの背にまたがるという単純な動きが、これほどの苦難をともなうとは思いもよらなかった。

刻一刻と弱まる体力を見つもりつつ、ようやく雄馬のたてがみをつかむ。いつもは聞かん気で、すぐにでも駆けたがるセネカだが、きょうはおどろくほど辛抱強く待っていた。いまにもずり落ちそうなあやうい体勢でまたがり、手綱をだらりとたらしたまま、ただ内腿を締め、かかとをそっとくい込ませて指示を出す。どちらの動作も激痛を引きおこした。

「帰るぞ」とささやく。

指示のおかげか、精霊たちの加護か、主人が背に乗ったのを認知したせいか、とにかくセネカは、やっと居心地のいい厩に戻って烏麦《からすむぎ》にありつけるとばかりに回れ右をして正しい方角を向いた。

つかまろうにも両手に力が入らぬまま、ジョナサンは愛馬の首にぐったりともたれ、薄れゆく意識に必死ですがりついていた。

27

リリアンは、庭園を馬で回ろうというサー・ノーマンの誘いに心そそられたふりをしようと最善を尽くした。せいいっぱい明るくほほえんで、返答を口にしかけたとき、ふたりが立っている正面階段から、車回しをゆっくりと近づいてくる一頭の馬が目に入った。

兄がかわいがっている巨大な栗毛は、遠くからでもすぐわかった。ジョナサンがなぜ平気で一日じゅう姿をくらましていたのか、リリアンはずっといぶかしんでいたが、馬がいつになくゆるやかな足どりで近づいてくると、乗り手がいないことがわかった。

それとも、いるのかしら?

ふいに恐慌が襲ってきた。誰かが――というより、ほかにあの悍馬《かんば》を乗りこなせる者はいないから、兄にちがいない――馬の背にまたがり、ぐったりともたれている。片腕をだらりとたらして……。

「助けて」リリアンは礼儀も忘れて連れの腕をつかみ、引きずるようにして階段を下りた。「急いで!」

「ど、どうしました?」サー・ノーマンが口ごもったあと、リリアンがいきなり車回しを駆けだした理由を見てとったらしく、こうつぶやいた。「神さま。ああ、神さま」

ありがたいことに、リリアンの求婚者候補――裕福ではないけれど身分が高い男性のひとり――は若くて体格もよかった。なにしろ兄は大柄だ。

大柄だった、と言わずにすめばいいけれど……。

血が見えた。いたるところに。馬の脇腹をぽたぽたとつたい落ち、ジョナサンのシャツを深紅に染めている。兄の右肩が、かろうじて馬の背の隆起に引っかかっていた。いつもならセネカはジョナサン以外の人間を寄せつけないし、ましてスカートをひるがえして猛然と駆けよる女性など論外のはずだが、きょうはおとなしく歩みを止め、ぴんと足をつっぱって、潤んだ目でこちらを見た。

「何があったんです？　ぼくにはまるきり……うわあ……神さま……ああ……」

これ以上サー・ノーマンが無駄口を叩いたら、名だたる公爵家の車回しで彼を殺してしまうかもしれない、とリリアンは思った。過去の悪評の上塗りになろうと知ったものか。「降ろすのを手伝って」モスリンに小枝模様をあしらった、お気に入りの新しいデイドレスが汚れるのもかまわず命じる。こんな非常時なら、代金を払ったジョナサンも許してくれるだろう。「やさしくよ。ひどいけがをしているから」

出血の量からすれば控え目すぎる表現だ。さいわい、馬かリリアンの疾走のいずれかに気づいた召使が駆けよってきたので、三人がかりでジョナサンを降ろすことができた。

横たえたジョナサンの赤銅色の肌からは血の気《け》が失《う》せ、まるで死人のようだった。長い黒髪がもつれ、唇までが青白い。たまらず嗚咽《おえつ》を漏らしたリリアンは、もし兄のまぶたが動かなかったら泣きわめいたかもしれない。けれど、いまはまだ、ようやく理解しあえた兄を思ってめそめそするには早い。もし、見かけほど深傷《ふかで》でないのなら……。「う……撃たれてる」

「えらいことだ」サー・ノーマンはいまにも気を失いそうだった。

年若いスコットランド人の召使いもおびただしい出血に青ざめていたが、まだ落ちつきがあり、てきぱきと行動できそうだったので、リリアンは強く命じた。「お屋敷に戻って、オーガスティン伯爵が大けがをしたと奥さまに伝えてちょうだい。すぐにお医者さまが必要だわ。それから、けが人を中に運ぶ手伝いをよこしてちょうだい。急いで！」

若者がうなずくと、見ているほうが感心するほどの勢いで走りだした。サー・ノーマンがハンカチをとり出し、ひたいを拭こうとしたので、リリアンは手をのばした。「それをください。よろしければ」

傷の手当てについては何も知らなかったが、早く出血を止めたほうがいいのは確かだ。白い布を折りたたみ、肩口に押しつける。兄がうめいたので、少しほっとした。

まだ、死んではいない。

〝どうか、急いでちょうだい〟

「クラヴァットもいただけないかしら。シャツも脱いで」リリアンはサー・ノーマンを見やった。「しっかりなさって。包帯がたくさん必要なんです」

サー・ノーマンはすなおに上着を脱いだが、そこでためらった。「レディの前でシャツを脱ぐわけにはいきませんよ」

「わたしの神経がそこまでやわでないこと、ご存じでしょう？」

過去に汚されたという噂を思い出したらしく、サー・ノーマンが赤面したが、効果はあった。クラヴァットを手わたしたあとで上着をかなぐり捨て、シャツのボタンをはずす。

傷口を見るのがこわくてたまらなかったが、どうやらジョナサンが撃たれたというサー・ノーマンの読みは正しそうだった。肩口以外にも、シャツの腰のあたりに貫通したような血染めの穴が見うけられる。リリアンはズボンの腰からそうっとシャツを引きぬき、脇腹にあいたぎざぎざの醜い傷口に布を押しあてた。肉がいびつに裂けたようすを見ると、胃がせり上がってきそうだった。

なぜこんなことになったのかはわからないけれど、いますぐ手当てが必要なことだけは確かだった。

「ジョナサン」リリアンはなすすべもなくささやいた。傷口からあふれる血を抑える以外に、何をすればいいのかわからない。話しかけるうちに、いつしかあふれた涙が土気色の顔にしたたり、飛びちった。

声が耳に届いたらしく、ジョナサンの目がぱっと開いたが、ほどなく引きこまれるようにとじてしまった。リリアンは草の上に膝をつき、兄の力ない手をとって祈るほかなかった。

長い車回しを半分も行かないうちに、セシリーは尋常ならざる事態を見てとった。村から戻るあいだずっと、みぞおちのあたりに重いかたまりがつかえたような気分だったが、いま屋敷の前には招待客が十人あまりも集まり、そのなかに祖母もいた。ふたりに気づくと、いつものように近づいてくるのを待つのではなく、自分から歩みよってきた。

いっぽう招待客たちは、いっせいに口をつぐんでセシリーのほうを見た。

「ジェームズ……」セシリーはふるえる声で言った。

「そうだね」相手がむっつりと答え、馬にひと蹴り入れて駆け足を命じる。「何かあったんだ。急ごう」

先代公爵夫人は表情を堅くして、大きな噴水のわきに立っていた。小さな体にお気に入りの灰色をまとって、女王のごとく凛然と。あの表情は前にも見たことがある。ロデリックとエリナーと自分に向かって、母が〝天に召された〟と告げたときだ。

悪寒に襲われたセシリーは、ジェームズの手を借りるのも待たずにひとりで馬を降りた。

「お祖母《ばあ》さま！」

「ひどい事故があったのですよ」

いつもの丁重さはどこへやら、ジェームズが文字どおり馬の背を飛びおりるなり、荒々しく訊ねた。「どんな事故です？　ジョナサンはどこに？」

「いまはミセス・ホーキンズが付き添っているけれど、お医者さまは呼んであるから安心なさって、ミスター・ボーン。大至急来るように、と伝えてあるわ」言葉を切った祖母が、セシリーのほうは見ずに続けた。「オーガスティン伯爵が、大けがをなさったのよ」

大至急。その不吉な語感と、沈みきった声に、セシリーは冷たい恐怖に心臓をわしづかみにされたような気分を味わった。舌が口に張りついたようでうまく話せない。「ジョナサンに会わなくちゃ」

祖母の答をろくろく聞きもせず、招待客たちの気づかわしげな顔をよそに屋敷の階段を駆け上がったところで足がもつれてしまった。ジェームズが肘をつかんでくれなかったら転倒していただろう。負けずおとらず顔を引きつらせたふたりは、お互いひと言も発しなかった。実りない捜索を通じて、いやというほど懸念を口にしてきたので、これ以上何も言うことがなかったのだ。

二階に上がると、ジョナサンが与えられた寝室の外に妹がふたり控えていた。涙をつたわらせた顔がひときわ不安をあおる。ジェームズの姿を見た三女のキャロラインが、勢いよく立ち上がって駆けより、腕の中に飛びこんだ。

何があったにせよ、ひどく深刻なのは確かだ。ノックもせずに扉を開いて足を踏み入れたセシリーの目に、優美な寝室はぼうっとかすんで見え、ベッドに横たわる長身だけが焦点を結んだ。

ジョナサンだわ。わたしのジョナサンだわ……。ただし、いまの彼は、あの不敵な魅力あふれる恋人とは似ても似つかなかった。むき出しの胸には血まみれの布が巻きつけられ、肌もいつもの赤銅色ではなく灰色がかっている。顔の横側、髪の生えぎわから頬骨のあたりに大きな痣ができ、腫れ上がっていた。力なく横たわる姿は、意識がないあかしだ。

ベッドのかたわらに腰かけていたレディ・リリアンが、セシリーの登場にはっと顔を上げた。落ちついてはいるが、顔は亡霊のように青白い。発せられた言葉には、まるで抑揚がなかった。「気を悪くなさらないでね。てっきりお医者さまがいらしたのかと思ったの」

「あたくしもでございますよ」女中頭のミセス・ホーキンズが、血まみれの布を水ですすぎながら言った。「かすり傷程度なら、なんとか手当てできますけど、これは手に余りますもの」そこまで言って表情をやわらげる。「でも、心配いりませんよ、お嬢さま。だいじなお人は、雄牛みたいに頑丈でいらっしゃいますからね」

本来はそのはずだが、いまはとてもそう見えなかった。

両手のふるえを止めようときつく握りしめながら、ベッドに歩みよる。恐怖、心細さ、ほかにもさまざまな感情がせめぎ合っていた。白い枕に広がる髪がさえざえと黒い。セシリーは身をかがめ、なめらかな感触を確かめた。リリアンとミセス・ホーキンズが見ていること、あとから入ってきたジェームズが背後に立っていることも、いまは気にならなかった。

「何があったんだ？」ジェームズが小声で訊ねるまで、室内は静まりかえっていた。まるで、大きな声で話したら傷が悪化するかのようだ。

「先代公爵夫人は、事故だとおっしゃっていたが」

リリアンが答えた。「銃で撃たれたのよ。二カ所も。事故なんかじゃないわ」

ジョナサンの眉にかかったほつれ毛をかき上げかけたところで、セシリーは凍りついた。

「撃たれた？」ジェームズの声には、セシリーが感じているのと同じ衝撃と憤怒がにじんでいた。「いったい誰にだ、リリアン？」

「わからないの」リリアンの声は沈んでいた。

「何か心あたりは？」

〝ロデリックだわ〟とっさにセシリーは思った。兄なら怒りにまかせて無分別な行動に出るかもしれない。すぐにその思いを打ち消したのは、ふたつの理由からだった。ジョナサンの顔についた痣と、二発撃たれたという事実。兄なら傷を負わせた相手の顔を殴ったり、もう一度撃ったりしないし、そもそもジョナサンに挑んで勝てるとは思えない。それに、ジョナサンがセシリーとの結婚を望み、父からも許しが出たいま、なぜわざわざ命をねらったりするだろう？

だから、ロデリックではありえない。

ほかには誰が？

「ドゥルーリーはどこにいる？」ジェームズがこわばった声で訊ねた。動揺しきったセシリーにも、その意味するところはわかった。

ドゥルーリー子爵はロデリックと同じく無実だ。けれど、そう言うより早く医師が到着したので、会話は中断された。小柄で几帳面な身なりの男性があらわれ、ベッドの患者を一瞥するなり、室内の人間を追い出しにかかる。「さあ、部屋を出てください。ミセス・ホーキンズ以外は全員だ」

ギルクリスト医師を子どものころから知っていなかったら、おとなしく従ったかもしれないが、セシリーは食い下がった。「いやです。お願い。オーガスティン伯爵とはもうじき結婚するんです。お手伝いさせてください。包帯を運ぶだけでもいいから」

必死の形相に目をこらしたあと、医師がうなずく。「では、ほかの人はみんな部屋を出て」

一同が気乗りしないようすを見せるなか、セシリーはジェームズの腕をつかみ、はげしく言った。「ちょっと考えれば、ドゥルーリー子爵よりあなたのほうが動機があるとおわかりになるはずよ。あなたは次位継承者ですもの。子爵はわたしを愛していなかったし、わたしとジョナサンの結婚が正式に決まったのに、ジョナサンを殺しても得るものがないわ。もし役に立つおつもりがあるなら、ほんとうの犯人を見つけてくださいな。見当ちがいではない、ほんものの犯人を。あなたは誰よりもたくさん情報をおもちでしょう。それから、この件がアディの耳に入らないよう、気をつけてあげて。わたしは子育ての経験がないけれど、母が病気になったとき、とてもこわかったのを覚えているわ。レディ・リリアンに付き添っていただいたらどうかしら」

一瞬、ジェームズが反論したそうな顔になった。セシリーは動揺しきっていて、もはや誰に聞かれようとかまわなかった。医師は早くも静かな声で指示を出し、鞄《かばん》から器具をとり出している。「わたしはここに残るわ。彼を愛しているんですもの」

まだジョナサン本人にも伝えていないことを思うと、少し行きすぎかもしれない。でも、ほんとうに気にする余裕がなかったのだ。

ジェームズはおどろいた顔を見せなかった。

かわりにセシリーの手をとって軽くくちづけ、ささやいた。「そばにいてやってほしい。ジョナサンは、きみを必要としているから」

そしてきびすを返し、リリアンの背中を押して廊下に出ると、扉を閉めた。

「脇腹のほうは、弾が貫通していますな」ギルクリスト医師が述べる。「こちらはさほど影響がないでしょう。問題は肩のほうだ。弾丸をとり出さなくてはいけない。もし気を失って倒れても、手すきの人間はここにはおりませんよ、レディ・セシリー」

「気を失ったりしないわ」セシリーは約束した。

どうか、彼を死なせないで……。

28

殺人未遂ほどみごとにパーティをひっくり返すものはないわね……馬車がまた一台出ていくのを眺めながら、エリナーはむっつりと考えた。もうじきロンドンじゅうが、婚約したてのオーガスティン伯爵が殺されかけたという噂で沸きかえるだろう。せめてもの救いは、おそらく一命はとりとめるだろうと医師が述べたことだ。致命傷はひとつもなかったので、いちばん懸念されるのは失血だった。それに、殴られた箇所が骨折していることもわかった。

「サー・ゴードンは逃げ出したようだね」

落ちついた声がしたので、エリナーはふり向いた。並んで正面階段に立ったイライジャは乗馬服姿で、いつにもまして凛々しかった。エリナーはせいいっぱい平静な声で答えた。

「あなたも発たれるのかと思ったわ」

「状況によるな」彼の目がこちらに据えられた。「きみのお祖母さまからは、家族づきあいのよしみでもう二、三日滞在して、きみとオーガスティンの下の妹ふたりの相手をしてほしいと頼まれている。ロデリックとジェームズ・ボーン、ぼくの三人に、若い乙女がひとりずつ割りあてられるわけだ。ぼくがいることで、きみが少しでも喜んでくれればいいが」

「喜ぶのはわかっているでしょうに」答えたエリナーは、胸の内に歓喜が花開くのを感じた。妹の婚約者が生死の境をさまよっているのに、不謹慎かもしれないけれど……。

先日キスされたときは、なんだか夢うつつだったし、いつも愛想がよくて控え目な紳士だったイライジャは、別人のように荒々しかった。彼の息からブランデーを嗅ぎとったエリナーは、嵐のような一連のできごとを、酒を飲みすぎたからというひと言で片づけられるのではないかと危惧していた。

けれど、どうやらそうではなさそうだった。

イライジャがちらりと笑みを見せ、すぐ真顔になった。「この状況では、のんきなお祭り騒ぎをするわけにはいかないが、少なくともオーガスティンが快復して旅ができるようになるまでのあいだ、忙しくしていられるだろう」

「だいぶ時間がかかりそうよ」エリナーは、けさ見た妹の疲労困憊《こんぱい》ぶりを思い出して顔を引きしめた。婚約者のかたわらに付き添うと言いはるセシリーに、祖母でさえ勝てなかったのだ。上流社会の慣習はさておき、もしジョナサン・ボーンがまだセシリーを手に入れていなかったとしても、いまの状態では何もできなかっただろう。「なぜこんなことになったのか、いまでも理解できないの。お客さまのなかに、あんな暴行をはたらきそうな人はいなかったし、この地方に住む人と伯爵が知りあいだとも思えないし。だとしたら、なぜ？」

「ぼく自身も同じことをずっと考えていたよ」そう言ったあと、イライジャがぼそりとつけ加えた。「ひとつだけわかるのは、ぼくが第一の容疑者だということさ」

「そんなこと、誰も本気で思っていないわよ」

イライジャがいたましげな笑みをたたえた。「一度は、競争相手が出てきたと思ってオーガスティンに敵対心をいだいたこともあったさ。でも、それは過去の話だし、知ってのとおり、本気で惹かれていたわけじゃない。妹のほうには、ね」

意味ありげな物言いは、まるで秘密を手わたされて、肌身離さずもっているよう言われたかのようだった。「知っているわ」エリナーはやさしく答え、相手の目を覗きこんだ。人目のない場所だったら先を続けただろうだが、折り悪くそこに召使いがあらわれた。ふたりがかりで旅行鞄を運び出し、出発を待っていた最後の馬車に積みこむ。

エリナーとイライジャはまだ正面階段に立っていた。空はどんよりと曇っていまにも雨が降りだしそうなので、どのみち客が引き上げるにはちょうどいい頃合だったかもしれない。

「まさか、ひとりで乗馬にいらっしゃるつもりじゃないでしょう？」エリナーは彼が穿いた乗馬ズボンと手にした鞭《むち》に目をやった。

「実を言うと、殺人未遂の疑いが晴れたあとで、ジェームズ・ボーンから調査の手伝いを頼まれたんだ。伯爵は、弾傷のほかに頭にもけがをしているそうだね。そのせいで襲撃当時のことを覚えていない可能性もある、と医者は言っていた。これからジェームズと厩で落ちあうんだ。ロデリックもいっしょだよ」

「オーガスティン伯爵はまだ説明ができるほど意識がはっきりしていないと思うけれど。セシリーの話だと、何度か目を覚ましたけれど、いまは昏睡《こんすい》というよりも、眠って体力をとり戻している状態らしいわ」

「健康で体力あふれる青年だったことがさいわいしたんだろうね」イライジャが眉根を寄せ

た。「もし敵の姿が見えていたら、オーガスティンがそう簡単にやられるとは思えないから、きっと不意打ちをくらったんだろうな。ただ、さっききみも言ったとおり、そこまで伯爵を憎む人間がこのあたりにいたとは思えないんだ。イングランドに来てまだ三カ月たらずだろう？　きみの妹にほかにも崇拝者がいたのは知っているが、そこまで熱心な男は思いあたらない。もしいたら、上流社会お得意のゴシップ網《もう》で耳に入ったはずだから」

「まったくだわ」エリナーは息を吸いこんだ。「いっしょに行ってもいいかしら？　お手伝いしたいの」

イライジャが一瞬、反対したそうな顔をした。女だから役に立たないと言うつもりだったのかもしれない。けれど思いなおしたらしく、ちらりと歯を見せる。「別に問題ないと思うよ。少なくともぼくは、仲間に入ってもらえたら楽しいさ」


光と、ぬくもりと、美女が待っていた。

ひょっとすると、ここは天国かもしれない。

もっとも脇腹には鈍い痛みがあったし、肩口のほうは焼けるように痛かった。天国にこれほどの苦痛が存在するはずはないが、こんど目を開いてみたときは、だいぶ視界がはっきりしていた。頭痛はまだ残っているものの、がまんできないほどではない。

冷たい手がひたいにふれた。「目が覚めたの？」

公爵屋敷の客用寝室だ。上質の家具とうす緑色のカーテンには見おぼえがあった。バルコニーの扉は開け放たれ、午後の日ざしが斜めにさし込んで、床に光を躍らせていた。かたわらにはセシリーが座っている。金髪をひっつめにして、しわだらけのピンクのドレスを着て、目に懸念をたたえて。細い指がもう一度、顔をなでた。「みんな、とても心配していたのよ」

答えようとしたが、口がからからに乾いていていてしゃべれない。ジョナサンはしわがれ声を出した。「……水」

セシリーが急いで小さなカップを口もとにさし出した。ジョナサンは苦心さんたん身を起こし、鼓動にあわせてずきずき痛む肩とは反対側の手でカップを支えて、むさぼるように水を飲んだ。セシリーがすぐさまおかわりを運んできてくれた。まだ事態がつかめず混乱しつつも、部屋を横切って水差しのところへ行くとき、彼女の腰がやさしく揺れるさまは目にこころよかった。

〝まだ、死んではいないということさ〟

二杯めもごくごくと飲みほす。だいぶ楽になったので、ふたたびそろそろと枕に背をあずけた。なさけないほど体に力が入らないが、すぐそばにうら若い美女がいるのだから、そう悪くはないかもしれない。

「アディは？」頭の霧が晴れるについて、にわかに不安が生じた。

「リリアンといっしょよ」セシリーの笑みはあやふやだった。「何があったか、くわしいことは誰からも話していないわ。こわがるといけないから。でも、だいじょうぶよ。保証するわ」

ジョナサンはやや落ちついた。「ありがとう」

「厨房からスープが運ばれてきたわ。少し飲んでみる？」セシリーが気づかわしげに――かわいらしく――眉根を寄せた。

彼女はいつもこんなに美しいのだろうか？　疲れきった顔で、身なりも乱れているのに？

ああ、そうだ。

ジョナサンは笑みらしきものをこしらえた。「ああ、少しもらおうか」

この状態――重症を負ったあとの衰弱――は前にも経験があったが、軍の病院ではこんなに手厚い看護を受けられなかった。看護婦は戦火のさなか働きすぎで疲れはて、やさしく患者に接する余裕がない。こうして未来の花嫁を見つめているほうがはるかに好ましかったが、そのとき、彼女の目の下にうっすらと黒い影が落ちているのに気づいた。ということは、自分はだいぶ長いこと寝たきりだったのか……。

〝思い出せ〟

記憶の断片がちらついた。ひんやりとした朝。風まかせの遠乗り。川に踏みこむセネカ。さらに記憶がよみがえった。英国の田園地方、まして公爵領にはまるで似つかわしくないまがまがしい銃声。そして二発めが来て……馬から落ちて……。

ジョナサンはのろのろと言った。「誰かに撃たれた」

セシリーがうなずくと、シニョンからこぼれた巻毛の房が、美しいうなじをふわりとかすめた。「ほかに、何か覚えている？」

「あまり覚えていないな」ジョナサンは顔をしかめた。脇腹に巻かれた包帯から判断するに、二発めの弾丸は脇腹をとらえたらしい。これは相当ひどそうだ。銃弾を受けるというのは、ふつうなら死刑宣告にひとしい体験なのだから。「銃で撃たれて……セナカがおびえたひょうしにふり落とされて、それから……」

もっとあったはずだ。もっと思い出すべきことがあるのはわかっていたが、うまく焦点を合わせられなかった。

「ギルクリスト先生のお話では、頭をどこかで打ったそうよ。それに、あばら骨も何本か折れているって」

だとすれば、息をしただけで痛みが走るのも当然だ。「そいつはごきげんだな」ジョナサンは皮肉ったあと、口調をやわらげた。「あいかわらずきれいだが、疲れた顔だ。わざわざ訊かなくても、ずっと付き添っていてくれたのはわかるよ。精霊たちもそう言っている。撃たれたのはいつだ？」

「二日前よ」セシリーがほほえんでジョナサンの手をとり、指をからめた。彼女の手はジョナサンの大きな手にすっぽり隠れてしまうほど小さいが、しっくり感じられる。「あなたのそばを離れるわけがないでしょう？　あなたのほうから離れないでくれて、ほんとうによかったわ」

目の前のたおやかな英国淑女には、なみなみならぬ気骨がそなわっているらしい。それがジョナサンを死の淵から引きもどしてくれたのだろう。

精霊たちも、まだあちらの世界へ渡るには早いと認めてくれたようだ。

「同感だ」からめた指に力をこめるのは至難のわざだった。おまけに、けっして涙もろいたちではないのに、満身創痍《そうい》のなさけなさに目頭がちくちくしはじめた。父の死を知らされたときでさえ泣かなかったのに、いまになって……。

「まだ、愛しているとあなたに伝えていなかったわね」セシリーが身を寄せると、女らしい花の香りがジョナサンを酔わせた。そして、彼女の言葉も。「そのことばかり考えていたの。まだ、口に出して言っていなかったって」

「こちらも同じだ」ジョナサンはかすかな声で言った。

「いまなら、好きなだけ言えるわ」

「ぼくが先に言おう」ジョナサンはつぶやき、重いまぶたの隙間から彼女を見つめた。彼女の美しさに飽きることは一生ないだろう。外面よりも内面のほうがもっと美しい。裏表というものがまるでなく、あの運命の舞踏会で初めて会ったときから、自分を血筋のあやしい伯爵ではなく、ひとりの男として見てくれた。そして、愛してくれた。

「愛している」苦痛も遠のくほどの歓喜が胸にあふれ、笑顔で、なんのためらいもなく言葉を発することができた。どんな薬にもまして、彼女の存在が鎮痛剤の役目を果たしてくれているのだ。魂が満たされるのを感じる。自分が生きながらえたのには理由がある。その理由がいま、目を潤ませながら、こちらにほほえみ返している。

「愛しているわ」セシリーが頬にふれた。「こわくなるくらい。この二日間、恐怖をたっぷり味わったのよ」

「申しわけありません、お嬢さま」ジョナサンが答える前に、小さな声が割って入った。ほんとうなら、いわゆる色恋と彼女への想いはまるでちがうということ、こんなふうに女性を愛したのは初めてだということを説明したかったが、情熱的な演説はまたこんどにしたほうがよさそうだった。雄弁と激痛が共存できるものか、自分でもわからなかったから。

セシリーがふり向く。「どうしたの、ミセス・ホーキンズ」

「公爵さまがお着きになって、階下でお嬢さまをお待ちです。しばらく、あたくしが伯爵さまのそばに付き添っていますから」

セシリーが目をしばたたいた。「お父さまが、ここに?」

「大奥さまが知らせを出されたんです。みなさま、家族用のサロンにおそろいですよ」

もう少し体力があったら、ふたりのたいせつな時間に水を差すなと抗議したいところだが、自分でも衰弱しているのがわかったので、ジョナサンはいとまを告げるセシリーにおとなしくうなずき、薔薇の香りを残して去るうしろ姿を見送った。

背が高くて角ばった体つきのミセス・ホーキンズが、スコットランド訛りでてきぱきと告げる。「ちょうどいいから、包帯を替えてしまいましょうね。若い娘さんに、こういうところを見せるわけにはいきませんから」

さいわいジョナサンはふたたびまどろみつつあったので、セシリーに隠すものなど何もないと反論することもなく、シーツを引き下ろされたことにも気づかなかった。

29

セシリーが部屋に入っていくと、みな無言で待っていた。ふだんなら真っ先に父に挨拶するところだが、きょうは父に加えて祖母とジェームズ・ボーン、エリナーが顔をそろえ、さらに猟場番人のウィリアム・シェイクスまでもが、刺繍入りの椅子を汚してはたいへんとばかりにちょこんと腰かけている。セシリーの姿を見るなり勢いよく立ち上がったのは、そうそうたる顔ぶれといっしょに腰を下ろす居心地の悪さから解放されてほっとしたのかもしれない。手にした帽子をそわそわとこねくり回すウィリアムは、ずんぐりした体型とやさしい声、白髪まじりの茶色い髪、風雨にさらされてオークの木のようになった肌の持ち主で、セシリーが知るかぎりずっと、この公爵領で働いている。

セシリーはとまどいつつ、黙ってスカートを整えた。室内の緊張が手にとるように伝わってくる。

「ウィリアムが」挨拶がわりに、祖母が氷のような声で語りはじめた。「オーガスティン伯爵を襲った輩《やから》を見たそうですよ。銃声も聞いて、犯人を追いかけたと」

「密猟者かと思いましたもんで」ウィリアムが、そわそわと左右に重心を移しながら小声で答えた。「見るからにそんな感じだったですよ。銃を二丁もかかえて、靴に血をつけてれば、誰でもそう思いまさあね。あいつらは、うるさい蠅《はえ》みたいな奴らだ。だから、あのげす野郎を撃ったんです」あわてて口を押さえて祖母を見る。「あいすみません、大奥さま」

ジョナサンの快復と甘やかな語らいに浮きたったセシリーの気持ちはいっきにしぼみ、かわりに混乱が襲ってきた。知るかぎり、ウィリアムほど穏和でやさしい人物はいないのに。

「あなた、まさか……」と言いかける。

「そうだ」言葉を引きとった父の表情がこわばっていた。いつもどおり乱れのない正装で、ぴんと背をのばして長椅子の横に立つ姿はとりつくしまもなく、両手をうしろで組んでいる。

「そうさ」ジェームズ・ボーンが静かにうなずいた。「この二日間、ドゥルーリーとふたりであたりを捜索したら、領地の片隅に急ごしらえの墓が見つかってね。埋められていたのは、ジョサイア・ブラウンという男だ。ボーン家の資産を管理していたが、金の使いこみがばれてくびになった。近ごろぼくのまわりで続けて起きた騒ぎも、奴のしわざではないかと思えてね。たとえば馬車の車輪がこわれたり、クラブの外で強盗に襲われたり……。ジョナサンとぼくの両方を逆恨みしていたのはまちがいない。たぶん、ふたりを尾けてここまで来たんだろう」

忘れようにも忘れられない、馬車の故障。話の筋は通っているように思えたが、それでもウィリアムが故意に人をあやめるとは考えがたかった。

「なぜ、教えてくれなかったの？」

ウィリアムの顎が頑固そうにつき出された。「たかが密猟者ですからね」

「イライジャから、お墓の場所を知らされたとき」エリナーが小声で言った。「ウィリアムに訊いたほうがいいんじゃないかと思ったの。領地内で起きることは、たいてい把握しているから」

〝イライジャ〟ですって？　姉がドゥルーリー子爵を名前で呼ぶのをいい兆候だと思いつつも、いまは当惑のほうがまさった。

父が暗い声で言う。「わたしがロンドンから来たのは、この件を片づけるためだ。シェイクスの一族は何世代にもわたってわが家に仕えてくれた。聞いてのとおり、ウィリアムはブラウンを殺して埋めたことを認めている。さて、これにどう対処するか。治安判事の判断によっては、絞首刑になりかねん」

厳格なたたずまいとはうらはらに、父は心のあたたかい人だ。猟場番人ひとりのために、何時間もの道程を駆けつけたと聞いても、セシリーはおどろかなかった。

「いま申しあげた以上の事情はございませんですよ」ウィリアムは後に引かなかったが、その顔色は冴えなかった。「どうか、吊るし首になさってください」

「すまないが、ウィリアムとふたりきりで話させてほしい」この専制君主然とした声が出ると、誰も、祖母でさえもさからえない。父がセシリーのほうを向いた。「いや、婚約者に直接かかわる話だから、おまえは残るがいい」

「ひと言だけ言わせていただくなら、シェイクスはぼくらを助けてくれました」ジェームズが立ち上がりざまに沈痛なおももちで言った。「ブラウンは、自業自得です」

室内から人が出てゆき、扉がとざされると、父がセシリーにうなずいた。「座りなさい」

セシリーはおとなしく絹張りの椅子に腰を下ろしたが、ウィリアムはどこか挑むような顔で立っていた。あるじと使用人らしからぬ、ふしぎな対峙だった。父は公爵、ウィリアムは猟場番人という立場のちがいこそあれ、同い年のふたりは、ともに領地で大きくなった幼なじみなのだ。父が顎をこすり、疲れた顔で切り出す。「ウィリアム、頼むから腹を割って、ほんとうのことを話してくれないか？　ひとりの男が領地内で殺されかけ、もうひとりが死んで埋められたのだから、これはまちがいなくわたしの責任だ。密猟者と見あやまったなどというお粗末な筋書きでは切りぬけられない。おまえはいままで何人も密猟者をとらえてきたが、命は奪わなかったし、ましてその死を隠したことなど一度もないだろうに」

「ああいう手合いは、見のがしちゃいかんのですよ」

「確かにそのとおりだが、わたしはただ、事実を知りたいのだ。もし一連のいきさつを説明する必要にせまられたとき――おそらく大ぜいの前で、埋葬の件をはぶいて説明する必要があるだろうが――、血なまぐさい猟場番人をかかえたまぬけな主人のように見られたくないのでな。きっと、しかるべき理由があるのだろう。でなければ、おまえがここまでするはずがない。いいから、話してくれ」

不承不承、ウィリアムが話しだした。「銃声が聞こえたんです。で、あいつが馬で逃げていくのが見えた。だから呼びとめて、エディントン公爵の領地内に無断で侵入した以上、このまま役人のところへ連れていくと言ったんでさあ。あいつは性根の腐った野郎だ。さっきもお話ししたとおり、銃をかかえて血まみれでね。一目瞭然ってやつだ」

「正当防衛だったのね？」

もしこのときウィリアムが目をそらし、ただでさえ血色のいい顔を真っ赤に染めなかったら、セシリーは気づかなかっただろう。

性根の腐った野郎。

〃ああ、まさか……〃世界が動きを止めた。セシリーの脳裏を、澄んだせせらぎ、ゆったりと流れる水、服を脱ぎすててはげしくお互いを求める自分とジョナサンの姿がよぎった。彼の腕に抱き上げられて……愛しあったひととき。

あれほど奥まった場所で、誰かに見とがめられるなどとは思いもよらなかったが、もしジェームズの言ったとおり、ジョサイア・ブラウンという男がロンドンから公爵領まで追ってきて、物陰から目を光らせていたのだとしたら……。

「なんと言われたの？　お願いだから教えて、ウィリアム……ブラウンはわたしたちを見たんでしょう？　もし治安判事のもとへ連れていったら、法廷であらいざらいぶちまけると言われて……わたしを守ろうとしてくれたのね、あなたは」無念のきわみだったが、真実だという確信があった。

「何をおっしゃってるのかわかりませんや、お嬢さま。おれはただ、あいつが馬を走らせてるのを見て撃ち殺した。それだけです」ウィリアムがやっきになって否定した。「まさか伯爵さまを狩ってたなんて思いもよらなかった。せいぜい雄鹿か野兎《のうさぎ》かとね。ただ、世間の役に立ったってやつです」

父が聞こえない声で何かつぶやいた。

あの夢のようなひとときを覗き見されていたこと、卑劣なブラウンがそれを材料にジョナサン襲撃の罪から逃れようとしたことを認めるのはつらかったが、事実は事実なのだと、冷たい理性の声が告げていた。

ぴりぴりと顔を引きつらせた父をよそに、セシリーはウィリアムに歩みより、荒れた手を握りしめた。「わたしを守ろうとしてくれたのね。ジョナサンをあんな卑怯なやりかたで襲ったのだから、あなたの言うとおり、ブラウンは性根の腐った人間だったんでしょう。あとのことは父にまかせてちょうだい」

ウィリアムがじっとこちらを見たあと、一度だけうなずいた。「あいつはただのごろつきじゃない、血に飢えた豚野郎でさあ。もし機会があれば、また同じことをしてやりますよ、おれは」

「つまり、おまえは密猟者を見つけ、襲われかけた」父が冷たい声で割って入った。「そういうことだな、シェイクス？」

「そのとおりでさ、旦那さま」

「これで事情がわかった。もう下がっていいぞ。心配するな。おまえがなんのとがめも受けないよう、地元の裁判所にはたらきかけよう。仕事に戻るがいい」

ウィリアムがぎこちなく帽子に手をかけ、去っていった。

父のほうに向きなおったセシリーは、人払いをしたあとでよかったとつくづく思った。それほど、父のおもてに浮かんだ憤怒はすさまじかったから。

セシリーは顔を紅潮させつつも背すじをぴんとのばした。ここにきて、感情がまっぷたつに引き裂かれるのを感じる。川でのひとときを謝罪するつもりはない……誰がなんと言おうと、あの午後は人生でもっとも豊かな時間のひとつだったのだから。ジョナサンが生死の境をさまよういまも平静を失わずにいられるのは、あの甘美な場面が心に残っているおかげだ。

とはいえ、無念なことに変わりはなかった。

「これまでエリナーほど手の焼ける娘はないと思っていたが」父がため息をつく。「少なくとも、おまえが大急ぎで結婚したがる相手は、これ以上命をねらわれずにすむというわけだ。ふたりに幸多かれと祈ろう。もし無鉄砲という共通点が男女の絆になりうるのなら、だが」

「わたしがいけないのよ」

「いや、ちがうさ」父の声はひょうし抜けするほどやさしかった。「そんなふうに考えてはいけない」

言いつのろうとしたとき、父が片手を挙げて押しとどめた。「おまえが自分で邪悪な男を領地に呼びよせて、草むらからオーガスティン伯爵を撃ったうえで殴る蹴るの暴行をはたらくように命じたのか？　もちろん、ちがうだろう。オーガスティン伯爵も、横領を重ねた男を解雇したことで責められるにはあたらない。もちろん、男女が慎重にふるまうようにしたことはないが、それ自体は罪ではない。

ブラウンという男は事実、荒っぽい制裁を受けてもしかたがないほどの悪党だったのだろう。穏和なウィリアムがあそこまでの行動に出るのだから、よほど腹にすえかねたにちがいない。それにブラウンは武装していたし、銃を使いたがっていた。となれば、ウィリアムはほんとうに正当防衛かもしれない。真実は闇の中だろうな。くだくだしい法的手続きを別にしても、正義がおこなわれたことに対して、わたしの良心はまるで痛まない。自分が同じ立場に立っても、ウィリアムと同じことをしたかもしれないな」

強い口調に少しとまどいながら、セシリーは父を見た。「じゃあ、これでおしまい？」

「いや」

「ちがうの？」

父がほほえんだ。かすかに、けれど確かに。「オーガスティンが自分の足で立って、誓いの言葉をとなえられるようになったらすぐ、おまえたちの結婚式を挙げよう」

うなずいて部屋を去るまぎわ、セシリーは父が低くつぶやくのを確かに聞いた。「早いにこしたことはない」

娘としても、まったく異論はなかった。

「パパ！」

勢いよく飛びつかれてひるみつつも、ジョナサンは娘をしっかりと抱きよせ、つややかな頭のてっぺんにキスをして頬を押しあてた。ジェームズの手を借りて、四苦八苦しながらズボンを穿き、シャツを途中まで着たものの、片腕は布で吊ったままで自由に動かせない状態なので、最後までボタンを留められず、包帯が覗いていたし、顔の痣も隠しきれていなかった。

「眠ってたんでしょ」肋骨のひびを気づかいながら、いいほうの腕で膝に抱き上げると、アデラがとがめるように言った。するどい痛みに耐えた甲斐あって、娘が胸に顔をすりつけてくる。「おねぼうさんね」

「疲れていたからね」五歳児にも呑みこめるような言いわけを考えたものの、うまく知恵が回らなかったので、ジョナサンは伝えられるかぎりの真実を伝えようと決めた。「事故に遭ったんだ。前におまえが階段から落ちて、腕を折ったことがあっただろう？」

「痛かったわ」娘がうなずき、小さな顔をしかめた。

「そうだな」ジョナサンも渋い顔になった。〝くそ痛かったさ〟内心でつけ加える。

「リリアンおばちゃまに、パパが馬から落ちたって聞いたけど、うそだって言ったの。パパはぜったいに落ちたりしないもん」

さすがリリアンだ。名ざしされた叔母は、寝室に隣接した小さな居間の入口に立ち、静かにほほえんでいた。「こんどばかりは、落ちたんだよ」ジョナサンは妹と視線を合わせ、無言で感謝を伝えた。「パパも痛かったな」

「あたしみたいに泣いた？」

子どもならではの率直な質問にどう答えていいかわからなかったので、ジョナサンは話題を転じようとアデラの頰を指先でなでた。「ひとつ、秘密を教えようか？」

娘の顔がぱっとかがやいた。「うん！　ひみつ、大好き」

「パパはもうじき、レディ・セシリーと結婚するよ」

すると、予想だにしなかったおとなっぽい冷笑が返ってきた。「そんなのひみつじゃないわ、パパ」アデラがじれったそうに膝をすべり降りて言う。「乳母さんがおしえてくれたもん。コックさんもおしえてくれたもん。ベッツィおばちゃまとキャロルおばちゃまもおしえてくれたし、ジェームズおじちゃまも……」

つまり、誰もかもがぐるだったということか。ジョナサンは笑いを押しころしてさえぎった。「それは悪かった。こんどはもっといい秘密を考えておくよ」

「たからもの？」

「なんだって？」

「土に埋まってるのよ。呪いがかかってるの」

リリアンをするどく見やると、相手は肩をすくめたが、その唇はいまにも笑いだしたそうにゆがんでいた。「いっしょに本を読んでいるのよ。アディは冒険物語が大好きなの」

「こいつはおどろいたな」つぶやいたあと、ジョナサンはアデラに話しかけた。「おまえはレディ・セシリーが好きだろう？」

娘がうなずき、無邪気に言った。「やさしいの。きれいだし。それに、まほうのお目々をもってるの」

「よく気づいたな」

そのときジョナサンは気づいた。戸口にたたずむほっそりした姿。弱りきった体にさえ力を吹きこむ、甘美な思い出を呼びおこす肢体。リリアンもセシリーの登場に気づいたようで、すばやくアデラの手をとって言った。「宝物を探しに、川へ出かけましょうか」

ふたりが去ったあと、セシリーは手近な椅子にかけた。彼女がほほえんだとたん、室内にぬくもりが広がった。「だいぶよくなってきたわね」

「つい一時間前にジェームズから、くそひどい顔だと言われたばかりだよ」

「でも、二、三日前に比べたらずいぶんいいわ。誰かから、レディの前で下品な言葉を使ってはいけないと言われなかった？」目くばせが飛んできた。

肩をすくめようとしたとたん、傷口がびりびりと痛んだ。「前に説教されたような気がする。たぶん、聞いてなかったんだろうな」

未来の妻が鈴をころがすように笑ったあとで、こちらをじっと見た。あっさりした白のモスリンをまとい、金髪をリボンで結んでいる。「わたしの目が魔法ですって？　どういう意味かしら？」

「ここへ来てキスしてくれたら、教えるよ」

「まだ体がよくなっていないのに、そんなことをしたら……」

「キスを？　だいじょうぶ、唇は無傷だ」

強情ね、と聞こえるか聞こえないかの小声でつぶやいてから、根負けしたようにセシリーが近づいてきて、軽く上品にキスをした。

「できれば、ほんもののキスを頼む」ジョナサンはにやりとした。全身の痛みはなやましいが、うら若い美女がこちらにかがみ込んで、椅子の肘掛けに両手をつき、魔法の瞳でこちらを見つめている以上になやましい光景など存在しない。

二度めのこころみは、最初よりずっとうまくいった。

うれしくなって、彼女にそう伝える。

おかげで、三度めのキスをせしめることができた。

エピローグ

三カ月後

荒い息づかいが、窓枠をがたがたと揺らす風と調子を合わせていた。

「嵐になりそうだわ」セシリーは夫の目にかかったほつれ毛をかき上げた。とろけるような快感の余韻にひたりながら、うっとりと目をとじる。

疲れきっていた。

それでいて、心地よかった。

体をつなげたまま、ジョナサンが右の眉、ついで左の眉にくちづけ、やさしくつぶやく。

「嵐は去ったが、じきに戻ってきそうだ」

「あら、わたしにはこれから近づいてくるように聞こえるけれど」セシリーは雷鳴に耳をかたむけながら首をかしげた。

ジョナサンが耳たぶに歯を立てる。「ベッドの中の話さ」

セシリーは思わず笑った。そして、身をふるわせた。彼が覆いかぶさり、内部を満たしている。肉体的な意味だけでなく、彼なしの人生など考えられなかった。

漆黒の瞳を覗きこむ。「アメリカへ戻る計画を変更したこと、悔やまないと約束してちょうだい」

「いずれ、いっしょに行こう」彼の唇が、喉もとの脈をくすぐる。「子どもが生まれたあとで。それまではここで片づける仕事がたくさんあるし、言っておくが満足しているんだ。わが家という言葉のほんとうの意味を知ったからね。むかしは場所だと思っていたが、それはまちがいだった」

「そうなの？」ゆったりと身をまかせ、セシリーは夫の髪にふれた。うっとりするほど長い漆黒の流れが、たくましい肩にたゆたっている。

「きみとアディと、生まれてくる子どもが元気でいてくれれば、それがわが家になる」

セシリーにも異論はなかった。しばらく前に妊娠がわかったばかりだ。こうしてふたりでシーツにくるまり、遠くで光る稲妻を眺めていると、彼の腕の中にいられればイングランドだろうとアメリカだろうとかまわない、そう思えた。

「赤ちゃんのこと、喜んでもらえたわね」

「アディかい？　そうだな。かわいい弟がほしいらしい。毎日、弟はいつ生まれるのかと訊かれるよ」

「あなたは？」

「健康な子どもを安全に産んでくれ。望むのはそれだけだ」

「リリアンのことが心配じゃないの？」訊ねながらも、ジョナサンの口に右の乳房をとらえられると、おなじみの甘やかな戦慄が走った。

「妹の話は、後回しにできないか？」ジョナサンがせり上がってきて唇を重ね、舌をさし入れて縦横無尽に動かすと、セシリーの頭はしびれた。やがて顔を離したジョナサンが、いたずらっぽく笑う。「ひとつやり残したことがあったのを思い出した」

とまどって見上げたセシリーは、はっと息を呑んだ。彼がベッドのわきに置いてあったグラスを手にとり、乳房の上に冷たいワインをふりまいたからだ。その声が淫らにしゃがれる。「前にも言ったとおり、初めて会ったとき、ほんとうはこうしたかったんだ。いまこそ機が熟したというやつさ。だいじょうぶ、きれいになめとってあげるから」

彼の舌先で、胸のいただきから谷間までをくまなくたどられながら、セシリーも同意していた。確かに、機が熟したのかもしれない。

しばらくあとで、ふたたびまばゆい頂点に駆け上がり、甘い言葉と熱い吐息をたっぷり交わしたすえにぐったりと横たわっているとき、彼がふと笑い声をあげた。

「何がおかしいの？」妊娠してからのセシリーは、以前より疲れやすくなっていた。この疲労感は長く続かないと、みんなに言われていたけれど……。

「きみの姉さんの結婚式があすだと思うとね」

「エリナーの結婚式が、そんなに楽しいかしら？」

ジョナサンがまた、息をはずませて笑った。「ドゥルーリーが、姉さんに足かせをはめられるのを見るのが待ち遠しいのさ」

まどろむ一歩手前のセシリーはつぶやいた。「そうね。キャロラインもエリザベスもまじめな求婚者を見つけられたわ。でも、リリアンは？」

両肘をついてセシリーに覆いかぶさったジョナサンが、肩を軽く押さえつけるようにしながら、長い指で金髪をすいた。「精霊の声が聞こえるんだ。もうじき正しい相手が見つかると言っている」

「あなたの信じる精霊？　わたしにも声が聞こえればいいのに」

「いずれ聞こえるさ」少しふくらみつつある腹部に、彼の手があてられた。「ぼくらは一心同体だから」

「それでも、リリアンのことが心配なのよ」

ジョナサンが笑った。「きみのお祖母さまがついている。あの意気込みには、さすがのぼくもひるむくらいだ。こちらは安心して采配《さいはい》をまかせておけばいい。先代エディントン公爵夫人ほど頼もしい味方はいないさ」

「リリアンは絶対に許してくれないわよ」セシリーは眠気をふり払ってほほえんだ。荒けずりの異国的な風貌と闇色の瞳。これほど美しい顔はない、そう思えた。

「それはどうかな」茶目っ気をふくんだ声が返ってきた。

「家族って」セシリーはあらためて言った。「ほんとうにややこしいわね」

「だから、新しい家族を作ろうとしているのか？　人生をこれ以上ややこしくするために？　イングランドとアメリカ、娘、二家族合わせて四人の姉と妹、兄と従弟、その他もろもろの血縁……いまのままでもじゅうぶん、ややこしいんじゃないか？」

「赤ちゃんを腕に抱くのが、いまから待ち遠しいわ」セシリーは彼の背中をさすった。銃撃されたあと、少し痩せてしまったが、じきに筋肉が戻るだろう。「そうやって、人生は続いていくんだわ」

「そうやって、愛も続いていく」いとしい〝野蛮な伯爵〟がまっすぐこちらを見つめ、ふたりにしか聞こえない睦言《むつごと》を耳もとに吹きこむ。

初めて会ったときと同じように、セシリーは魂を奪われた。たったひとつのささやきで。

訳者あとがき

はなやかな舞踏会のさなか、酔った客とぶつかって胸にシャンパンを浴びてしまった十九歳のデビュタント、セシリー。困っているところにハンカチをさし出してくれたのは、異国情緒あふれる美男子でした。ところが、救いの主は思いもよらぬ大胆な行動に……。さらに彼が去りぎわに耳もとでささやいたきわどい言葉が、ロンドンの社交界にも、セシリーの胸にも大きな波紋を広げてゆきます。

彼の名前はジョナサン・ボーン。アメリカで生まれ育ち、つい先ごろオーガスティン伯爵位を継ぐためにイングランドへ渡ってきた人物です。由緒正しい伯爵家の嫡男でありながら、生母がアメリカのイロコイ族とフランス人兵士の血を引いていたせいで、排他的な英国貴族社会では〝野蛮な伯爵〟と呼ばれ、偏見をいだかれています(時は十九世紀初頭、先住民族が〝ネイティヴ・アメリカン〟ではなく蛮族〝インディアン〟として敵視された時代。しかも、フランスは半島戦争でイングランドと戦った敵対国)。といっても、黒髪に浅黒い肌のエキゾティックな風貌と、独特の男っぽいたたずまいに惹かれる女性は少なからずいる模様。経験豊かなレディのあいだでは、誰が最初にベッドをともにできるかをめぐって賭けまでくり広げられる始末です。

そんな注目も偏見もどこ吹く風と、ジョナサンは堅苦しい上流社会でも自己流をつらぬいて生きています。もともと伯爵位などに興味はなく、イングランドへ来たのは、あくまでも亡父への義理を果たし、母のことなる妹三人を嫁がせるのが目的でした。

いっぽう、セシリーはジョナサンの面影を忘れられずに過ごしています。美貌で上品、しかもエディントン公爵令嬢ということでセシリーを結婚相手に望む男性は多く、なかでもドゥルーリー子爵は熱心なひとり。けれど、姉のエリナーが子爵をひそかに想っていることを知るセシリーは、求婚をしりぞけるため、必死の思いでジョナサンに婚約者のふりをしてくれるよう頼みます。意外にもジョナサンは協力的な態度を示してくれたものの、芝居につきあうには条件があると答えます。セシリーの耳もとでささやかれた、その条件とは……？

このところラズベリーブックスからホットな短編を続けてご紹介してきたエマ・ワイルズですが、本作『ささやきは甘く野蛮に』は、*Ladies in Waiting* と銘打ったシリーズの第一弾。〝待つレディ〟、つまり社交界デビューしてもなかなか相手を見つけられない女性を登場させ、せつない片思いや葛藤、立場のちがう男女が心ならずも惹かれあっていく過程をじっくりと描いています。また、イングランドとアメリカ、フランスの血を引き、貴族社会の慣習に縛られない破天荒なヒーロー像も見どころのひとつ。彼の〝野蛮なささやき〟がセシリーの心にどう作用し、変えていくのか……いままでエマ・ワイルズ作品に縁がなかったみなさんにも、ぜひ手にとってみていただきたい一冊です。

さて、このLadies in Waitingシリーズ、本国では今年八月に第三作*Third Duke's the Charm*が刊行される予定ですが、日本の読者のみなさんにも、秋には第二作*Twice Fallen*の翻訳をお届けできる予定です。ヒロインは本作にも登場したジョナサンの異母妹リリアン、そしてヒーローはダミアン・ノースフィールド。この名前にぴんときたあなた……お待たせしました！　そう、『禁じられた「恋の指南書」』で、兄コルトン、弟ロバートの幸福のために大活躍したロルスヴェン公爵家の次男です。ヒーローふたりに勝るとも劣らない存在感を発揮し、各国読者のあいだでひそかな人気を博しているダミアンにいよいよスポットが当たる次作、どうぞご期待ください。

二〇一二年五月　大須賀　典子

ささやきは甘く野蛮に

2012年6月15日　初版第一刷発行

著……………………………エマ・ワイルズ
訳………………………………大須賀典子
カバーデザイン………………………小関加奈子
編集協力………………………アトリエ・ロマンス

発行人…………………………………牧村康正
発行所……………………………株式会社竹書房
〒102-0072　東京都千代田区飯田橋2-7-3
電話：03-3264-1576(代表)
03-3234-6383(編集)
http://www.takeshobo.co.jp
振替：00170-2-179210
印刷所…………………………凸版印刷株式会社

定価はカバーに表示してあります。
乱丁・落丁の場合には当社にてお取り替え致します。
ISBN978-4-8124-4965-3 C0197
Printed in Japan

ラズベリーブックス

甘く、激しく――こんな恋がしてみたい

大好評発売中

「恋のたくらみは公爵と」

ジュリア・クイン 著　村山美雪 訳／定価 910円(税込)

恋の始まりは、少しの偶然と大きな嘘。

独身主義の公爵サイモンと、男性から“いい友人”としか見られない子爵令嬢ダフネ。二人は互いの利害のため“つきあうふり”をすることにした。サイモンは花嫁候補から逃げられるし、しばらくして解消すればダフネには“公爵を振った”という箔がつく。――初めは演技だったはずが、やがてサイモンはこの状況を楽しんでいることに気づく。しかし自分には、ダフネの欲しがる家庭を与えることはできない……。すれ違う恋の結末は?

〈ブリジャートン〉シリーズ、待望の第1作!

「不機嫌な子爵のみる夢は」

ジュリア・クイン 著　村山美雪 訳／定価 920円(税込)

ついに結婚を決意した、放蕩者の子爵。「理想の花嫁候補」を見つけたが、なぜか気になるのはその生意気な姉……。

放蕩者として有名なブリジャートン子爵アンソニーは、長男としての責任から結婚を考えるようになった。花嫁に望む条件は3つ。ある程度、魅力的であること。愚かではないこと。本当に恋に落ちる女性ではないこと。今シーズン一の美女で理想的な候補エドウィーナを見つけ、近づこうとするアンソニー。だが、妹を不幸にすまいと、エドウィーナの姉ケイトが事あるごとに邪魔をする。忌々しく思うアンソニーだったが、いつしかケイトとの諍《いさか》いこそを楽しんでいる自分に気がついた……。

大人気〈ブリジャートン〉シリーズ!

「もう一度だけ円舞曲《ワルツ》を」

ジュリア・クイン 著　村山美雪 訳／定価 910円(税込)

午前零時の舞踏会。手袋を落としたのは……誰?

貴族の庶子ソフィーは普段はメイド扱い。だが、もぐりこんだ仮面舞踏会でブリジャートン子爵家の次男ベネディクトと出会い、ワルツを踊る。ベネディクトは残されたイニシャル入りの手袋だけを手がかりに、消えたソフィーを探すことを決意するが……。

運命に翻弄されるふたりのシンデレラ・ロマンス。

「赤い薔薇を天使に」

ジャッキー・ダレサンドロ 著　林啓恵 訳／定価 920円(税込)

怪我を負った公爵家の跡取り、スティーブンを救ったのは、天使のような娘だった……。

グレンフィールド侯爵スティーブンは、ある日、森の中で襲われる。目を覚ました時、隣にいたのは天使と見まがうばかりの娘――親を亡くし、幼い弟妹の面倒を一手に見るヘイリーだった。暗殺者の目を欺くため、家庭教師と偽ったスティーブンは、ヘイリーの看護を受けるうち、やがて彼女に惹かれるようになるが……

すれ違う心がせつない、珠玉の恋物語。

「愛のかけらは菫色《すみれいろ》」

ローラ・リー・ガーク 著　旦紀子 訳／定価 870円(税込)

運命の雨の日、公爵が見たのものは……

古物修復師のダフネは、雇い主で、遺跡発掘に情熱を燃やすトレモア公爵にひそやかに恋していた。彼に認められることこそが至上の喜び。ところがある日、公爵が自分のことを「まるで竹節虫《ナナフシ》」と評すのを聞いたダフネは、仕事を辞めることを決意。優秀な技術者を手放したくないだけだった公爵だが、やがてダフネの才気と眼鏡の奥の菫色《すみれいろ》の瞳に気がついて……。

リタ賞&RTブッククラブ特別賞受賞の実力派、日本初登場!!

「愛の調べは翡翠《ひすい》色」

ローラ・リー・ガーク 著　旦紀子 訳／定価 910円(税込)

君といる時にだけ、音楽が聞こえる。
事故で耳に障害を持った作曲家の女神《ミューズ》……

高名な作曲家、ディラン・ムーアは事故の後遺症で常に耳鳴りがするようになり、曲が作れなくなっていた。絶望し、思い出の劇場でピストルを構えたとき、ふいに音楽が聞こえた。ディランが目を上げると、そこにいたのはヴァイオリンを奏でる緑の瞳の美女。名前も告げずに消えた謎の女性といるときにだけ再び作曲できると気づいたディランは彼女を探すことを決意するが……。

リタ賞作家ローラ・リー・ガークの描く追跡と誘惑のロマンス

「愛の眠りは琥珀《こはく》色」

ローラ・リー・ガーク 著　旦紀子 訳／定価 910円(税込)

あなたのベッドには戻りたくない――すれ違いながら続く、9年の恋

9年前、公爵家令嬢ヴァイオラはハモンド子爵ジョンに恋をした。だが結婚から半年後、彼女は夫が式直前まで愛人を持ち、持参金目当てだったことを知る。以来有名な仮面夫婦だったふたりだが、ジョンのいとこで親友の爵位継承者が亡くなったことで事態は一変する。ろくでなしの次候補に跡を継がせないため、ジョンが選んだ手段は、ヴァイオラともう一度ベッドを共にし、跡継ぎを手に入れることだった。「情熱がどんなものかを思いださせる」ジョンの言葉に怯え、反発しつつも激しく惹かれてしまうヴァイオラ。ジョンの真実の心は――?

リタ賞作家のロマンティック・ヒストリカル

「囚《とら》われの恋人──ジュリアン」

シェリリン・ケニヨン 著　佐竹史子 訳／定価 960円（税込）

「想像がつかないほどの悦びをきみに教えてあげよう──」

満月の夜、友人にそそのかされて呪文を唱えたグレースの前に現れたのは、本の中から出てきた超ゴージャスな男性、ジュリアン。驚くグレースに、ジュリアンは次の満月までのあいだ、望みのままに尽くすと語る。だが、彼が呪いで本に閉じ込められたままだと知ったグレースは彼を解放し、つかの間の自由を味わってもらおうとする。ふたりは激しく惹かれあうようになるが……。

NYタイムズベストセラーリスト2位の大人気シリーズ、ついに刊行!!

「暗闇の王子──キリアン」

シェリリン・ケニヨン 著　佐竹史子 訳／定価 990円（税込）

トラブルメーカーの姉と間違われ誘拐されたアマンダ。
目覚めたとき、隣にいたのは鋭い牙を持つ、美しくて危険な男──

26歳の会計士、アマンダはある日双子の姉の家を訪ねたところを誘拐されてしまう。目をさましたとき、アマンダは夢のように美しい男と手錠でつながれていた。ダークハンターと名乗った男性は長い牙を持ち、闇の中でしか生きられないという。アマンダはどう見ても普通ではないその男に、惹かれて行くのを止められなかった……。

NYタイムズベストセラー〈ダークハンター〉シリーズ、ついに始動!!

「夜を抱く戦士──タロン」

シェリリン・ケニヨン 著　佐竹史子 訳／定価 1050円（税込）

祭りが近づく夜──
ヴァンパイアから救ってくれたのは……

ニューオリンズで暮らすサンシャインは、ある夜、黒ずくめの男たちに襲われる。そこへ現れたのは、妖しいまでに美しくたくましい男性、タロン。彼はアマンダを救ったが、怪我を負ってしまう。サンシャインは、タロンを介抱するがその美しさと全身にほどこされたケルトの刺青《いれずみ》に魅了される。一方のタロンも陽光《サンシャイン》そのもののようにまぶしいサンシャインに強く惹かれる。一夜限りと知りつつ激しく求め合うふたり──だが、彼らには前世からの過酷な運命が用意されていた。カーニバル“マルディ・グラ”が近づく街で愛と憎しみが交錯する。

NYタイムズベストセラー〈ダークハンター〉シリーズ!

「ずっとずっと好きだった」

キャサリン・オルレッド 著　林啓恵 訳／定価 940円（税込）

10年前、町を出た恋人が戻ってきた……

美人でスタイル抜群なのに恋人も作らず、故郷でバーを経営しているチャーリー。それは10年前に一夜を共にし、プロポーズした後消えてしまった恋人を今も忘れられないから……。ところが、店の拡張するため、新たな共同経営者としてやってきたのは、かつて彼女を残して去ったコールだった……。「はじまりは愛の契約」のアメシスト・エイムスが別名で描くせつないロマンス。（表題作ほか1篇収録）

アメシスト・エイムスが別名で描くせつないロマンス。